GAME

OKÉANOS. S

GAME

Tome 1 – Le Croque-Mitaine

Chatterley

92, avenue de France
75013 Paris – France
Courriel : contact@editionschatterley.fr

ISBN : 978-2-38579-051-6
Dépôt légal : janvier 2024
Imprimé en Italie par Rotolito S.p.A

Couverture : Raphaëlle Faguer
Mise en pages : Nord Compo

Avertissement

Ce livre contient des scènes pouvant heurter la sensibilité d'un certain lectorat. Merci de bien vouloir prendre en considération les différents trigger warnings réunis dans la liste ci-dessous :

— violences physiques et psychologiques ;
— langage cru et explicite ;
— mentions de trafics d'enfants ;
— mentions de kidnapping ;
— meurtres et tentatives de meurtres ;
— scènes à caractère sexuel explicites ;
— agressions sexuelles.

Playlist :

Billie Eilish – Sorry
Amy Winehouse – Back to Black
070 Shake – The Pines
Valerie Broussard – Killer
Bryce Fox – Horns
Ruelle – War Of Hearts
Fleurie – Love and War
Missio – Twisted
The Score – Born For This
Grandson – Blood Water
Charlotte Lawrence – Jokes on you
Elvis Drew & Avivian – Where Are You
Angie & Harrison First – BAMBAM
Nicholas Bonnin & Angelicca – Shut Up and Listen
ARY – The Sea
Rosenfeld – Do It For me
MUPP & Sadfriendd – Vendetta

SCAN ME

Après les ténèbres,
la lumière.

PROLOGUE

Aleksander

C'est ainsi que le Croque-Mitaine s'apprête à mourir, tué par le feu sauvage qui balaye tout sur son passage.

Mon père m'aurait trouvé pathétique, là, dans cette zone industrielle délabrée à attendre la mort, sans me battre. Mais comment pourrais-je me battre contre elle ? C'était impossible. Cet événement était inévitable.

Mon cœur s'emballe devant elle, au moment où mon regard se pose sur l'arme pointée dans ma direction.

Mais il se brise quand je remarque les larmes qui coulent le long de ses joues, son visage marqué par l'affliction. Malgré le danger imminent, je reste étrangement calme. Je comprends son choix.

— *Moy dikiy*, murmuré-je d'une voix douce, cherchant à apaiser sa peine. Je sais que tu es désolée. Tout est ma faute et je n'ai aucune rancune envers toi. Tu n'as pas d'autre solution. Fais-le.

Nos regards se croisent. Ses yeux semblent exprimer une profonde douleur mêlée d'une certaine résolution. Les événements qui ont conduit à cette confrontation sont la conséquence de forces plus grandes que nous, de circonstances qui nous ont entraînés sur des chemins opposés.

— Je ne veux pas te faire de mal, je ne veux plus t'en faire, continué-je d'un ton calme qui ne me ressemble pas. Si c'est comme ça que ça doit se terminer, je ne tenterai pas de me défendre. Je suis fatigué de tout ça, fatigué des combats et des conflits. Si cela peut t'aider à apaiser ta peine, alors j'accepte mon sort.

Je baisse légèrement les bras pour lui montrer que je ne représente plus aucune menace. Elle semble hésiter, comme si son cœur et son esprit étaient en pleine bataille. Elle serre l'arme d'une main tremblante, les larmes poursuivant leur course sur ses joues.

— Je veux pas en arriver là, Aleksander, dit-elle la voix brisée.

J'aime toujours autant l'entendre, savoir que sa voix n'appartient qu'à moi. Même à cet instant.

— Mais c'est ma seule chance de m'échapper de tout ça, poursuit-elle. Il me force à faire ça… sinon il va le tuer.

— *Post tenebras lux*, tu te rappelles ? Après les ténèbres, la lumière. Je suis tes ténèbres. Change ça, change ton destin. Sois ta propre lumière, c'est ma dernière volonté. Fais-le, je suis prêt. Je l'ai toujours été.

Les secondes s'écoulent lentement, comme si chacune représentait une éternité. Nos regards restent verrouillés l'un à l'autre, alors que le bruit lointain des voitures et des passants nous parvient. J'ai profondément aimé cette ville. J'ai aimé la terroriser, la manipuler, la rendre accro à mes besoins. Cette ville a toujours été mienne.

Et maintenant ? Anton et Tasha connaissent la marche à suivre : continuer ce que j'ai commencé sans jamais faillir.

— Je… Je…

Elle lutte pour s'exprimer, face à cette situation stressante et anxiogène. Je la sens se débattre avec ses propres démons.

— Je… Je t'aime.

Je t'aime.

Je souris quand j'entends enfin ces trois mots s'extraire de sa bouche.

Je souris davantage quand sa main presse la détente.

C'est ainsi que le Croque-Mitaine est mort, tué par le feu sauvage qui balaye tout sur son passage, le sourire aux lèvres.

Chapitre 1

Aleksander

Debout au fond de la salle de réunion, mon regard balaye l'ensemble des responsables présents qui travaillent pour moi. À leur visage, je perçois leur nervosité.

Tasha, ma bras droit, et Anton, mon chef de la sécurité, se tiennent derrière moi. Ma voix tranchante coupe l'air oppressant.

— Écoutez-moi bien, bande d'incapables. Vous avez tous foiré de manière monumentale. À croire que je vous paye pour vous branlez derrière votre bureau. Aux dernières nouvelles, vos femmes sont pourtant là pour ça, non ?

Mon ton est glacial, mes mots emplis de mépris. Je veux que chacun sente le poids de ma colère peser sur lui.

— Vous êtes…

— Monsieur, je ne crois pas qu'il soit nécessaire de nous parler comme vous le faites, me coupe un homme assis en bout de table.

Encore un idiot qui n'a aucune idée de ce qui l'attend.

Je m'approche de lui comme un serpent s'avançant lentement vers sa proie. Un sourire dénué de toute humanité se dessine sur mon visage.

— Tu crois que tu peux me couper la parole ? murmuré-je, presque amusé par son audace.

Sans qu'il s'y attende, ma main se referme sur sa nuque et, d'un geste brutal, je projette sa tête contre la table en verre. Le bruit du choc est assourdissant. Le responsable se retrouve au sol, à se tordre de douleur. Le reste de l'équipe est tétanisé, chacun regardant la scène avec horreur.

— Dois-je vous rappeler qui commande ici ?

Tous secouent la tête en signe de négation. Le message semble être clair.

— Dégagez maintenant, asséné-je froidement.

Je me tourne vers le misérable toujours à mes pieds.

— Je n'ai pas besoin de vous dire que vous êtes viré, n'est-ce pas ? Stakhanov Industry n'a plus besoin de votre médiocrité. Si j'entends parler de vous, je peux vous assurer que ce sera la dernière fois.

Les responsables sortent précipitamment de la salle, deux d'entre eux aidant celui par terre à se relever pour sortir.

Sans attendre je rejoins mon bureau attenant. Tasha et Anton me suivent sans un mot et s'assoient face à moi.

— Comment tu t'es rendu compte de la supercherie ? me demande Tasha.

— On m'a rapporté des mouvements suspects sans parvenir à déceler vraiment ce qui clochait. J'ai un peu cherché de mon côté et je suis tombé sur plusieurs choses, dont des émissions de faux chèques et de fausses factures… Durag, le gestionnaire de la trésorerie, sait se faire plaisir.

Le résultat est là : au total, il manque plus de quatre-vingt-dix mille dollars détournés sur la période de janvier à juin. C'est discret, bien caché, mais rien n'est invisible pour moi.

— Quelle est la procédure à suivre ? demande Tasha.

Son professionnalisme est sans faille. Elle a seulement tendance à poser des questions plutôt qu'à obéir et à exécuter, remettant en question mes choix et mon jugement. Peu d'homme supporterait qu'une femme se permette ce genre de comportement dans le monde où j'évolue. Mais je suis loin d'être con, si son opinion peut nous rendre plus fort, je suis capable de la prendre en compte.

— Il doit encore être dans l'immeuble. Anton va le chercher. On va avoir une petite discussion lui et moi.

— Je te préviens, je me tape pas le ménage, Aleks, bougonne mon chef de la sécurité.

— Tu feras ce que je te dis de faire. Alors bouge ton cul et va me chercher Durag !

Il se lève en râlant et quitte la pièce avant que Tasha n'explose de rire.

Cinq cents personnes travaillent plus ou moins sous mes ordres. Aux yeux du monde, Stakhanov Industry est une société de sécurité tout à fait légale. Mais en réalité, il s'agit du centre névralgique d'un vaste empire de recel d'informations compromettantes en tout genre. Meurtres, amant, enfants cachés, consommation de drogues, tout type de secrets honteux. On pourrait croire que seuls les trafiquants et les hors-la-loi s'intéressent au genre de services que je propose, mais les politiciens et autres dirigeants sont encore plus friands de mon talent. Certaines personnes sont prêtes à payer très cher pour découvrir la face cachée de leurs ennemis. Tous mangent désormais dans la main du Croque-Mitaine.

Tasha se lève pour venir examiner mon écran, qui affiche un flux de données complexes. Je pointe du doigt une colonne de chiffres.

— Ici, regarde. Cet enculé a dû penser que ça ne se verrait pas. Petit à petit, il a baissé l'afflux d'argent et à détourner le reste. J'aurais pu passer à côté s'il n'avait pas été trop gourmand sur son dernier mouvement.

— Et personne n'a rien vu ? Merde, comment le service financier a pu laisser passer ça ?

— Ce sont tous des incapables.

Je masse mes tempes lorsque je sens les prémices d'une migraine monter.

— Ça ne va pas te plaire mais…

Elle marque une pause avant de reprendre :

— Une rumeur court depuis peu. Kelly a mal pris ton refus de travailler avec lui. Il va y avoir des conséquences, d'après certains. Ce bâtard n'est pas à la tête de la *Réalta dubh* pour rien.

— C'est son père qui gérait les grosses décisions de l'organisation, non ?

— Plus depuis qu'il est marié apparemment. Les rumeurs disent que lui et sa femme file le parfait amour, et qu'il l'expose comme un joujou partout où il va.

Je prends le temps d'accueillir ces informations avant de tourner mon attention de nouveau sur ma bras droit.

— Tant qu'il ne vient pas nous chercher, on ne fait rien. C'est bien clair, Tasha ?

Sa mâchoire se contracte. Elle hait les membres de la *Réalta dubh* et il y a de quoi. Il s'agit d'un groupe pratiquant l'esclavagisme et la prostitution infantile. Mon père l'a sauvée d'un groupe semblable, alors qu'elle avait à peine neuf ans. Depuis, elle est avec nous et a gravi les échelons de l'organisation en un temps record, ce qui est assez particulier pour une femme dans ce milieu. C'était une évidence pour moi de la faire devenir ma seconde. Elle est la seule à avoir un statut aussi haut et important.

Elle s'apprête à retorquer quand Anton revient enfin, suivi par un Durag qui semble terrifié. Je me lève pour lui faire face ; il tremble comme une feuille, des larmes perlant au coin de ses yeux.

Il sait pourquoi il est là.

— Aleksander, je… Je peux tout expliquer. C'était une erreur, une grosse erreur. Je te promets, je vais tout rembourser, chaque centime. S'il te plaît, j'ai une femme et deux enfants, sanglote-t-il.

— Je pense que je ferais une fleur à ta femme si je t'enlevais de sa vie, elle aurait l'occasion de se faire baiser par un vrai homme.

Je savoure chaque instant de la terreur dans les yeux de Durag. Rien ne me procure plus de satisfaction que de voir un traître réaliser que sa vie ne tient qu'à un fil.

Sans attendre, je me rue sur lui. Mes poings s'abattent de manière impitoyable, créant un ballet de violence et de douleur. Chaque coup est calculé pour infliger la souffrance la plus intense. Le bruit sourd de l'impact de mes poings résonne dans la pièce, tandis que le visage de Durag se déforme rapidement sous les coups que je lui inflige. Très vite, il n'est plus que bleus et sang.

Ses cris auraient été insoutenables pour tout l'étage si mon bureau n'était pas insonorisé. La brutalité de la scène peu paraître terrifiante, mais je ne ressens qu'un sentiment de plénitude. Tasha et Anton, eux, sont habitués à ce genre de scène.

Mes coups continuent de pleuvoir jusqu'à ce que le gestionnaire soit méconnaissable. Ses traits sont distordus, ses os sans doute cassés, son nez enfoncé. Je me retire, laissant Durag gisant au sol, à moitié conscient.

— Anton, amène-le à Ser…

Mon ordre est coupé par une alarme dont le bruit déchire le calme qui venait de s'abattre dans la pièce.

— Putain, qu'est-ce qui se passe encore ?!

Anton se précipite sur son talkie-walkie pour demander des informations aux équipes en poste. Après quelques secondes, son visage se crispe soudainement.

— On a une intrusion au dernier étage, assène-t-il.

C'est quoi encore ce bordel ?

Chapitre 2

Aleksander

— La sécurité a tenté d'arrêter une femme ayant pénétré dans l'enceinte de l'immeuble. Elle a réussi à prendre l'ascenseur et à atteindre le dernier étage. Selon les agents, elle semble sur le point de sauter par la fenêtre, lâche Anton d'une voix pressée.

Ma mâchoire se contracte. Cette situation est inattendue et plutôt dérangeante.

— Comment a-t-elle pu passer au travers de la sécurité aussi facilement ?

— L'arrière du bâtiment, à dix-huit heures. Il y a un roulement dans les équipes. Personne n'était en poste dans cette zone pendant au moins dix minutes. L'équipe de sécurité a merdé.

— C'est une employée ?

— Honnêtement, j'en sais rien. J'ai pas plus d'infos sur son identité. L'équipe H est en position, ils attendent tes ordres.

Je me lève, un regard sévère braqué sur Anton.

— Préviens-la que j'arrive. Ils doivent s'assurer qu'elle ne saute pas. Je dois comprendre ce qui se passe.

Il acquiesce et sort de mon bureau.

— Et pour Durag ?

— Appelle des agents, qu'ils se postent devant le bureau. Ordre de ne pas rentrer, et de ne pas le laisser sortir s'il venait à reprendre conscience.

Je quitte la pièce à mon tour, Tasha me suivant de près, tandis que nous marchons en direction de l'ascenseur.

Mon esprit est traversé par tout un tas de questions. Je n'ai vraiment pas de temps à perdre avec des situations imprévues. Mon empire repose sur des fondations solides mais toute interférence peut avoir des conséquences désastreuses.

Ce n'est qu'une fois arrivé au dernier étage que je m'aperçois que quelque chose cloche. Mes hommes sont tendus et tiennent en joue la femme dont Anton m'a parlé. Et je comprends pourquoi. Elle est là, seule, dos à l'une des grandes fenêtres manquantes de cet étage abandonné. Mais le plus perturbant devant ce tableau inhabituel est le sang qui macule l'entièreté de sa robe, de son visage et de ses cheveux roux. J'ai beau l'observer, je ne la connais pas, sa tête ne me dit rien. Une chose est sûre : ce n'est ni une épouse bafouée ni une amante évincée, car si ç'avait été le cas, je ne pense pas que j'aurais oublié une telle femme.

J'avance d'un pas déterminé, écarte légèrement la ligne formée par mes hommes pour me rapprocher de l'intruse. Tasha et Anton s'avancent à mes côtés. Eux comme moi devons néanmoins restés sur nos gardes. D'un geste discret, je fais signe à mon équipe de se retirer.

Je m'approche d'elle avec précaution, son regard inexpressif semble complètement ailleurs. Comme si elle était sous l'influence d'une drogue.

— Que fais-tu ici ? Et surtout, qui es-tu ?

Mon ton est dur, contrôlé.

Elle me dévisage puis son expression change, ses yeux reflétant d'un coup une douleur et un désespoir intenses. Ses lèvres s'entrouvrent, pourtant pas un mot n'en sort.

Je m'avance avant de m'arrêter dans mon élan quand je vois qu'elle suit mon mouvement en miroir, se rapprochant un peu plus du cadre de la fenêtre et d'une mort certaine. Personne ne survit à une chute du dernier étage d'un building aussi haut que la tour Stakhanov. Le vent fait claquer sa robe contre son corps, toutefois elle ne tremble pas.

Je me fige devant cette femme à l'allure d'ange vengeur. Ce qui se dégage d'elle est presque saisissant. J'ai toujours aimé voir le désespoir et la douleur sur le visage des gens, en particulier quand j'en suis à l'origine.

— Écoute-moi, je n'ai pas de temps pour les dilemmes personnels des autres. Si tu as un problème, règle-le. Maintenant, descends et va mettre fin à tes jours ailleurs que sur mon putain d'immeuble !

Si elle se suicide, je peux être sûr qu'une armée de flics et de politiciens vont vouloir en profiter. Ils croient qu'ils peuvent me destituer de ma place. Je dirige cette ville et ce n'est pas le maire et ses tentatives pathétiques qui vont en décider autrement.

Je la vois hésiter, alors que j'aperçois des larmes s'échapper du coin de ses yeux. Je n'ai aucune compassion à l'égard de cette inconnue. Après tout, elle pourrait très bien jouer la comédie ou feindre la tristesse. Nombreux sont mes ennemis à avoir la capacité de manipuler une femme pour essayer de m'atteindre.

Un obstacle reste un obstacle qu'importe le genre de ce dernier. J'ai assez vu Tasha se battre pour savoir qu'une femme peut être bien plus dangereuse qu'un homme.

L'inconnue n'a toujours pas bougé de son perchoir. Sans la quitter du regard, je m'adresse à ma bras droit :

— Tasha, emmène-la loin d'ici et fais en sorte qu'elle ne représente plus une menace.

La femme aux cheveux roux jette un regard apeuré derrière moi. La panique s'installe sur ses traits quand Tasha s'approche d'elle avec rapidité. Dans la précipitation, son pied gauche recule et elle manque de perdre l'équilibre. Nous nous ruons d'un seul homme vers elle.

Anton, désormais à ma hauteur, la tient en joue. C'est alors que je saisis : le sang sur elle ne lui appartient pas. Aucune blessure n'est visible, même sous la fine robe qui la recouvre. Il y en a beaucoup trop or, s'il venait d'elle, elle n'aurait jamais pu se frayer un chemin jusqu'ici et encore moins se tenir si proche d'un précipice sans basculer.

— Si on s'approche davantage, elle va sauter, nous prévient Tasha.

— Hors de question qu'elle fasse le grand saut. Je veux pas me retrouver à répondre à une horde de journalistes ou à qui que ce soit d'autre, à cause d'une conne pareille.

Le regard de la femme passe sur chacun de nous de manière frénétique. Elle ouvre et ferme la bouche à plusieurs reprises, comme un poisson en manque d'air. Sa comédie commence à me taper sur les nerfs.

— Tu as tout intérêt à descendre de là seule, avant que je perde patience.

Un éclair de colère traverse soudain ses yeux. Je ne sais pas ce qui vient de se passer en elle, mais ceux qui lui ont fait ça ont échoué.

— Aleksander, il faut faire vite. Des gens vont commencer à s'apercevoir qu'une folle est prête à sauter par la fenêtre.

À la mention de mon nom, l'inconnue braque son visage sur moi. C'est la confirmation dont j'avais besoin. Elle me connaît. Je suis persuadé que quelqu'un l'a envoyée ici.

C'est le moment qu'elle choisit pour s'éloigner du vide et d'une mort bien douloureuse. Tasha la tient à nouveau en joue, prête à l'abattre au moindre geste suspect. Elle et Anton n'attendent que mes instructions.

Je secoue la tête en signe de négation. Ils reculent tous les deux de quelques pas. J'ai envie que cette femme s'approche, car je veux savoir. Savoir d'où elle vient, à qui appartient tout ce sang et comment elle me connaît.

L'inconnue s'approche, sa respiration a retrouvé son calme. Je baisse la tête et observe les dégâts. Ses pieds sont entaillés de toutes parts.

— Aleks… marmonne Anton.

Je le coupe d'un geste de la main. Mes yeux ne quittent pas la belle inconnue.

Sa main pâle se pose délicatement sur ma joue. C'est à mon tour de me figer. Personne ne touche jamais mon visage, c'est une règle. Même les putes que je baise savent ça.

Je n'ai pas le temps de réfléchir plus longtemps à la raison de son geste. Une brûlure irradie ma joue, me faisant grimacer. Mais ce qui me fait hurler de douleur est la sensation au niveau de mon œil gauche.

— Tuez-moi cette salope ! éructé-je.

Chapitre 3

Elea

Mon cœur bat la chamade, résonnant comme un tambour dans ma poitrine. La peur serre ma gorge, et mes pensées sont tellement désordonnées qu'il m'est impossible de les démêler. J'essaie de me souvenir de ce qui s'est passé avant cet instant. Mais tout est flou.

Autour de moi, l'air semble lourd. Mon regard se fixe alors sur l'homme imposant ayant donné l'ordre silencieux aux autres de quitter les lieux. Il émane de lui une aura d'autorité qui me fait frissonner. Les hommes à ses côtés ne doivent être que des marionnettes.

Laissant mes yeux parcourir l'endroit, je remarque derrière lui un homme et une femme, tous deux serrant dans leurs mains une arme à feu. Leur regard déterminé laisse entendre qu'ils sont sur le point d'affronter un danger imminent.

Je baisse mon regard en direction de ma robe, perplexe. Le tissu est maculé de sang. Mes mains tremblent en touchant mon propre corps, et je les retire rapidement quand je constate qu'elles sont elles aussi couvertes de cette sombre et inquiétante substance. Mes pensées s'embrouillent, mon esprit peine à saisir ce qui a bien pu se passer. *D'où vient tout ce sang ?*

Lorsque mes yeux se posent de nouveau sur l'homme en face de moi, chaque fibre de mon être crie de fuir, de me cacher. Or mes pieds semblent ne faire qu'un avec le sol. Mes muscles se tendent, mon cœur est prêt à éclater. Il y a quelque chose de profondément inquiétant chez lui.

Je ne sais pas comment j'ai atterri ici. En revanche, une chose est sûre : je dois trouver un moyen de sortir de ce cauchemar vivant. Mon esprit tourne à toute vitesse, cherchant désespérément une explication à tout cela.

Je me rends compte que je ne me souviens de rien avant cet instant. Mon esprit est un labyrinthe de confusion, un brouillard dense qui obscurcit mes pensées.

Je comprends que je dois trouver une issue, un moyen de m'échapper de cette situation. Mon cerveau me hurle des avertissements, me presse de faire quelque chose. J'entends l'homme me poser des questions, cependant je n'ai aucune réponse à lui donner.

— Aleksander…

Pourquoi ce prénom me semble si familier ?

Aleksander.

Je secoue la tête frénétiquement. Je ne veux pas.

Un claquement de langue me réprimande durement.

« Mon petit oiseau, tu sais que tu n'as pas le choix. C'est pour ton bien… »

Je me fige devant ce souvenir.

Je n'ai pas le choix.

Mes pieds meurtris me font souffrir le martyre quand j'essaie de les bouger. Seule l'adrénaline me fait encore tenir debout. Je réussis tant bien que mal à descendre du rebord sur lequel j'ai trouvé refuge. Mes jambes me guident jusqu'à Aleksander.

J'ai besoin de le toucher, là, tout de suite. J'aime le contact humain, du moins, je crois.

— Aleks… marmonne l'autre homme qui tient toujours son arme pointée sur moi.

Lorsque je me tiens enfin devant Aleksander, je lève doucement ma main dans sa direction et la dépose sur sa joue. Ma peau, souillée de sang, tranche avec la sienne si pâle. Cette dernière fait ressortir ses yeux bleu clair et sa chevelure dorée.

Il n'aime pas que je le touche, c'est discret mais perceptible. Son visage se crispe tandis que son corps tout entier se tend une nouvelle fois.

Un flash macabre me percute de plein fouet.

Des hurlements.

Du sang.

De la douleur.

Un cri silencieux sort de ma gorge, mes doigts atteignent avec violence son œil gauche, appuyant dessus avec force. Mon autre main, elle, se recourbe pour venir griffer sa joue droite.

— Tuez-moi cette salope !

Son hurlement rageur se répercute dans mes oreilles. Je suis propulsée au sol avec une force qui me coupe le souffle. Une vive douleur irradie dans mon thorax et me fait tousser.

L'homme à sa solde me plaque, ventre contre terre, sur le béton froid et humide, sans aucune considération. La femme, elle, se positionne à califourchon sur mes hanches. Ils tentent de m'immobiliser, alors que je me débats, puisant dans les dernières forces qu'il me reste.

— Attendez !

Ils s'arrêtent net. J'entends des jurons sortir de la bouche du dénommé Aleksander.

Il s'accroupit à ma hauteur avant de m'empoigner les cheveux. Son visage déformé par la rage s'impose à moi, si proche que je sens son souffle buter contre mon visage.

Je suis fatiguée. J'ai envie de m'endormir, d'oublier tout ce qui vient de se passer. Mes yeux papillonnent.

Je grogne quand il tire brusquement vers l'arrière les mèches emprisonnées dans sa main. L'autre se porte à ma mâchoire, amplifiant l'inconfort de ma position.

— Qui t'envoie ?

Je ne sais pas.

— Alek, on devrait gérer ça au hangar, on est trop à découvert, s'inquiète l'homme qui me maintient.

— Anton, ferme-la ! rugit Aleksander. Je veux savoir pour qui cette pute travaille. Alors, elle va cracher le morceau ou elle va le regretter !

Anton.

Soulevée par trois personnes, je me retrouve debout. Cependant, aucun d'entre eux ne me lâche. Bien au contraire. Leur prise se resserre.

— Si tu t'évertues à garder ta gueule fermée, je te coupe la langue. Ce n'est pas le jour pour me casser les couilles, me souffle Aleksander.

Trouve mieux comme menace, connard.

Cet éclat de rébellion surgissant en moi me surprend.

— À qui appartient tout ce sang bordel ? D'où est-ce que tu viens ?

Il hurle à présent, le son de sa voix vrillant mes tympans. La tristesse et le désespoir reviennent alors.

Je ne sais pas…

J'ai besoin de lui dire, pour sauver ma peau. Mais rien ne veut sortir.

— On l'embarque. On la fera parler qu'elle le veuille ou non. Sergueï va être heureux d'avoir un jouet en plus.

Je ne veux pas que ça recommence, je vous en prie…

Mes genoux fléchissent sous le poids de la terreur qui me submerge. Je ne peux m'empêcher de penser à ce qu'ils pourraient me faire, à la douleur que je ressentirai si je ne réponds pas à leurs questions.

Les larmes recommencent à couler le long de mes joues, trahissant ma peur. Les paroles d'Aleksander résonnent dans mes oreilles tel un écho persistant. Mon esprit est un tourbillon de confusion. Je me sens totalement impuissante face à cette situation cauchemardesque.

Mes yeux rencontrent son œil encore ouvert. J'essaye désespérément de déceler une lueur d'humanité dans ce regard froid et impitoyable. Je dois répondre, réussir à faire sortir les mots coincés dans ma gorge, afin qu'il n'ait pas d'autres raisons de s'acharner sur moi. Mais les mots restent bloqués dans ma gorge, étouffés par la peur et l'angoisse.

Je suis prise au piège, telle une proie vulnérable. Mon rythme cardiaque augmente, mon corps est secoué de sanglots incontrôlables. J'aimerais pouvoir m'échapper de cette réalité terrifiante.

Mes mains se mettent à trembler et mes muscles se raidissent soudainement. Je perçois une étrange sensation d'engourdissement se propager le long de mon corps.

À travers le voile de ma terreur, j'entends Aleksander jurer. Je devine son regard brûlant posé sur moi, alors qu'il cherche à comprendre ce qu'il se passe. L'image floue du dénommé Anton et de la femme se forme devant moi.

C'est alors que l'emprise d'Aleksander se resserre sur mon cou, ma respiration devenant de plus en plus erratique.

Mon cœur bat à tout rompre au creux de ma poitrine, tandis que je lutte pour reprendre le contrôle de mon corps. Mes pensées, elles, tournent en boucle dans mon esprit brumeux. La douleur de l'étranglement se mêle à ma paralysie, décuplant cette sensation aussi surréaliste que cauchemardesque.

Le monde autour de moi devient de plus en plus flou, distant. Je n'ai, à cet instant, qu'une envie : crier et implorer qu'on me laisse partir. Mais rien n'y fait. Mes cordes vocales restent silencieuses. Le peu d'espoir qu'il me reste vacille, tandis que la vague d'obscurité menace de m'engloutir complètement.

« Tue le Croque-Mitaine et tu seras libre mon petit oiseau. »

Je ne reconnais pas la voix de l'homme qui résonne en boucle dans ma tête au moment où je m'évanouis.

Mais je suis maintenant sûre d'une chose.

J'ai fait quelque chose de mal.

Et je dois payer pour ça.

Chapitre 4

Aleksander

Cette journée est merdique.

D'abord, je découvre que Durag détourne mon putain de fric sans que personne du service financier se doute de quoi que ce soit.

Ensuite, une tarée complètement muette décide d'entrer sans invitation dans le bâtiment, avec la magnifique idée de sauter dans le vide, et finit par s'en prendre à moi, sans raison.

Et maintenant, ma joue me brûle et une douleur me lance au niveau de l'œil, ce qui m'empêche d'ouvrir la paupière.

Je scrute la femme évanouie à mes pieds, avec un mélange de frustration et de confusion. Tasha et Anton me fixent. Ils se sont relevés et encadrent l'inconnue au sol.

— Qu'est-ce qui se passe, Aleksander ? demande Tasha, la voix empreinte d'incertitude. Pourquoi tu ne nous as pas laissés la tuer. Tu la connais ?

Non. Justement. Je ne la connais pas. Mais elle oui. Et je compte bien savoir comment.

Je sais qui sont les personnes terrifiées par le Croque-Mitaine. Ceux prêts à tout pour se venger de quelque chose que je leur aurais soi-disant fait. Or, je suis sûr et certain que cette femme ne se trouve dans aucun de mes dossiers.

Les rouages de mon cerveau s'activent, ma mémoire fait défiler chaque visage que j'ai croisé, chaque nom que j'ai entendu. Cette femme ne m'est pas familière, et cela me perturbe. Je suis censé tout savoir, tout contrôler, et pourtant, elle est une énigme que je n'ai pas encore résolue.

Je ne suis pas du genre à oublier quelqu'un, surtout pas avec un visage comme le sien. La plupart des gens ne font pas attention à ce qui les entoure, mais moi, je ne peux pas me le permettre. Ma mémoire m'a sauvé la vie plus d'une fois.

Alors, qui est-elle ? Pourquoi était-elle là, sur le point de sauter de cette fenêtre ? Pourquoi ne dit-elle rien, pourquoi m'a-t-elle attaqué ? Tant de questions auxquelles je n'ai aucune réponse.

Je ressens un mélange de frustration et de curiosité. La situation est trop étrange pour être ignorée. Je vais devoir fouiller, creuser, trouver des réponses. Car dans mon monde, aucune situation n'est due au hasard. Il y a toujours quelqu'un qui tire les ficelles d'un jeu bien trop dangereux et je ne supporte pas l'idée de savoir que ce n'est pas moi.

Je passe une main sur ma figure, cherchant à chasser la tension qui y réside. Ma paume rencontre une surface rugueuse, je fixe le sang qui tache ma main et un soupir de frustration m'échappe. Pourquoi ne suis-je pas simplement rentré au manoir pour me faire vider les couilles comme tous les soirs, sans avoir à gérer une inconnue qui a voulu m'éborgner.

Je ricane intérieurement ; peu de personnes ont osé s'attaquer à moi, et encore moins d'une façon aussi frontale.

— J'en sais foutre rien, Tasha ! Mais, il y a un truc bizarre avec cette femme : elle est passée du chaud au froid, avec une intensité très perturbante. Et regardez son état. Elle est couverte de sang.

Anton fronce les sourcils, observant l'étage vide du bâtiment.

— On dirait qu'elle sort d'une lutte. Dans son état, c'est sûr que quelqu'un l'a déposée en bas de l'immeuble. N'importe qui aurait appelé la police si elle avait marché dans la rue comme ça…

Tous les trois, nous nous retrouvons comme des cons, incapables d'avoir une explication logique face à la situation. Mes yeux se ferment quelques secondes, quand la douleur dans mon œil s'étend dans mon crâne.

— Peu importe ce qui s'est passé ! On ne peut pas laisser traîner cette femme ici ! s'insurge Tasha. La situation est déjà suffisamment compliquée.

— Tu crois que je n'ai pas conscience de ça ?

Ma voix est froide, dure. Mon regard cherche le sien, et ma bras droit lève les yeux au ciel ; Tasha n'est pas du genre à m'en vouloir pour mes remarques acerbes et mes accès de rage, elle y est habituée.

— Aleks… commence Anton.

— Ça suffit, le coupé-je. Je vais comprendre ce qui se passe. Personne ne se fout de ma gueule comme ça, encore moins une femme.

Personne n'affronte le Croque-Mitaine sans conséquence, pas même mes propres associés. Tout le monde doit obéir aux règles. Sans elles, mon empire imploserait.

Ce dernier fonctionne selon un mécanisme précis, semblable à celui d'une vieille horloge. Au moindre grain de sable, la machine rouille, s'enraye et rien ne va plus.

— Tout ça est trop gros pour que ce ne soit pas un piège, dis-je, désignant du bras la femme étendue par terre. Trois événements se sont produits en très peu de temps.

— Comment ça ? me coupe Anton, alors que je replonge dans mes propres réflexions.

— La *Réalta dubh* m'a recontacté, il y a quelques semaines, commencé-je. Ses hommes voulaient des informations sur une liste précise d'enfants. Sûrement pour leurs trafics de la côte ouest. Mais j'ai refusé la mission.

Tasha serre les poings.

— Et maintenant Durag avec les détournements d'argent et cette femme qui sort de nulle part et réussit à s'introduire ici.

— Ouais, là, c'est suspect.

Je ne peux qu'approuver sa constatation.

— Chaque problème en son temps, reprends-je.

Je me penche pour soulever le corps frêle de la femme inconsciente avec précaution. Même si aucune blessure grave n'est visible, il est possible que certains de ses organes soient endommagés. Je refuse qu'elle me claque entre les doigts sans que j'aie obtenu de réponses à mes questions.

— On rentre au manoir. Il y a tout ce qu'il faut là-bas. Le médecin va la prendre en charge. Le hangar est prêt.

— Que dois-je indiquer pour le rapport de l'équipe de sécurité ? me questionne Anton.

— Dis-leur que la situation est sous contrôle. Fais-leur savoir également qu'il est inutile de poser des questions.

Il acquiesce avant de se diriger vers l'ascenseur. Tasha enlève précipitamment sa veste de costume pour recouvrir l'inconnue dans mes bras. Son corps tremble légèrement et son visage se crispe de douleur.

Le poids de cette femme m'épuise rapidement. Je peste intérieurement lorsque que je me rends compte que je vais devoir écouter le doc et me reposer. Mon corps est rompu de fatigue. Depuis quelque temps, mes insomnies sont de plus en plus nombreuses. Je passe la majorité de mes nuits à tourner et virer dans ma chambre en espérant rejoindre les cauchemars qui bercent mon repos. Peut-être devrais-je céder à la demande du médecin et prendre ces stupides cachetons pour dormir.

Une violente nausée me saisit. L'odeur de sang, qui d'habitude ne me dérange pas, envahit mes narines. J'inspire profondément pour refouler l'envie de vomir.

Je prends quelques secondes pour étudier enfin la source de mon mal de crâne de ce soir et surtout de mon œil aveugle.

Putain de femme.

Ses sourcils sont de la même couleur flamboyante que ses cheveux, même si eux sont ternis par le sang séché. Je remarque que deux mèches blanches encadrent son visage. Ses pommettes sont hautes, ce qui lui donne un air altier.

Le bip d'un téléphone me sort de ma contemplation ; Anton me prévient que la voiture est en place.

Une grande inspiration plus tard, je me dirige à mon tour vers l'ascenseur, bien décidé à tirer toute cette histoire au clair.

Qu'importe le prix à payer.

Chapitre 5

Elea

Mon esprit flotte dans un état de confusion, des fragments de souvenirs s'entrelacent dans ma conscience engourdie. Les flashs de la scène au dernier étage du bâtiment avec Aleksander m'assaillent. Je me rappelle sa main froide serrant ma gorge, et la brûlure lancinante liée à la violence de son étreinte restera à jamais gravée dans ma chair. Mon cerveau est semblable à une toile d'araignée complexe, mes pensées piégées dans les fils de ma mémoire chaotique.

Mes paupières s'ouvrent lentement pour révéler un monde inconnu et éblouissant. La lumière blanche m'aveugle brièvement, avant que mes yeux s'ajustent à la clarté ambiante. Mon corps semble lourd, étrangement déconnecté de mon esprit. Je suis allongée dans un lit, enveloppée dans des draps blancs. Des câbles et des tubes, connectés à une multitude de machines émettant des bips inquiétants, s'échappent de mon corps. La transition vers la réalité est un déchirement.

Les bips, telle une symphonie discordante, sont comme l'écho de mon propre rythme cardiaque. L'atmosphère est empreinte d'une étrangeté étouffante.

Je tente de bouger mes doigts, puis mes orteils, mais chaque mouvement requiert un effort herculéen de ma part.

Des voix lointaines flottent jusqu'à moi, des chuchotements indistincts, qui n'arrivent pas à me relier à une réalité tangible. Ma poitrine se soulève et retombe au rythme de ma respiration irrégulière. Je me sens à la fois perdue et vulnérable, comme si j'étais prise au piège dans un cauchemar.

Mes paupières papillonnent, tentative désespérée pour ancrer mon attention sur le monde qui m'entoure. Les fragments de ma mémoire, eux, se dérobent dès que j'essaye de les saisir. Mon esprit oscille entre souvenirs et confusion.

J'étais là, dans cette cave étrange avant que…

Douleurs.

Hurlements.

Sang. Beaucoup trop de sang.

Et le noir. Total.

Puis, plus rien. Je me suis retrouvée dans ce bâtiment. Mais pourquoi ?

Alors que je tente de me concentrer, un homme à l'air joyeux s'approche de mon lit, son sourire chaleureux contrastant avec la froideur de la pièce. Il a un stéthoscope autour du cou qui laisse à penser qu'il s'agirait d'un médecin. Une chose est sûre toutefois : ce n'est pas Aleksander ni même le type qui se trouvait à ses côtés.

Il me pose des questions d'une voix douce, cherchant probablement à comprendre mon état. Cependant, chaque mot qu'il prononce s'évapore dans le brouillard de mon esprit embrumé.

Je cligne des yeux pour rassembler mes pensées et répondre aux questions. Mais les mots restent bloqués dans ma gorge, emprisonnés. Mes tentatives de parler sont vaines et mes paroles s'approchent davantage de murmures inintelligibles. Frustration et impuissance me submergent tandis que je réalise que même les mots les plus simples me sont inaccessibles.

L'idée de m'asseoir apparaît, comme si me redresser pouvait m'aider à reprendre le contrôle de mon corps et de mon esprit. Mes muscles sont récalcitrants, mais j'insiste. Cette tâche simple se révèle être un défi.

Merde, fais un effort Elea !

Mes membres engourdis me trahissent et je me retrouve plus recroquevillée qu'assise.

Le médecin, soucieux, s'approche de moi avec précaution.

— C'est normal de vous sentir un peu désorientée. Donnez-vous le temps de récupérer.

Je le regarde, incrédule, avant qu'il reprenne la parole.

— Vous pouvez me dire comment vous vous appelez ?

Elea.

Le réconfort présent dans ses mots me rassure. Sans savoir pourquoi, j'ai envie de faire confiance à cet homme. La réalité est angoissante, beaucoup trop pour que ma gorge se délie mais ce qu'il dégage parvient à me calmer, un peu.

Je ferme les yeux un instant, mon souffle toujours irrégulier et mon cœur battant la chamade. Je lutte pour reprendre une respiration normale. L'envie de comprendre ce qui m'arrive devient de plus en plus puissante.

Or la tranquillité de cet instant n'est que de courte durée. Mes yeux s'écarquillent de stupeur quand la porte s'ouvre, laissant entrer un Aleksander avec un œil rougeâtre orné d'un hématome et un pansement sur la joue. La grande femme noire et élancée ainsi que le blond qui ressemble à une statue grecque sont là aussi. Ils le suivent encore de près. La présence d'Aleksander dans cette pièce est envahissante. Son aura est d'une telle intensité que je pourrais presque la toucher.

Je recule d'un coup dans mon lit, même si mon corps me hurle sa souffrance. Je veux à tout prix mettre de la distance entre nous deux.

Lorsque son regard se pose sur moi, j'y vois une émotion que je n'identifie pas.

« *Tue Aleksander.* »

Je cherche à m'accrocher à cette voix dans ma tête, mais mon esprit refuse de se focaliser sur quoi que ce soit d'autre que la menace dans cette pièce.

Comment le connais-je ?

— Enfin réveillée, petite conne ?

Tout dans sa personne ravive le souvenir douloureux de sa violence. Mes yeux suivent la trajectoire de ses épaules jusqu'à ses mains. Ma gorge se contracte instinctivement.

Si je suis une petite conne, toi t'es un sacré connard.

C'est alors qu'Aleksander se jette sur moi, une expression féroce et déterminée déformant ses traits. Je pourrais croire que j'ai prononcé cette phrase à voix haute. Mon instinct de survie hurle à mon cerveau de faire quelque chose, n'importe quoi. Je tente désespérément de me soustraire à son emprise. La panique monte en flèche alors que ses mains puissantes se posent sur moi, me piégeant contre le matelas.

Mes membres engourdis ne coopèrent pas comme je le souhaiterais. Je suis ridicule à gigoter de la sorte. Mes yeux fixent les siens, comme pour lui communiquer la panique qui m'envahit. J'aurais crié si mes cordes vocales ne me trahissaient pas.

— Fini de jouer maintenant ! Ne me force pas à devenir méchant avec toi.

Personne ne bouge dans la pièce, pas même le médecin. Tous regardent la scène comme s'ils avaient l'habitude que leur patron violente une femme.

— Commence à parler ou tu hurleras pour moi !

Je le ferais, je le pouvais !

— Monsieur Stakhanov, je pense qu'il faudrait y aller plus en douceur, intervient l'homme au stéthoscope.

Je lance à ce dernier un regard de pitié.

— J'en ai rien à foutre de ce que tu peux penser ! C'est moi qui décide de la marche à suivre. Elle pense que jouer l'amnésique va sauver son cul, mais elle se trompe ! Tu oublies où est ta place, doc ! rugit Aleksander.

Le docteur détourne les yeux avant de reculer de quelques pas, balayant tous mes espoirs.

Les deux ombres d'Aleksander observent la scène avec une impassibilité inquiétante, leurs expressions ne révélant aucune indication quant à leur position. Mon rythme cardiaque martèle dans ma poitrine.

Tout ce que je voulais, c'était m'échapper et le sauver.

Mais sauver qui ?

— Très bien, tu commences à me faire chier, petite merdeuse. N'oublie pas que tu mérites ce qui va t'arriver.

Chapitre 6

Aleksander

La colère brûle en moi, tel un brasier intérieur menaçant de tout dévorer sur son passage. L'expression sur son visage me prouve, dans toute sa splendeur, la peur qu'elle ressent. Cependant, une étincelle de rébellion ne cesse d'apparaître dans son regard. Elle est infime, mais les mots qui transparaissent à travers ses yeux me disent clairement d'aller me faire foutre.

— Très bien, tu commences à me faire chier, petite merdeuse, craché-je avec une agressivité non contenue. N'oublie pas que tu mérites ce qui va t'arriver.

D'un geste rageur, j'arrache les fils qui la lient aux appareils surveillant ses constantes. Des mouvements brutaux, sans aucune douceur. Cette menteuse ne le mérite pas. Les bips me vrillent les oreilles. Sa douleur se manifeste, ses traits se crispent, mais son silence résolu continue de me faire grincer des dents. Sa détermination est à la fois déroutante et irritante car elle refuse de se soumettre à la peur que je cherche à instaurer. En aucun cas, je ne peux me permettre de la laisser croire que je suis plus faible qu'elle.

Elle se débat quand je la soulève, son corps faible tentant de lutter dans mes bras.

Malheureusement, son peu énergie ne peut pas rivaliser avec la force féroce qui m'anime. La manière dont elle essaie de s'extirper de mon emprise est une manifestation claire de sa volonté à ne pas vouloir être sous mon contrôle.

Je souris intérieurement face à son combat. Le fait qu'elle ne me dise rien, qu'elle me cache des informations importantes ne fait qu'alimenter ma détermination à vouloir la briser.

— Vous deux, suivez-moi ! ordonné-je d'une voix dure et sans appel. Sergueï nous attend.

Leur obéissance à mon égard est sans faille et me permet donc de garder toute mon attention sur la femme. Elle continue de se débattre du mieux qu'elle peut, conservant dans le regard ce même mélange explosif de peur et de défi. Malgré sa vulnérabilité, elle refuse de plier.

Ça lui donne un certain charme, une fraîcheur inattendue.

Toute personne avec un minimum de sens commun ouvre sa gueule. Cette femme réagit avec une logique qui m'est totalement inconnue. Il faut que je sache ce que cachent ses grands yeux noisette.

Notre belle au bois dormant a eu quelques heures pour se reposer et se décider à parler. À présent, j'en ai assez de lancer des menaces en l'air. Sa pseudo-amnésie est un obstacle qui m'empêche de découvrir ses secrets.

Je ne le permettrai pas.

La traversée du manoir est une progression lente et calculée. Chaque pas résonne dans les couloirs encore silencieux de ce début de matinée.

Je hais les murs de ces pièces.

Je n'arrête pas de me faire cette réflexion. Ils sont recouverts de tableaux anciens et de tapisseries, des vestiges du passé luxueux de mon père.

Des hommes croisent notre procession, l'équipe de sécurité de jour prenant le relais de celle de nuit. Ils hochent la tête respectueusement à notre passage. Leurs regards sont curieux et certains de leurs sourires malicieux.

Lorsque je fais un pas dehors, je prends une grande inspiration. Le parfum des fleurs se mêle à la perfection avec l'odeur entêtante de sang qui macule encore cette femme. J'ai refusé que le doc la nettoie. Si elle veut prendre une douche, elle va devoir me supplier. Nous poursuivons notre route en silence, en direction du hangar, tandis que des employés vaquent à leurs occupations.

Ce n'est qu'une fois à l'intérieur que l'atmosphère change radicalement. Les murs en béton reflètent la froideur de l'endroit ; des chaînes et divers instruments utiles aux interrogatoires sont disposés çà et là, selon un rangement méthodique.

Le hangar est surnommé depuis des années l'antre de Sergueï. Cette structure en béton est en même temps une salle d'interrogatoire et un lieu de torture. Un endroit où la vérité se doit d'être extraite coûte que coûte.

Les lumières tamisées, malgré le soleil qui pointe à cette heure-ci, projettent des ombres dansantes sur les murs en béton. L'inconnue dans mes bras doit percevoir la menace inhérente à ce lieu.

Pas si idiote finalement l'emmerdeuse.

La proximité de Tasha et Anton renforce ma détermination. Même si je pars dans mes travers, ils sauront intervenir au bon moment. Il arrive que je ne sache pas gérer les ténèbres qui grouillent à l'intérieur de moi. Parfois même, elles parviennent à tout ravager sur leur passage, qu'importent les conséquences.

Le regard de Sergueï, impassible et calculateur, me fixe. Il m'attend déjà, positionné devant l'instrument de persuasion du jour. Son visage abîmé est le reflet de sa nature impitoyable. Même pour moi, sa présence peut occasionnellement être terrifiante. Ses yeux froids croisent les miens. Une échange verbal silencieux passe entre nous. Il ne prononce pas un mot. Il en est capable, mais il ne le fait plus depuis mes quinze ans.

À l'époque, il avait la charge de ma surveillance. J'étais alors un petit con qui ne comprenait pas encore tous les tenants et les aboutissants des plans que mon père avait pour moi. Ma mère a réussi à m'enlever après le lycée pour m'emporter loin de l'emprise de mon géniteur. J'ai disparu de la circulation pendant deux ans. Quand Sergueï nous a retrouvés, Boris Stakhanov avait déjà appliqué sa justice impitoyable. Il n'en parle jamais, mais de ce que j'ai compris il l'a enfermé pendant plusieurs mois pour le torturer, les coups portés sur son crâne à plusieurs reprises ont provoqué une aphasie de Broca.

Notre monde est impitoyable, alors pour éviter que les gens le prennent pour un idiot incapable d'aligner une phrase, il n'a plus jamais prononcé un mot. À la mort de mon père, Sergueï s'est fait une joie malsaine de torturer son corps sans vie.

La grande pièce est occupée par plusieurs hommes, postés aux deux entrées. Leurs silhouettes massives confèrent à l'endroit une atmosphère encore plus menaçante aux yeux de ma prisonnière du jour.

Des cages occupent un coin du hangar, des plaintes et des gémissements étouffés émanent de celles-ci. Une symphonie discordante, preuve tangible de la douleur et de la souffrance infligées à ceux retenus à l'intérieur. Ce ne sont ni plus ni moins que les jouets de Sergueï. Les cages contiennent mes ennemis, des figures que je ne connais que trop bien, mais qui désormais sont à ma merci. Certains ne comprendront jamais où se trouve leur vraie place dans ce monde. Je me charge donc de leur rappeler.

Malgré les tortures infligées par Sergueï à ces jouets humains, la plupart d'entre eux repartiront d'ici en vie, du moins s'ils arrivent à survivre à tous les actes de mon homme de main. Ils serviront d'exemple pour ceux qui souhaiteraient se dresser contre moi.

La puissance que j'exerce, le contrôle de leur destin m'emplient d'une satisfaction macabre. Durag est dans sa nouvelle maison, une petite cage de moins de cinq mètres carrés. Il est nu et encore inconscient ce qui, vu la violence de mes coups, n'a rien d'étonnant.

Mon attention se reporte sur l'inconnue qui se trouve toujours dans mes bras.

Ce n'est qu'une question de temps avant que je découvre ce qui se trame et cette femme est l'un des rouages de ce casse-tête, j'en suis sûr.

Je laisse choir son corps frêle au sol avant de la pousser sans ménagement devant un grand bac d'eau glacée. Je lui adresse une dernière demande chargée de menace :

— Veux-tu commencer à parler, ou préfères-tu découvrir les conséquences de ton obstination ?

Mon ton est sévère et dénué de toute compassion.

La frustration se mêle à un sentiment de pouvoir intense. Je suis l'architecte de cette scène, le maître de ce jeu, et elle n'est qu'une pièce d'un puzzle que je modèlerai bientôt à ma guise.

Un silence presque sacré enveloppe la pièce. Les hommes postés aux différentes sorties observent, attendant la moindre indication pour agir.

La tension dans la pièce est à son comble, la lourdeur de l'air devient étouffante. Le reflet dans le bac d'eau glacée capture l'intensité de la situation, ajoutant menace et défi à ce tableau.

Les paroles que j'ai prononcées, l'ultimatum que je lui ai donné, flotte dans l'air.

Elle s'obstine à ne pas ouvrir la bouche.

Mon regard imperturbable est rivé sur elle. Sans une autre sommation inutile, je passe à l'action, ma main se refermant sur son bras pour la plonger dans l'eau gelée.

Elle a choisi son avenir.

Chapitre 7

Elea

La froideur de l'eau me transperce de toute part. Mon corps réagit avec surprise à ce choc thermique. Je lutte quasi automatiquement pour reprendre mon souffle, la sensation d'asphyxie m'envahissant.

Chaque parcelle de mon être crie pour obtenir une dose d'oxygène, la moindre seconde supplémentaire passée dans ce bac étant plus insoutenable que la précédente. Ma cage thoracique se contracte. Mon rythme cardiaque reprend sa course folle, mes poumons me donnent l'impression de brûler. La réalité m'échappe, un brouillard s'insinue dans mon esprit, distordant encore plus qu'auparavant mes pensées et mes sensations.

Je tente de me libérer. Mes mains cherchent désespérément un point d'appui, mais le rebord du bac semble glisser entre mes doigts, insaisissable. Des coupures se forment rapidement sur ma peau, je les sens, pareil à la douleur qui malgré cela me paraît bien loin, sans importance dans cette lutte pour la survie.

Mes yeux s'emplissent de larmes.

Même dans cet état de panique, une sensation étrange de normalité me parcourt. C'est comme si ce qui se déroulait était inévitable, comme si cet événement devait se produire. Une acceptation troublante s'insinue peu à peu en moi.

La notion du temps s'estompe, les secondes se mélangeant les unes aux autres dans un tourbillon de sensations et d'émotions.

Aleksander ne lâche rien, il continue de maintenir ma tête sous l'eau. Pour lui, je ne suis rien de plus qu'une poupée de chiffon.

Mon esprit oscille entre le désir de lutter pour ma survie, d'un côté, et la tentation de me laisser glisser dans l'obscurité qui m'appelle, de l'autre.

L'eau devient moins agitée autour de mon visage, au contraire de la sensation d'asphyxie qui, elle, est de plus en plus vive. Je me situe plus que jamais à la croisée des chemins : rester en vie, et reprendre ce souffle vital, ou me laisser glisser vers le néant. C'est une bataille qui se déroule à la fois dans mon esprit et dans mon corps.

« *Ne les laisse pas te briser m'*aingeal. *Tu es bien plus forte que tout ça.* »

Par miracle, ma tête émerge enfin de l'eau glacée. L'air pénètre dans mes poumons comme une bouffée de vie. Mon souffle saccadé témoigne de ma lutte pour reprendre le contrôle de mes sens. Mon corps tremble, mes vêtements collent à ma peau humide et sale.

Chaque respiration est une victoire arrachée à la tentative de noyade dont je viens d'être la victime.

Soudain, Aleksander me jette brutalement à terre, mon corps meurtri heurte le sol dur avec une force qui me laisse sur le carreau. Ma vision est encore plus floue qu'avant, mon esprit embrumé par l'agonie récente et le choc de l'impact. Mes yeux cherchent à percer le brouillard ; une dizaine de personnes semblent se trouver dans la pièce, pourtant personne ne bouge.

Un mouvement sur ma droite attire mon attention, qui se porte sur un homme. Des cicatrices barrent la totalité de son visage. Ses mains s'animent rapidement dans une série de gestes complexes.

Les gestes, bien qu'étrangers à première vue, commencent à prendre forme dans mon esprit. Mes sens en alerte, je réalise qu'il communique en langue des signes. Un sentiment de reconnaissance s'empare de moi alors que je rassemble mes souvenirs. J'ai appris à signer, j'ai appris à communiquer ainsi. Mais pourquoi ?

Tu vas la tuer si tu continues. Morte, elle ne nous est d'aucune utilité.

Je fixe l'homme, captant chaque mouvement de ses mains.

Il y a un problème, même quelqu'un qui ne veut pas parler émet des sons.

Je pourrais presque lever les yeux au ciel face à cette logique.

Enfin quelqu'un qui se pose une bonne question !

Je ne suis pas muette. Je suis certaine de ça. Je me rappelle le son de ma voix, des conversations avec… avec mon père ? Il était avec moi, il n'y a pas longtemps, je lui ai chuchoté mes peurs et mes angoisses.

Mais si je suis capable de parler, pourquoi aucun son ne sort ? Pourquoi je n'arrive pas à crier mon insubordination et mon incompréhension ?

Pourquoi ?

— Je n'ai pas le temps de gérer ce genre d'emmerdes, putain !

Dans un geste brusque Aleksander me relève. Ma tête tourne, prise dans un vertige violent.

— Très bien, tu vas dire oui ou non en hochant la tête, petite merdeuse, vu que tu es décidée à fermer ta gueule.

Il saisit ma mâchoire avec ses doigts.

— Je vois tes yeux qui me fusillent, ce qui me fait dire que tu n'es pas si brisée que ce que tu as voulu nous faire croire hier. Mets-toi à table ou je te tue de mes propres mains. Tu n'as plus le choix.

« Tu n'as plus le choix. »

— Est-ce que tu as compris ? poursuit-il, venimeux.

Dans un effort douloureux, je secoue légèrement la tête de haut en bas dans l'espoir qu'il arrête enfin de me malmener. J'arrive à avoir des pensées cohérentes pour comprendre la merde dans laquelle je suis. Si je ne coopère pas, ils vont me tuer avant que je puisse démêler tout ce merdier.

— Durag Denis, tu connais ?

Il me tourne violemment vers une des cages, où gît un homme au visage massacré. Une nausée me saisit, je vais finir comme lui.

Je réponds par la négative.

— Qui me dit que tu ne mens pas ?

Rien.

Mais, à la place de ces mots qui refusent de sortir, je hausse légèrement les épaules. Je n'ai pas la réponse à sa question.

— La *Réalta dubh*, ça te dit quelque chose ?

Ce nom réveille quelque chose en moi et me renvoie un souvenir douloureux en pleine face.

« Ne la touche pas… gémit mon père.

Il est dans un sale état. Son visage a été défiguré sous les coups de ses assaillants.

— Pourquoi tu ne capitules pas, Cian ? C'est nous ta famille… soupire un homme que je ne reconnais pas. Regarde ce que tu me forces à faire à ta magnifique fille.

Je me débats sous la poigne ferme des hommes qui me tiennent. Le visage de fouine du premier à avoir parlé s'approche de moi. Sans hésitation, je lui crache au visage. Une claque sonore retentit dans la pièce, ma tête valse sur le côté.

— Ne la touche pas ! T'es un homme mort ! Vous l'êtes tous ! hurle mon père.

— Sais-tu qui je suis, mon petit oiseau ?

— Ferme ta gueule ! Ne lui parle pas !

L'homme ricane de concert avec les autres présents dans la pièce.

— Dis bonjour à ton futur mari. La Réalta dubh *est toujours généreuse avec ses épouses.* »

Je réponds une seconde fois par la négative.

Je mens.

Mais je n'ai pas le choix.

Avant que je puisse me plonger plus avant dans ce souvenir, Aleksander émet un ordre sec et deux hommes qui se tiennent contre le mur s'approchent. La peur en moi revient au galop alors qu'ils m'attrapent chacun un bras et me traînent vers l'une des cages que je n'avais pas encore pu voir. Mes pieds glissent sur le sol froid et dur et une nausée violente me saisit.

À peine deux minutes plus tard, je me retrouve enfermée dans un espace restreint tel un animal.

— Je pense que quelques jours ici vont te permettre de rafraîchir ta mémoire fragile. Tu réfléchiras à deux fois avant de me faire attendre et de me prendre pour un con, persifle l'homme responsable de mon nouveau cauchemar.

Chapitre 8

Aleksander

Cette journée a été épuisante. Je sens l'intégralité de mes muscles me supplier de me reposer. Mon visage me tire, dans un rappel constant de mon inattention.

Depuis trois jours, je dois porter un stupide cache-œil à cause de l'inconnue aux cheveux roux. Elle était trop faible pour parvenir à m'éborgner ce soir-là, mais ses ongles ont tout de même abîmé ma cornée. Pour ma joue, en revanche c'est une autre histoire. J'ai troqué le pansement pour quelques points de suture, mais le médecin espère une bonne cicatrisation. Sinon ce sera une cicatrice de plus qui viendra s'ajouter à toutes celles que j'ai déjà. Les hommes qui l'ont mis dans l'état où je l'ai trouvée aurait dû casser les griffes de ce chaton apeuré.

Bande d'amateurs.

Je me réfugie sous la douche. La chaleur de l'eau apporte un instant de repos à tout ce bordel. Les contretemps et les décisions qui pèsent sur moi s'éloignent temporairement, emportés par le flot apaisant de l'eau qui ruisselle sur ma peau. Je ressens chaque goutte comme une libération, une courte pause dans le tumulte de mes problèmes.

Cette parenthèse de tranquillité se brise quand la porte de la salle de bains s'ouvre sur une silhouette féminine. Anton, encore une fois, s'est permis de prendre une initiative contre mon gré ; je l'ai pourtant prévenu que je ne voulais pas être dérangé aujourd'hui.

Mon regard se pose sur la jeune femme. Je note son air hésitant, son regard cherchant à évaluer la situation.

— Bonj… Bonjour monsieur Stakhanov, je suis Ma…

— T'es une pute, c'est tout ce que j'ai besoin de savoir.

Mon ton froid la fait sursauter. Je ne peux m'empêcher de lever un sourcil. Mon second sait mieux les choisir d'habitude ; elles ne posent pas de questions, savent pourquoi elles sont là.

Un soupir s'échappe de mes lèvres. Il est vrai qu'être accueilli par une baise sauvage à la fin d'une dure journée est toujours agréable. Mais les tensions qui m'habitent ces derniers temps réapparaissent à la vision de cette femme complètement gauche.

— Connais-tu les règles ?

Ma voix est cinglante, ma méfiance palpable. Prendre des précautions est nécessaire dans un monde où la confiance est rare et que l'homme qui vous baise est capable de vous trancher la gorge juste pour avoir touché son visage.

Elle a fait bien pire, elle m'a blessé.

Elle aurait dû mourir.

La prostituée me fixe. Je peux presque sentir son inconfort.

— Emilie n'était pas disponible. Mme Diane s'en excuse, elle pensait que j'étais une bonne alternative puisqu'on se ressemble physiquement… Mais je n'ai pas eu le temps de prendre connaissance des règles, je vous demande pardon.

Ses mots sont empreints d'incertitude. La frustration monte en moi. Cette situation déplaisante doit être réglée au plus vite.

— J'en ai rien à foutre de ton physique. Emilie est une habituée, qui connaît les règles et se comporte comme une bonne chienne. Tu ne sais pas pourquoi tu es ici, pas vrai ?

D'une main, je la chasse avec mépris, l'agacement grandissant à mesure que je la vois se dandiner sans savoir quoi faire.

— Déshabille-toi et va m'attendre en position sur le lit.

Elle hésite, ne sachant quoi faire. *Bordel depuis quand les filles de Diane sont-elles devenues aussi prudes ?* Je me pince l'arête du nez. Un mal de crâne est en train de pointer le bout de son nez. Lorsque je relève la tête, elle est toujours là. Incapable de me contenir, je m'exclame :

— Dégage de chez moi ! Et préviens Diane que la prochaine fois qu'elle me fait un coup comme ça, elle peut oublier sa précieuse protection. Je suis sûr que les flics vont adorer les dossiers que j'ai sur elle et ses… activités.

La fille s'enfuit, comme si sa vie en dépendait. J'attrape mon téléphone sur le rebord de la vasque pour composer le numéro de Tasha. Cette dernière répond dès la première sonnerie.

— *Aleks ? Je pensais que tu serais en train de t'amuser*, ricane-t-elle.

— Anton n'a qu'à mieux les choisir ! Je me suis retrouvé avec une pucelle qui ne savait même pas se déshabiller. Vous êtes où ?

— *Salle commune avec Constantin. Il est encore en train de se morfondre sur son sort parce que Sergueï ne veut pas de lui.*

J'éclate de rire et la préviens que j'arrive. Notre petit arrogant de Constantin. Il nous a rejoint il y a maintenant cinq ans. C'est un bon élément, envoyé par son père pour faire ses classes à mes côtés. Après quoi il devra reprendre le contrôle de l'empire familial.

Constantin connaît son destin. Or depuis qu'il est dans un tout autre pays, il a envoyé valser le monde et fait désormais ce dont il a envie… Surtout en matière de relation. Être gay mais accepter d'épouser une pimbêche que tu ne connais pas n'est pas dans les cordes de tout le monde.

J'entre dans la salle commune qui jouxte la cuisine. Les éclats de rire et les taquineries résonnent dans la pièce, créant une atmosphère momentanément légère au sein de notre sombre réalité. Ma présence, bien que notable, ne fait pas descendre le niveau sonore.

— Vous pourriez au moins attendre que je sois là pour vous chamailler, lancé-je d'un ton mi-sérieux mi-moqueur, tout en m'approchant d'eux.

Anton esquisse un sourire malicieux.

— Anton, sois gentil et lâche le gamin.

Mon chef de la sécurité est sur le dos de Constantin, le maintenant au sol malgré les gesticulations de sa victime.

Tasha, elle, est assise à une table. Ses yeux sont brillants et alertes, comme à son habitude. Elle absorbe chaque détail de la situation. Un rappel constant de son talent de stratège, qui font que ses plans sont toujours infaillibles. Je n'ai jamais peur de lui laisser la tête de certaines opérations. Déléguer permet aux personnes investies de missions de se sentir concernées et impliquées, ce qui dans de multiples situations leur fait oublier l'envie de trahir.

Mon père ne partageait pas cette vision… C'est ce qui l'a conduit à sa perte.

Dans un bref hochement de tête, elle me demande si tout va bien.

— Sergueï et la drague. Qui aurait cru que ce serait le thème du jour, chuchoté-je à Tasha, en m'asseyant à côté d'elle les yeux pétillants d'amusement.

Elle pose sa main devant sa bouche pour étouffer un rire.

— Je te parie deux cents dollars que Constantin va réussir à foutre Anton au tapis, dit-elle.

— Pari tenu, c'est impossi…

Je n'ai pas le temps de finir ma phrase que Constantin se retourne avec la grâce d'un chat. D'une prise exécutée avec brio, il inverse la situation et met à genoux Anton qui tape frénétiquement sur le sol sous l'emprise du vainqueur.

Tasha éclate de rire. J'aurais dû me douter que si elle pariait, c'était parce qu'elle était sûre de gagner.

— J'ai appris à notre petit chat une nouvelle technique, explique-t-elle. Je lui ai promis de faire sauter une semaine d'entraînement s'il me donnait le plaisir de voir Anton fermer sa gueule.

J'entends Anton protester avec virulence. Il a tendance à être très mauvais joueur, même à son âge.

— Bon, maintenant que vous avez satisfait votre besoin de divertissement, nous avons des choses à discuter.

Mon ton sérieux calme immédiatement l'ambiance enjouée de la salle commune.

Ils s'assoient tous dans le grand canapé, tandis que je me sers un verre de cognac. Je fais tourner le liquide ambré quelques secondes avant d'en prendre une longue gorgée.

— J'ai repris le dossier de la *Réalta dubh*…

— T'as de nouvelles infos ? me coupe Tasha.

— Non, toujours les mêmes. Mais les derniers événements me poussent à penser qu'il y a peut-être un lien entre mon refus de coopérer et Durag qui détourne mon argent. Il est temps de les faire tomber, une pièce après l'autre, jusqu'à ce qu'il ne reste plus rien d'eux.

— Et l'inconnue ? demande Constantin. C'est qui ?

— Les hackers sont sur le coup, mais il n'y a pas eu de percée significative. Cette femme est une énigme.

Un léger soupir d'exaspération accompagne mes mots.

L'art de trouver des secrets cachés est une compétence que j'ai perfectionnée au fil des années. Cependant, notre inconnue semble posséder une capacité étrange à échapper à mes tentatives.

Une personne cherche à cacher son identité.

Et je veux savoir pourquoi.

— Si les hackers ne parviennent pas à trouver d'informations, je suppose que je vais devoir mener l'enquête moi-même, déclaré-je, un sourire en coin.

— On va voir si tu n'as pas perdu la main, monsieur le Croque-Mitaine, me taquine Tasha.

L'idée de me plonger personnellement dans la recherche d'informations me paraît à la fois stimulante et amusante. Ça fait bien longtemps qu'un secret ne nous avait pas été caché de la sorte, ce qui rend la perspective de découverte encore plus intéressante. Les responsabilités de gestion de mon organisation m'éloignent trop souvent de mon activité première préférée : révéler les secrets. Déterrer les squelettes. Connaître le vrai visage de l'humain dans toute son horreur.

Une passion chez moi, véritable source de satisfaction et de contrôle dans un monde où les informations sont devenues des armes intellectuelles aussi puissantes que les armes physiques.

— Rien de mieux que de se lancer dans une chasse à l'info pour voir ça, n'est-ce pas ? lancé-je, avec un clin d'œil complice.

Tu me refuses tes secrets *moy dikiy* ?

Aucun problème. Je les arracherai de ton esprit brisé.

Chapitre 9

Elea

Bouge ton cul, Elea, arrête de te comporter comme une demoiselle en détresse !

Trois jours que je suis allongée dans cette cage. Les jours et les nuits se succèdent de manière étrange. La brume épaisse qui entoure mes souvenirs complique la distinction entre la réalité et les cauchemars qui surgissent dès que mes yeux se ferment.

Mes mains me font souffrir, je n'arrive plus à les refermer correctement ; je me suis débattue tellement fort dans la vieille baignoire que le métal rouillé m'a profondément abîmé la chair.

Un frisson me traverse alors que l'homme au visage terrifiant s'approche. Chaque personne qui se présente ici le regarde avec respect et terreur.

Mon regard évite le sien, je suis incapable de soutenir le poids de son expression froide et impitoyable. J'entends une assiette que l'on jette au sol. Je refuse de manger l'immondice qu'on me présente. Non pas que je sois compliquée, mais j'ai trop peur d'être empoisonnée pour ne serait-ce qu'avoir goûté la bouillie servie. Ou pire.

Hier, un homme dans une cage au fond à supplier pour avoir à manger. Quand son assiette est arrivée, il s'est jeté dessus, une faim vorace dans les yeux. Il était réduit à l'état d'animal. Les hommes qui montaient la garde ont commencé à rire quand le prisonnier s'est mis à vomir. Ce que contenait la gamelle était assez dégueulasse pour que l'on rende ses tripes à peine ingurgité.

La suite m'a soulevé l'estomac.

Un homme qui n'avait pas pris part aux ricanements de ses collègues s'est détaché du mur et a menacé le prisonnier avec son arme. L'homme en cage devait manger ce qu'il venait de vomir ou il serait tué.

Putain de dégénérés.

Un claquement de doigts me fait tourner les yeux en direction de l'homme au visage terrifiant qui se tient toujours en face de moi. Il signe rapidement avec ses mains.

« *Mange.* »

Je secoue la tête dans une ferme opposition. Il est l'un des seuls à avoir compris que je ne parlerai pas. De fait, il ne fait que signer. Il sait que je ne suis pas sourde. Les autres hommes qui passent dans ce hangar m'insultent, me dénigrent, me menacent comme si par magie leurs réflexions, la plupart misogyne, allaient me faire retrouver la parole.

« *Arrête de t'entêter. Aleksander va finir par s'impatienter.* »

Aleksander.

Ce nom résonne en moi avec un sentiment d'impuissance. J'ai beau creuser et fouiller ma mémoire, rien ne vient. Aucun souvenir lié à ce prénom ne remonte.

Je détourne le regard, les yeux fixés dans un coin sombre de ma propre cage. Je ne veux pas qu'il me redemande comment je me suis retrouvée dans cette situation.

Je ne peux pas parler.

Même si je le voulais.

Même si je sais que j'en suis capable, parfois.

Ce mutisme sélectif pourrit mon existence depuis l'enfance. Il me retient dans un silence oppressant sur lequel je n'ai aucun contrôle. Depuis des années, je suis constamment prise au piège entre le besoin désespéré de m'exprimer et l'incapacité de le faire. Les médecins ont toujours rassuré mon père : ils disaient que ce n'était qu'une passade, une timidité maladive.

Ils avaient tort.

J'ai fini par me renfermer sur moi-même et ne parler qu'à mon père.

L'angoisse permanente qui monte en moi dès que j'essaye de dire quelque chose me hante chaque jour depuis que j'ai conscience de ma différence.

Non. Ce n'est pas pour ce type que je vais retrouver la parole par miracle, désolée.

Il soupire.

« *Ce sont les ordres et je te mentirais si je te disais que ça ne me fait pas plaisir.* »

Je me fige d'effroi. Je connais la signification de cette phrase. C'est le même rituel à chaque fois : si je ne parle pas, j'ai le droit à un petit tour dans le bac d'eau glacée. Je vais finir par crever ici s'ils continuent.

Tous attendent une réponse, un seul mot leur suffirait, je pense. Mes yeux me piquent sous la frustration, cette sensation se mêlant à la peur. Je ne veux pas que ça recommence, je ne vais pas pouvoir le supporter longtemps. Je déteste cette sensation de vulnérabilité et d'impuissance.

Elea, arrête de pleurer sur ton sort.

Tout à coup, une brusque agitation secoue la cage. Des mains me saisissent brutalement pour me tirer hors de ma prison. Mon cœur bat frénétiquement tandis que je me débats, déterminée à me libérer de leur emprise.

Mes muscles endoloris hurlent sous l'effort. D'un coup, mon corps percute le sol et, rapidement, je me lève. Je fais appel aux maigres forces qui me restent pour courir, fuir cet endroit.

OUI !

Je pourrais presque crier victoire.

Des hurlements résonnent derrière moi, des ordres sont lancés avec rage. Une cacophonie terrifiante qui me pousse à aller encore plus vite, à quitter à tout prix ce hangar. Les images du vide, de l'eau glacée, du visage sombre d'Aleksander se mélangent dans ma tête.

Malgré ma position recroquevillée de ces derniers jours, mes jambes réussissent à me porter à travers ce qui ressemble à un jardin, quand une maison immense se dresse face à moi.

Y entrer n'est pas le plus logique, mais semble être ma seule option. Le portail sur la gauche est beaucoup trop loin et les hommes qui se trouvent à proximité n'ont pas l'air prêts à me laisser passer.

En quelques secondes, j'atteins une grande porte. Une cuisine spacieuse se trouve sur la droite. Les cris dans mon dos s'intensifient, les gardes ne sont plus très loin. Je dois prendre une décision. Sans attendre plus longtemps, j'entre dans la cuisine et claque la porte avec force.

Je prends un instant pour respirer, pendant lequel mon regard balaye la pièce et s'arrête sur la seule silhouette présente. À en juger par son uniforme, elle doit être cuisinière. La femme semble aussi surprise que moi. Mon regard se pose sur un long couteau qui traîne sur une planche de travail et, sans réfléchir, je m'en empare.

C'est vous ou moi.

L'effet de surprise me permet de me glisser derrière la cuisinière et de me protéger avec son corps. La porte s'ouvre dans un fracas assourdissant. Automatiquement, je place le couteau sous la gorge de l'employée. Trois hommes entrent dans la cuisine avant de se figer face à cette scène tandis que ma prisonnière hurle des mots dans une langue que je ne connais pas.

— Personne ne bouge, crache un homme qui rentre à leur suite. Toi, la salope, pose ce couteau !

Je le connais, je l'ai vu l'autre soir. C'est le dieu grec qui était avec Aleksander.

— Martha, tout va bien se passer. Cette femme ne vous fera aucun mal, dit-il.

Il parle calmement, ce qui contraste totalement avec la raideur de son corps.

C'est ce qu'on va voir.

Malgré la phrase assassine qui surgit dans mon esprit, le couteau tremble légèrement entre mes doigts. Je ne suis pas une tueuse, mais l'adrénaline me permet d'appuyer légèrement sur la base de la gorge de mon otage.

Elle gémit de douleur pendant qu'un liquide s'écoule sur mes doigts. La cuisinière semble sous le choc. Sa bouche s'ouvre et se referme sans émettre un son.

L'homme ordonne à tout le monde de baisser son arme et chacun obéit sans poser de question.

Je suis soudain tirée en arrière. Je lâche le couteau sous la surprise de cette attaque que je n'ai pas vu venir. Une main puissante se referme alors autour de mon poignet, tandis que mon corps est brutalement plaqué contre la table de la cuisine.

— Tu sais ce que je fais aux méchantes filles incapables de savoir où se trouve leur place ? persifle une voix haineuse à mes oreilles.

Je n'ai pas besoin de le voir pour comprendre qu'Aleksander se trouve derrière moi. Je grogne sous la force de sa poigne, ma joue est collée contre le granit et mon bras tendu dans une prise qui m'empêche de bouger. Ses hanches sont collées aux miennes et je peux sentir que cette situation excite cet enfoiré.

— Mais c'est qu'elle grogne en plus, ricane-t-il. Sache que j'adore punir les méchantes filles.

Une douleur insoutenable déchire mon bras. Un cri involontaire s'échappe de ma bouche, le couteau que je tenais quelques instants plus tôt est maintenant enfoncé dans ma main. Des larmes inondent mes yeux alors que j'expulse un second hurlement. Mon corps tremble, secoué par une douleur lancinante qui engloutit chaque pensée. Ma vision s'assombrit, la réalité s'efface autour de moi. Les sons se mélangent, les sensations se confondent et tout devient flou.

Mon souffle est erratique, j'hyperventile. Ma poitrine se soulève rapidement dans un mélange d'agonie et de panique. Le noir m'entoure, la douleur laisse place à une sensation de vertige. Mes jambes fléchissent et tout devient sombre.

Dans ce cauchemar une voix satisfaite vient chuchoter contre mon oreille.

— Tu te mets enfin à hurler, *moy dikiy*.

Chapitre 10

Aleksander

J'ai salement merdé.

Le corps inerte de l'inconnue est étendu au sol, pourtant une satisfaction malsaine m'imprègne de toutes parts. Elle a craché un son, un hurlement de douleur tellement intense qu'il m'a vrillé les oreilles.

Je bouillonne de l'intérieur, mais l'excitation me fait oublier un bref instant les conséquences de cet acte irréfléchi.

Œil pour œil, dent pour dent, petite merdeuse.

Je n'allais tout de même pas la laisser menacer un membre de mon personnel sans rien faire. Martha travaille pour nous depuis bien avant que je ne sois une idée dans les couilles de mon père. Tout le monde la respecte.

Je contemple à nouveau la femme aux cheveux roux.

Comment a-t-elle pu s'échapper ?

J'ai été alerté par le cri des alarmes. Le boucan m'a sorti de mon bureau et, en arrivant dans la cuisine, j'ai découvert avec fascination la rousse, un couteau dans la main. Elle était déterminée et…

Magnifique.

Là, devant tous ces hommes, elle n'aurait pas hésité. Pousser dans ses retranchements, elle lui aurait tranché la gorge, du moins je le pense.

On peut en apprendre beaucoup sur une personne désespérée ; la carapace se fendille et laisse entrevoir les failles. Mais, ce que j'ai perçu chez elle n'a rien d'une faiblesse, non. C'est magnifique, vibrant. Elle brûle d'une flamme incandescente.

Lors de son examen, le docteur a relevé d'innombrables cicatrices sur son corps. Il les date de quelques mois à une année grand maximum. Il est persuadé qu'elle a été retenue contre son gré.

Mais sans son nom, dans l'immédiat, je ne peux rien faire ni comprendre.

La reconnaissance faciale prend du temps, beaucoup trop de temps. Mes logiciels sont à la pointe de la technologie, cependant, devoir se connecter à chaque caméra ou fichier sans point de départ est un travail laborieux.

Même pour les algorithmes.

Son hurlement résonne encore dans mon crâne. Une réaction étonnante qui me rappelle à quel point je désire briser son silence.

Trois jours qu'elle est enfermée dans le hangar et chaque jour, elle a droit à une thérapie un peu spéciale. Pourtant, selon Sergueï, elle n'a ni parlé ni même sorti le moindre son de sa jolie gorge.

Je suis sûr d'une chose au moins maintenant : elle n'est pas muette. Ce qu'elle n'a pas encore compris, c'est que s'il faut que je la poignarde pour qu'elle l'ouvre, on va pouvoir s'arranger.

Perdu dans mes pensées, je ne vois pas tout de suite Tasha à mes côtés. Son expression est chargée d'irritation.

— J'ai renvoyé tout le monde au travail. C'était complètement con. Elle aurait dû être abattue depuis longtemps. Elle va nous causer que des problèmes, Aleks, lance-t-elle, sa voix marquant très clairement sa désapprobation.

— Et risquer notre sécurité ? Hors de question.

— Aleks…

— ÇA SUFFIT PUTAIN, hurlé-je.

Elle recule, sous le choc. Je ne lui hurle jamais dessus, d'ordinaire.

Mais je dois comprendre. C'est un besoin, et même plus que ça.

C'est obsessionnel.

Je ne peux pas laisser cette énigme sans réponse.

— Tasha…

Elle lève la main ; elle ne veut pas de mes excuses et je la comprends. Dans notre monde, les excuses sont une faiblesse.

— Règle ce bordel et vite. Les gens commencent à poser des questions et ça, c'est problématique.

J'inspire profondément. Tasha a toujours été celle qui maintient l'équilibre dans notre univers tumultueux. Il est temps de recommencer à l'écouter.

— Je sais, Tasha, mais n'oublie pas que c'est encore moi qui décide ici.

Elle me dévisage avant de hocher la tête.

— Je te dois tout, Aleks. Ma position dans l'organisation, mes réussites, ma vie. Mais nous ne pouvons pas nous permettre d'avoir des maillons faibles, encore moins s'il s'agit de toi. Je ne te laisserai pas retomber dans tes travers stupides.

— Appelle le doc, qu'il la soigne. Le problème sera réglé avant la fin de la semaine.

Sans attendre sa réponse, je retourne dans mon bureau.

C'est ici que je me sens chez moi, où j'exerce mon talent et découvre les secrets qui échappent à la plupart, entouré de l'arsenal de technologie de pointe qui me permet de dominer tous les enculés de ce monde. Les écrans clignotent, les câbles serpentent et l'atmosphère est imprégnée de l'odeur caractéristique du plastique.

Mon bureau est un labyrinthe de mondes virtuels, chacun avec ses propres objectifs et cibles. Les écrans affichent des lignes de code, des images floues de caméras de sécurité et des tableaux de données cryptées. Je m'installe devant le poste de commande principal, mes doigts se mettent à danser sur le clavier avec agilité.

Je rentre la photo prise d'elle par le médecin pour lancer une recherche. Je n'ai pas eu le temps de me pencher dessus plus tôt. Je me suis occupé du cas de Durag et j'ai tenté de tracer mon argent, sans parvenir à faire de lien direct avec la *Réalta*.

Une fois les algorithmes lancés, je ne me prive pas : réseaux sociaux, caméras de sécurité, photo professionnelle, dossier de police… Personne n'est invisible dans notre société, c'est pratiquement impossible, sauf si on me paye assez pour que j'efface une vie.

Soudain, un signal retentit. Je sursaute dans mon siège. Sur l'écran principal, une notification apparaît en lettres rouge vif. Une correspondance entre l'inconnue et un visage a été établie.

Mon rythme cardiaque s'accélère sous l'excitation, et je lance une série de programmes et d'algorithmes pour décrypter les données et explorer cette piste.

Les informations commencent à s'afficher sur l'écran. Une carte d'étudiante, un dossier scolaire en Virginie, à Winchester. *Université de Shenandoah.*

Elea O'Neil.

Son dossier est incomplet, il s'arrête en plein milieu d'une année universitaire, son cursus ne semble pas avoir été validé. Je vérifie mon hypothèse. En prenant la photo de sa carte d'étudiante, je ne retrouve aucune autre correspondance.

Quelqu'un à chercher à la faire disparaître.

La tension monte en moi. Je n'aime pas la tournure que prennent les événements. Pourtant, je ne peux pas m'empêcher de sentir une certaine fascination pour l'énigme qu'elle représente.

D'aussi loin que je me souvienne, j'ai toujours aimé ce genre de puzzle. Pendant notre fuite, ma mère passait son temps à m'offrir des casse-têtes. Elle disait que je devais nourrir mon esprit, quoi qu'il arrive.

Qui es-tu, Elea ?

Les informations se remettent à défiler, laissant entrevoir des données diverses, entre échanges de mails avec des professeurs, convocations à des examens et j'en passe. Je traque la moindre connexion cachée, le moindre indice qui pourrait me révéler les secrets qu'elle garde. L'inconnue ne l'est plus, et l'étau autour de ses secrets se resserre.

Née à Carlow, le quatorze avril mille neuf cent quatre-vingt-dix-neuf, parcours Undergraduate avec les honneurs, Postgraduate non validé.

C'est une gamine, à peine une femme.

Au même âge, Tasha avait déjà massacré la moitié des hommes de sa liste noire et j'avais mis la main sur l'empire de mon père.

Je peste quand son nom ne donne rien après un premier balayage de vérification. Hormis ce dossier scolaire, rien d'intéressant n'apparaît pour l'instant. Les contacts d'urgence sont vides et le compte qui lui servait à payer ses cours n'existe plus. La personne en charge de la faire se volatiliser est un putain d'amateur. Ça va prendre un certain temps, mais je vais pouvoir retrouver tous les renseignements disparus. S'il a oublié une chose aussi simple qu'un dossier universitaire, il est certain qu'il a dû faire d'autres erreurs.

Elea O'Neil, le Croque-Mitaine arrive et tu ferais mieux d'être prête.

Chapitre 11

Elea

Pourquoi j'ai la bouche aussi pâteuse ?

Ma tête me donne l'impression d'avoir bu beaucoup trop de Spritz. Mes yeux peinent à s'ouvrir, mon esprit est engourdi. Les contours flous de ma vision se stabilisent lentement. La première chose qui attire mon attention, c'est la blancheur éclatante qui m'entoure. Mes sens s'éveillent progressivement et je réalise que je suis allongée sur un lit médical. Tout à coup, une douleur vive accapare mes pensées. Je focalise mon attention sur ma main d'où part une sensation lancinante. Elle est recouverte d'un pansement à base de compresses et de sparadrap.

Mon regard parcourt de nouveau la pièce à la recherche de réponses. Des étagères remplies de fournitures médicales, des écrans et des moniteurs électroniques…

Je sursaute quand je perçois un homme à côté de moi. Son sourire est amical et ses yeux étincelants de malice que c'en est presque déconcertant.

— Bon retour parmi nous, belle inconnue.

Son ton, léger, contraste avec les murs froids qui nous entourent.

Je reste stoïque face à son attitude.

Comment peut-il être aussi joyeux dans un endroit pareil ?

J'ai envie de lui crier de sortir, de me laisser seule, mais mes cordes vocales refusent de coopérer.

— Je m'appelle Constantin et je suis ton nouveau baby-sitter, me lance-t-il, appuyant ses propos d'un clin d'œil. Je suis censé te surveiller pour que tu ne retentes pas de t'échapper. Alors si tu pouvais au moins éviter de tirer la gueule, ça serait cool.

Facile à dire pour toi.

— Il t'a sacrément amochée, mais j'ai vu la trace que tu lui as laissé sur le visage et rien que pour ça, chapeau… T'as souri ! s'exclame-t-il.

Bien qu'il ressemble à un gamin, son physique laisse penser qu'il doit avoir mon âge, aux alentours de vingt-quatre ou vingt-cinq ans.

— OK, récapitulons. T'as débarqué à Stakhanov Industry, au beau milieu de Manhattan, maculée du sang frais de on ne sait qui… Et tu as attaqué le grand patron avant d'essayer de tuer la gouvernante… Et t'es encore en vie, après tout ce bordel. Ça relève du miracle !

Vu ainsi, c'est vrai que ça paraît complètement irréel.

— Tu dois être sacrément bonne au lit pour qu'il te laisse encore respirer…

Il a à peine le temps de sourire cette fois-ci que je lui décoche une gifle.

— Aïe ! Merde, je déconne !

Il se tient la joue sur laquelle se dessine la marque de ma main. Je n'ai pas contrôlé mon geste. À mon tour, je gémis fortement. Dans le mouvement, je n'ai pas fait attention à ma main blessée.

Il recule son siège, loin de ma portée avant de bougonner.

— *Moya mama vsegda govorila mne byt'ostorozhnym s zhenshchinami.*

À tes souhaits.

On dirait du russe, mais je ne comprends pas cette langue. Vu ma condition, je n'ai jamais appris à parler d'autres langues.

— Ma mère m'a toujours dit de faire attention aux femmes, traduit-il.

Sa mère est une femme intelligente. Mes lèvres s'étirent. Et soudain, pour la première fois depuis longtemps, sans doute grâce à l'énergie enfantine qui se dégage de cet homme, un son s'échappe de ma gorge : un petit rire timide, à peine audible.

— J'ai parié cent dollars avec Anton que tu n'étais pas muette.

Je ne peux m'empêcher de lui rendre son sourire, même si je tremble légèrement. C'est étrange, après tout ce temps.

Le médecin choisit ce moment-là pour entrer dans la pièce, faisant retomber toute la légèreté du moment. Après avoir salué Constantin, il se tourne vers moi et demande d'une voix douce :

— Comment vous sentez-vous, ma chère ?

Sans blague ?

Il cherche à être apaisant, son sourire a quelque chose de réconfortant. Malgré tout, je garde un visage neutre, vaine tentative pour leur montrer que je ne veux pas être ici.

— Très bien, soupire-t-il. Votre main a nécessité une petite intervention chirurgicale suite à la blessure causée par le couteau. Mais je peux vous assurer avec certitude qu'il n'y aura pas de séquelles. Vous pouvez remercier

M. Stakhanov de connaître l'anatomie humaine aussi bien qu'un professionnel de santé.

Ma main blessée me tire une grimace. Avec précaution, il examine ma blessure. Constantin, quant à lui, est complètement absorbé par son écran de téléphone, du moins c'est l'impression qu'il veut donner.

Le médecin continue de parler, m'expliquant les soins nécessaires et les étapes de la guérison à venir. La gentillesse ainsi que la prévenance de cet homme répandent une lueur d'espoir débile dans mon esprit, celui de me sortir de cette situation plus que désespérée. Je commence tout juste à rassembler les souvenirs dans mon esprit fragmenté, pourtant j'ai l'impression que les événements ne vont faire qu'empirer.

Alors pour me rassurer, je reste attentive à chaque mot qu'il prononce. Je me laisse bercer par le peu de normalité de cette situation.

Les paroles réconfortantes sont interrompues par un grand fracas émanant de la pièce d'à côté.

— OÙ EST CETTE PUTAIN DE MENTEUSE ?!

Sa colère éclate, à tel point que je ressens son énergie avant même de la voir. Mon corps se crispe automatiquement.

Je me recroqueville sur le lit, ma main blessée contre moi et tire au passage sur les fils des perfusions pour me faire la plus petite possible.

Mais trop tard.

Aleksander est là.

Ses yeux enflammés de rage convergent vers moi. Il pousse le médecin avant de me saisir avec brutalité par le bras et de me secouer comme une poupée de chiffon.

— Comment connais-tu le Passeur ? OÙ EST-IL ?

Je l'observe, terrifiée, incapable de comprendre ce qu'il dit. Les larmes ruissellent sur mon visage. En cet instant, j'éprouve un besoin irrépressible de hurler, d'implorer qu'il cesse de me faire mal. Mais je suis condamnée à rester impuissante devant cet homme.

Il sort une photo de sa poche. L'image, au premier abord floue à cause de mes larmes, se matérialise lentement. Mon esprit lutte pour reconnaître les visages sur le cliché.

Une illumination m'apparaît, un éclair brisant les ténèbres de ma mémoire. Je reconnais l'un des hommes sur la photo.

Papa.

Mon cœur s'emballe, tandis qu'une vague d'émotions me submerge. Les souvenirs refoulés surgissent, des moments volés de mon enfance, de notre relation compliquée et des secrets inavoués qui ont toujours plané entre nous.

Cette photo a été prise le dernier jour où j'ai été heureuse. Le jour où toute cette merde a commencé.

Il y a un an.

Le jour de notre enlèvement.

Je fixe Aleksander avec un mélange de terreur et de reconnaissance. Il connaît mon père, il peut m'aider.

Nous aider.

Chaque moment, chaque émoi que j'avais enfoui au plus profond de moi pour survivre refait surface avec une intensité écrasante. Mon passé et mon présent s'entremêlent dans une toile complexe de vérités et de secrets. Les machines qui m'entourent semblent soudain s'emballer, leurs bips et leurs sifflements s'intensifient de plus en plus dans un chœur cacophonique.

Les lèvres d'Aleksander bougent, ses mots s'échappent. Je n'entends rien, ne comprends pas. Tout ce que je perçois, c'est le grondement assourdissant dans mes oreilles. La panique grimpe en moi, telle une bête sauvage qui cherche à s'échapper de sa cage.

Mes bras tremblent, mes membres sont engourdis et l'atmosphère devient oppressante. Je suis submergée par une vague d'angoisse.

Avec un effort surhumain, je cherche un point de repère, quelque chose pour m'accrocher dans ce tourbillon de chaos.

Du bleu.

Un bleu glacial.

Les yeux d'Aleksander Stakhanov.

Je cherche désespérément un signe de compréhension, de compassion, mais tout ce que je peux voir, c'est son expression d'incompréhension et de frustration.

La panique continue de monter en moi, sorte de tempête dévastatrice menaçant de m'engloutir complètement. Je me bats pour respirer, pour retrouver un semblant de contrôle.

Chaque inspiration est un défi.

Chaque expiration est une lutte.

Les sons, les lumières, tout devient flou, tourbillonne autour de moi. Mon corps est pris dans une étreinte et je m'accroche à la dernière lueur de conscience qui se débat pour rester à la surface de la folie qui me guette.

Chapitre 12

Aleksander

J'ai rencontré le Passeur l'année de mes neuf ans.

J'ai une dette envers lui. Une dette de sang que je ne pourrai jamais rembourser. Il a sauvé l'être que j'aime le plus sur terre.

Ma mère.

Elle m'a enlevé à mon père, puis a fui une vie qu'elle ne considérait pas assez bien pour moi. Très peu de gens ont accepté de l'aider : ils avaient bien trop peur de Boris Tsariov.

Mon père l'a traquée par pur plaisir. Pervers et égoïste, il n'en avait rien à foutre de moi et voulait juste m'utiliser pour la faire souffrir elle.

Les enfants sont des faiblesses dans notre monde, bien plus qu'un conjoint ou une épouse. De petits êtres innocents n'ayant rien demandé.

Quand tout le monde a tourné le dos à ma mère, le Passeur a été là pour elle. Il lui a trouvé des planques, de l'argent, il lui a même servi de garde du corps.

Une fois mon empire bien en place sous le nom de jeune fille de ma mère, afin de lui rendre hommage, j'ai continué à travailler avec lui. Essentiellement dans le cadre de missions d'infiltration, car cet homme a le talent de pouvoir jouer n'importe quel rôle. Rien de mieux pour glaner des informations.

Un ami. Voilà comment je considère cet homme. J'ai été pris d'une colère fulgurante quand j'ai appris sa mystérieusement disparition. Rien ni personne ne savait où il était parti.

Cette fille est le premier élément qui peut me permettre de le retrouver.

Elle doit parler, maintenant. Elle aurait dû le faire bien plus tôt.

Quatre jours qu'elle ne s'était pas réveillée depuis l'incident de la cuisine. Le médecin n'a eu de cesse de me répéter que c'était normal, que son corps devait récupérer. Avec l'argent que j'ai dépensé pour payer d'autres hackeurs dans cette affaire, j'espérais mettre un terme à l'énigme qui planait autour de cette fille.

Je n'ai pas eu spécialement le temps de m'occuper de son cas moi-même et cela ne fait qu'amplifier ma frustration. Rien n'est normal ces derniers jours, trop de choses m'échappent, or je ne peux pas laisser ça arriver. Je dois absolument comprendre le lien qui relie ces événements, s'il en existe un.

Or quand je vois la scène qui se déploie devant moi, rien ne se passe comme prévu. Un élan de possessivité malsaine s'abat sur moi.

Elea. Mon inconnue.

Toi qui es venue sur mon territoire, qui m'a attaqué.

Désormais, tu m'appartiens.

Prise au sein d'une tourmente intérieure, sa panique résonne dans chacune de ses respirations. Un besoin que je ne comprends pas me hurle de mettre fin à sa détresse.

— Dégagez tous les deux de cette pièce ! MAINTENANT ! ordonné-je.

Constantin et le médecin hésitent, mais ils obéissent à contrecœur. Les regards sont inquiets.

Déterminé, je me penche au-dessus d'Elea. Je la déteste pour ce qu'elle est en train de me faire faire. À trente-trois ans, je hais être doux avec une autre femme que ma mère, je n'en vois pas l'intérêt. Si j'avais un psy, il me dirait de revenir pour une thérapie en profondeur de mes traumas.

N'y tenant plus, j'escalade le lit avec détermination, dans le but de me rapprocher d'elle et de la faire parler.

Avec une précaution presque maladroite, je la soulève délicatement et la place sur mes genoux. Tétanisée, le souffle court et saccadé, elle semble en état de choc. Ses yeux ne reflètent que de la peur.

Et merde, il ne manquait plus que ça.

Lorsqu'elle percute qu'elle est maintenue contre moi, sa réaction est instinctive et violente. Elle se met à se débattre frénétiquement, elle tente à plusieurs reprises de me mordre, sa bouche s'ouvrant et se refermant, comme le ferait une bête sauvage acculée.

Je la maintiens fermement contre mon torse. Je cherche à faire comprendre à son esprit que je ne suis pas un danger.

Ce qui peut être compliqué après les derniers jours de torture que je lui ai infligés.

Je tente de la bercer, un geste que je n'aurais jamais pensé effectuer dans aucune circonstance. Mes bras l'enveloppent comme un rempart contre la noirceur qui l'assaille.

La seule chose qui doit l'effrayer, c'est moi.

Étrangement, sa frénésie se calme un peu, s'apaise. Elle continue néanmoins de trembler. Je remarque que le pansement qui recouvre sa main est imbibé de sang. Les points ont dû sauter.

Une berceuse glisse sur mes lèvres :

« *Ne boysya bushuyushchego vetra,*
Ni sobak, bluzhdayushchikh v teni.
Zasiyayut tysyachi zvezd,
Tysyacha zvezd, chtoby kachat' vas. »

Ma voix se veut douce, bien loin de la dureté qui la caractérise habituellement. Ma mère me la chantait en me bordant le soir quand l'angoisse me tenaillait. Je la lui chantais en retour quelquefois, quand sa voix était trop emplie de larmes. Je dois utiliser tous les moyens que j'ai à ma disposition pour créer une emprise sur cette fille. Il serait idiot de croire que j'ai une once d'empathie pour elle. Si je dois me mettre à chanter pour qu'elle parle, je le fais. Parfois la violence n'est pas la solution.

« N'aie pas peur du vent qui gronde,
Ni des chiens errants dans l'ombre.
Mille étoiles vont briller,
Mille étoiles pour te bercer. »

Je reprends en anglais, les mots s'entrelaçant avec le rythme lent pour apaiser les démons qui tourmentent son esprit. Cette mélodie est une lueur d'espoir au milieu de la noirceur. C'est le pouvoir que lui confère Yéléna Stakhanov.

Peu à peu, les tensions de son corps se relâchent complètement. Les tremblements diminuent. Je sais qu'un instant de vulnérabilité suffit pour qu'une personne soit plus encline à révéler ses secrets.

— Fais-moi confiance, murmuré-je d'une voix douce, feignant la compassion. Je peux faire disparaître tout cela. Mais tu dois me parler.

Manipuler les émotions est une seconde nature chez moi, lui offrir une fausse lueur au milieu de l'obscurité qui l'entoure. Son esprit brisé est la clé pour extraire les informations que je recherche.

Des mèches de ses cheveux glissent entre mes doigts. Sa peau sans défaut est d'un ton porcelaine que je trouve fascinant. Le médecin m'a prévenu que, pour des questions d'hygiène, il a été dans l'obligation professionnelle d'éliminer toute la crasse présente sur son corps.

Au milieu de ce silence apaisant, un son faible, à peine perceptible parvient à mes oreilles. Mes sourcils se froncent légèrement, ma curiosité grandit.

Elea lutte avec elle-même. Un murmure fragile, une série de sons étouffés, des syllabes qui tentent de sortir et semblent lui prendre une énergie précieuse. La douleur qu'elle endure pour que ces mots sortent est palpable. Ma frustration ne fait qu'augmenter.

Puis, d'un coup, le miracle se produit, après presque une semaine.

— Aide… Aide-le… Mon père…

Chaque mot est prononcé avec un effort immense, comme si elle luttait contre une force qui voulait la retenir. Ses paroles suspendent le temps, laissant une onde de choc se propager dans mon esprit.

Son père ?

La colère revient, incisive, fracassante.

Tout ça pour ça, putain ?

Cette nana s'est retrouvée dans mon bâtiment parce que la pauvre chérie à un problème avec son papa ? Je la bouscule en me levant. Mes doigts passent avec facilité dans mes cheveux, tic nerveux que je n'ai jamais réussi à corriger.

Les yeux embués d'Elea cherchent les miens, une supplique désespérée dans le regard. Elle attend quelque chose de moi, quelque chose que je ne semble pas encore comprendre.

— Tout ce cinéma pour ton *papa* ?

Ma phrase est dure, mais sincère. J'ai déboursé beaucoup d'argent en très peu de temps. J'étais persuadé d'avoir en face de moi une ennemie, alors qu'en fait il ne s'agit que d'une gamine en manque d'attention.

Je vais devoir gérer la paperasse avec les flics quand ils retrouveront son corps.

Un projectile m'atteint soudain au visage avec un impact surprenant.

— Putain de merde, Elea !

Ma surprise mêlée de rage me laisse sans voix. Vient-elle réellement de me lancer un coussin au visage ?

Un défi muet transparaît dans ses yeux. Le coussin démontre sa rébellion, une réponse non verbale à mon encontre.

— Oh, laisse-moi rire ! La gentille fille à papa a voulu se frotter au Croque-Mitaine pour avoir un frisson d'excitation ? En général, les femmes essayent de me baiser, pas de me tuer.

Ses joues s'empourprent, pourtant elle continue de me fixer. Elle soutient mon regard avec véracité, un feu sauvage brûlant dans ses yeux. Elle n'est pas brisée bien qu'elle doive sûrement croire le contraire au vu de sa crise de tout à l'heure. Il faut beaucoup de force pour oser me dévisager de la sorte.

Un sourire ourle ses lèvres comme si l'idée d'être dans le même lit que moi ne la dégoûtait pas tant que ça.

La distance entre nous se réduit rapidement, ma main attrapant ses joues lorsque je me retrouve à seulement quelques centimètres d'elle.

— T'as vraiment l'air bien baisable *moy dikiy*. Mais toi et moi, ça n'arrivera jamais…

Elle penche sa tête sur le côté. Son visage prend un air innocent.

Mon sang, lui, bouillonne. La situation se charge d'un étrange mélange de tensions inexpliquées et de désir refoulé.

Elea n'esquisse pas le moindre mouvement dans ma direction, comme si elle attendait que je fasse le premier pas. Aucun signe de peur n'est désormais perceptible sur ses traits. Nos souffles s'entremêlent dans une danse fragile et incertaine.

Malgré toute la tension qui plâne entre nous, une partie de moi ne peut s'empêcher de se demander si elle va me repousser, me frapper ou bien m'insulter si je venais à tenter quelque chose.

— Tu me veux ? chuchoté-je, taquin. Si c'est le cas, sois gentille et assume tes pulsions, Elea.

Avant que je puisse anticiper sa réaction, ses lèvres percutent les miennes. Ne sachant comment ni pourquoi, je cède. Sans doute cela tient-il au fait qu'elle ressemble à ce moment-là à un feu que l'on a trop longtemps cherché à étouffer. Or ce feu-là ne demande qu'à tout brûler sur son passage.

Notre baiser est tout sauf doux et tendre. Il s'apparente davantage à une explosion de haine et de douleur. Nos langues se cherchent. Elle mord ma lèvre avec force, ce qui a pour effet de me faire bander.

Ses mains cherchent à m'enlever mon tee-shirt. La douleur de sa blessure semble oubliée dans cet éclat de passion. Mes mains s'efforcent de se frayer un chemin sous sa blouse d'hôpital.

— Aleks ! J'ai trouvé le dénominateur commun. Elea O'Neil est la fille du…

La voix d'Anton s'éteint sous la surprise.

Nos deux corps se figent dans une pause qui ne laisse que peu de place à l'imagination.

— … Passeur.

Incrédule, je fixe la femme qui se tient devant moi, encore haletante de notre baiser sauvage.

Elea O'Neil.

Le Passeur.

PUTAIN DE MERDE !

Je viens d'essayer de m'envoyer en l'air avec la fille du Passeur.

Je suis un homme mort et elle va le regretter.

Chapitre 13

Elea

La prochaine fois que Constantin entre dans la chambre sans frapper, je lui tranche la gorge. Ou pas…

Après tout, il est le seul ici à ne me témoigner ni mépris ni haine.

Depuis notre échange avec Aleksander il y a une semaine, je suis enfermée dans cette pièce, bien loin de la cage et du hangar. On m'a conduite ici, sans aucune explication.

La pièce est luxueuse, ce qui ne fait qu'accentuer le contraste avec ma situation. Malgré les belles choses qui m'entourent, je suis confinée au sein de cette prison dorée où les murs semblent se rapprocher de moi progressivement.

Le silence est omniprésent, et je ne le supporte plus. Quelquefois, il est brisé par les bruits occasionnels des employés qui me livrent de la nourriture et des effets de première nécessité. Cependant mes interactions avec eux sont limitées, se résumant à des échanges brefs et pragmatiques, d'autant plus qu'il m'est toujours impossible de m'exprimer.

Je suis consciente de n'être qu'une étrangère dans cette maison, une épine dans le pied de leur patron dont les secrets sont la clé de quelque chose qui m'échappe encore.

Je tourne en rond quotidiennement, comme mes pensées. L'absence d'Aleksander devient de plus en plus lourde et résonne douloureusement au creux de mon ventre.

Je n'ai aucune réponse.

Rien.

Ce bâtard a disparu subitement, sans donner de nouvelles.

Une question me taraude continuellement depuis ce moment : pourquoi avait-il une photo de mon père ? Et, par-dessous tout, pourquoi lui et Constantin l'ont-ils appelé le Passeur ?

Repenser à ce souvenir en amène un autre, plus fiévreux, sauvage.

J'ai embrassé Aleksander Stakhanov.

Putain de merde.

Ce n'était certainement pas prévu au programme. Lui comme moi avons clairement cédé dans un moment de faiblesse, même si, en un sens, il m'a laissé le choix. Après toutes ces fois où je n'ai pas eu l'occasion de décider par moi-même, je n'ai pas hésité. Ce baiser était un besoin viscéral, animal, dont j'avais besoin, après des jours de torture.

Malgré cela, je suis en colère contre lui. Le souvenir des blessures qu'il m'a infligées ne s'effacera pas comme ça.

Pourtant, un sentiment troublant ne cesse de me traverser, à quoi s'ajoute une attraction inexplicable pour lui. Attraction qui, je le sais, ne peut être qu'une simple pulsion.

Un certain malaise m'envahit alors. Et s'il n'était question que d'obtenir des informations pour lui ? Le baiser qu'il m'a rendu était-il sincère ou était-ce là un simple moyen de me manipuler ?

Plus je réfléchis et plus je m'aperçois que ces questions n'ont pas de réponse.

Tout ce que je sais pour l'instant, c'est que l'embrasser a définitivement ouvert une porte que je ne peux plus refermer. Mes émotions et mes doutes s'entrechoquent en permanence, et la haine et l'attirance se mêlent d'une manière que je ne parviens pas à expliquer. La vérité est aussi complexe que les événements qui m'ont conduite ici.

Mes doigts se posent instinctivement sur ma main bandée pour tapoter la plaie. Une vive douleur me fait grimacer. Le médecin passe chaque jour pour effectuer les soins nécessaires. Même s'il m'assure que je n'aurai aucune séquelle, la douleur persiste. Mes articulations sont toujours enflées, le simple fait de bouger les doigts provoquant une impression d'étau autour de ma main. Je sais que ma peau a déjà commencé à cicatriser, mais il faudra encore plusieurs semaines pour qu'elle le soit complètement. Et pour ça, il faudrait que je puisse rester en vie assez longtemps…

Je dois chaque jour effectuer les exercices qu'il m'a conseillé. Je commence à les connaître par cœur : étirer doucement les doigts un par un, attraper des objets de plus en plus lourds, malaxer une stupide balle en mousse.

La porte s'ouvre sur un Constantin beaucoup trop joyeux. Cet homme est un véritable rayon de soleil dans ma solitude. Lui et le médecin sont les seuls à se montrer un peu compréhensif et à m'offrir de sincères sourires ainsi que des paroles apaisantes. Je n'arrête pas de me demander ce qui les pousse tous deux à être gentils avec moi, alors que tout le monde dans cette baraque de merde semble me haïr.

— Comment te sens-tu aujourd'hui ? comment va ta main ? demande-t-il.

Mes lèvres bougent avec difficulté, un murmure presque inaudible en sort :

— Ça… Ça va.

Mon mutisme fonctionne de cette manière : si je ne suis pas à l'aise, je suis incapable de parler ou très peu.

C'est ce que mon père a tenté à de multiples reprises d'expliquer aux gens.

« C'est tellement plus complexe que ça… »

Il me pèse. C'est un fardeau de plus qui m'isole du monde. Et la violence des événements qui se sont produits ne fait que le rendre plus présent. J'ai menacé une dame avec une arme.

Bordel, mais qu'est-ce que je suis devenue…

Mon bras repose avec précaution le long de mon corps, je me concentre sur ma respiration, afin d'apaiser la douleur.

Il m'observe avec une lueur de tendresse dans le regard. Il sait que je mens, que je tourne en rond dans cette chambre et ne fais rien de mes journées. J'ai même hésité à briser l'entièreté du mobilier, histoire de voir si Aleksander allait se pointer.

Constantin s'assoit à côté de moi sur le lit, avant de poser sa main sur mon épaule, en signe de réconfort.

— Je sais que tout cela est compliqué pour toi. Mais, je te promets que tout va bientôt s'arranger.

Je lui fais les gros yeux. Il ne va pas s'y mettre lui aussi.

Étrangement, avec Constantin, les mots retrouvent une parcelle de leur pouvoir. Peut-être parce qu'il n'attend pas de moi que je parle, qu'il n'exerce aucune pression quelle qu'elle soit. Les conversations entre nous sont rares, mais elles n'en restent pas moins précieuses. Nos échanges sont toujours d'une simplicité réconfortante, dépourvue de complications. Peu à peu, j'arrive à aligner des mots, pas grand-chose. Mais il comprend que c'est un geste énorme pour moi.

— Où… est Alek… sander ? chuchoté-je.

C'est toujours aussi bizarre pour moi d'entendre ma voix.

— Un baiser et tu es déjà accro ? Va falloir qu'il me donne son secret.

Il rigole en me bousculant légèrement l'épaule alors que je le fusille du regard. Il se ressaisit rapidement, soupire et se frotte les paumes contre son jean.

— Toute façon, je ne vois pas que ce que tu pourrais faire de mal avec cette information, lâche-t-il. Il est en déplacement professionnel. Il a des affaires à régler…

Ma curiosité me pousse à vouloir en savoir plus.

— Il… Il travaille… dans quoi ?

Son visage se fait méfiant d'un coup.

— Aleksander est un hacker et c'est très certainement le meilleur de ce pays, si ce n'est de ce monde.

Un instant, la surprise se lit sur mon visage. Je ne le voyais pas avoir cette activité.

— Un hac… ker ?

— Il est payé pour entrer dans des systèmes informatiques, contourner les sécurités, obtenir des informations. Des trafiquants en tout genre, des hommes riches, des tueurs à gages et même certains États font appel à lui.

— C'est… dangereux…

Ce n'est pas une question, plutôt une affirmation.

— C'est un jeu dangereux, c'est sûr. Mais rien n'est comparable à l'excitation de l'illégalité, Elea.

Il y a quelque chose d'étrange dans son regard, un élément qu'il semble vouloir taire.

— Je… Je veux…

Je prends une profonde inspiration quand je sens ma gorge se serrer de nouveau.

— Je veux sortir, dis-je d'un ton las.

— Les ordres sont les ordres, Elea. Et crois-moi, personne ici n'a le droit ou même l'envie de désobéir à Aleksander.

— Je veux… des réponses.

— Princesse, on en veut tous. Mais parfois, il est difficile d'obtenir ce que l'on désire le plus.

Je bondis précipitamment du lit, frustrée et en colère, des sentiments que je commence à trop bien connaître.

Je tourne la tête vers lui, mes mains s'agitent dans un mouvement quelque peu ridicule.

— En attendant, je peux demander à ce qu'on t'apporte du divertissement. Une télé, des bouquins… Enfin deux ou trois bêtises qui pourront t'occuper.

La perspective de ne plus tourner comme un lion en cage me rend heureuse. Je lui saute au cou telle une gamine pour l'enlacer. Cet élan d'affection me fait du bien.

Pourtant, je ne dois pas oublier pourquoi je suis là.

Je n'ai pas le choix.

Je dois tuer Aleksander, quoi qu'il en coûte.

Chapitre 14

Aleksander

— Cette cible doit disparaître, mais ce fils de pute se cache. Tu as la réputation d'être le meilleur, Stakhanov.

— Ce n'est pas qu'une réputation. C'est la vérité. Ton homme ne pourra pas se cacher bien longtemps.

Le tueur à gages assis face à moi préfère cacher son visage derrière un masque, bien que nous nous trouvions chez lui. Je ricane intérieurement. Il s'agit de Jester Raynes, employé comme tueur à gages par un politicien en fonction, pas très difficile à débusquer.

Comme si je ne m'étais pas renseigné sur toi avant d'accepter ton putain de fric, connard.

Une semaine que ce paranoïaque nous fait attendre pour nous rencontrer. Tasha et Anton ont failli détruire la chambre d'hôtel plus d'une fois avec leurs enfantillages.

Une semaine que je n'ai pas vu Elea. Il est possible que pour la première fois de ma vie, j'ai fui, ne voulant pas penser à elle, à son corps délicieux, au feu sauvage qui dansait dans ses yeux quand elle m'a embrassé.

Je ne peux pas la posséder tout comme elle ne peut pas devenir une obsession, sinon elle devra mourir. Ma confusion, les premiers jours, a vite laissé place à une colère grandissante. Elle m'apporte plus de questions que de réponses. Ce baiser était une erreur, une faiblesse que je n'aurais jamais dû tolérer.

Cependant, je ne pouvais pas la remettre en cage. Pas après avoir découvert l'identité de son géniteur. C'est pourquoi j'ai demandé à la faire installer dans une des chambres du manoir. Constantin s'occupe de sa surveillance, même si des hommes sont postés devant sa porte jour et nuit. Ils ont interdiction de la laisser sortir de cette pièce.

Mais je ne vais pas pouvoir la fuir bien longtemps. Je dois lui demander des explications pour comprendre tout ce bordel.

Mes yeux perçants se reportent sur l'ombre du tueur à gages. J'ai enfin retrouvé complètement la vue ; après sept jours, j'ai pu retirer ce cache ridicule. Mes deux associés sont postés derrière moi. Ils surveillent tous les hommes armés, présents dans la pièce.

— Tu as fait le bon choix en me contactant. Dis-moi tout ce que tu sais sur cette cible. Plus j'ai d'informations, plus je suis efficace.

— Son nom est William Sutherland. C'est un informaticien talentueux, spécialisé dans la cryptographie. Il a découvert des informations sensibles sur mon client. Il ne veut pas que ça tombe entre de mauvaises mains. Je dois retrouver les données qu'il a en sa possession, énumère-t-il.

Les « informations sensibles » doivent sacrément être compromettantes pour faire appel à un hackeur.

— Dernier endroit où il a été aperçu ?

— Une villa dans l'État de Californie. J'ai réussi à le localiser là-bas, mais William n'est pas con. Il s'est enfui et depuis plus aucune trace. J'ai besoin de sa localisation et vite.

— Vite ? C'est-à-dire ?

— Mon client veut sa tête dans trois jours. Au vu du délai, tu auras accès à une somme généreuse une fois ta mission accomplie, Aleksander.

Je n'ai pas besoin d'argent. La plupart des gens pensent que je travaille pour ça, mais ils sont bien loin de la vérité.

— Si tu as un ordinateur, je commence maintenant, lâché-je, avec assurance. Ton homme peut se cacher, mais tout le monde laisse des traces. Il faut juste savoir où chercher. Et comment.

L'homme masqué se lève et nous invite à le suivre. Je lance un regard à Tasha et Anton. Je veux qu'ils continuent à rester sur leurs gardes.

Nous traversons une enfilade de pièces spacieuses mais austères, la seule chose notable étant les dizaines d'armes disposées sur les tables.

Je n'aime pas être ici. Je ressens comme un mauvais pressentiment qui ne me quitte pas depuis que nous sommes arrivés.

L'ordinateur qu'il me fournit semble de qualité. À première vue, je pourrais en tirer des informations rapidement.

Je m'installe, insère une carte contenant un programme rudimentaire de hacking mais qui a fait ses preuves plus d'une fois.

Rapidement, mes doigts volent sur le clavier. L'écran affiche une myriade de données. Je les fixe avec détermination pour débusquer le moindre indice.

Je lance des recherches, trace des connexions, fouille chaque recoin d'Internet. La tension dans la pièce est palpable. Personne ne parle, il n'y a que le bruit des touches du clavier qui brise le silence.

Après plusieurs minutes et déjà plusieurs allées et venues de Jester, ce dernier commence à s'impatienter. Anton et Tasha ont l'habitude. Tous deux se sont installés sur le seul canapé disposé face à moi, mais surtout face à la porte. Même si je suis dos à celle-ci, eux gardent un œil dessus.

Quand je suis plongé dans mes recherches, rien ne m'arrête. Je peux rester des heures à fixer des écrans.

Je creuse encore plus profondément dans les réseaux. Le type n'a pas pensé à protéger ses transactions financières. Chaque nouveau clic me rapproche un peu plus de sa planque. Je manipule les recoins sombres du cyberespace pour le dénicher. Dans ce monde où l'information est synonyme de pouvoir, je suis le maître.

— Alors, tu as trouvé quelque chose ? me demande Jester, qui vient de revenir dans la pièce pour la quatrième fois.

Je pointe l'écran sur une donnée en particulier.

— J'ai trouvé, oui. Un relevé bancaire. Ton gars n'est plus sur le continent depuis au moins deux jours. Il a fait un transfert vers un compte offshore en Suisse, où il a retiré l'argent à Poschiavo.

Il hoche la tête, son masque recouvrant toujours son visage.

— C'est une piste solide, tu peux repérer autre chose grâce à ça ?

Comme si c'était pas déjà fait, idiot.

J'ai envie de rentrer chez moi et vite. Et, contrairement à ce que mes deux acolytes pourraient penser, ça n'a rien à voir avec une certaine rousse au regard de feu.

— Je t'ai fait un dossier, tu as tout à l'intérieur. Avec qui il voyage, ses derniers déplacements. Il ne va pas rester longtemps là-bas. Il a l'air de bouger vite.

— Très bien.

Alors que je me lève de mon siège, Jester me tend une mallette. Rapide, Anton la saisit et la pose sur la table avant de l'ouvrir. Des liasses de billets sont disposées à l'intérieur. Une somme qui ferait tourner la tête à plus d'un homme.

Mon chef de la sécurité referme la mallette après avoir pris soin de vérifier que la totalité du paiement était bien à l'intérieur, puis me fait un signe de tête. Je ne fais confiance à personne, même s'ils ne sont généralement pas assez bêtes pour vouloir m'arnaquer. Dans le cas contraire, Sergueï se fait un plaisir de discuter avec eux.

Une fois dehors, la nuit est tombée. Je ferme les yeux et prends quelques instants pour respirer l'air frais. J'ai toujours préféré la lune au soleil. Les ténèbres à la lumière. Le monde est bien plus vulnérable quand la noirceur tombe tel un manteau qui étouffe le moindre espoir.

Soudain, dans le calme de la nuit des tirs éclatent. J'entends Jester donner des ordres à ses hommes. J'ai tout juste le temps de me propulser derrière une voiture pour échapper aux balles. Anton et Tasha suivent le mouvement comme mes ombres.

Les coups de feu résonnent à nouveau. Eux comme nous ripostons à tour de rôle. Nos ennemis sont lourdement armés. Dans ce chaos nocturne, une question surgit : pour qui sont-ils là ? Moi ou Jester ?

Qu'importe. Ces enculés vont crever. Hors de question de me laisser tirer dessus et de les laisser en vie. La situation devient rapidement compliquée, les hommes de

Jester répondent aux tirs avec précision, Tasha et Anton essayent à chaque coup de feu de localiser nos adversaires.

Une puissante poigne me propulse en arrière.

C'est quoi ce bordel ?

— Taner, qu'est-ce que tu fais ? hurle Jester à l'homme qui vient de me saisir.

Une taupe. Cet enfoiré est une putain de taupe.

— Tasha, Anton, tenez vos positions. Je m'en occupe, ordonné-je.

Je me redresse précipitamment, tandis que le dénommé Taner s'approche de moi, un couteau à la main, le regard rempli de haine.

— Où est-elle ? lance-t-il.

— Va falloir être un peu plus explicite. Ta mère ? Ta sœur ? J'ai baisé l'une d'entre elles et tu veux te venger ?

Ses yeux luisent de rage. On dirait que j'ai touché une corde sensible.

— Elea O'Neil. Où est-elle ?

— Quoi ?

Je me fige de surprise.

— Pourquoi tu veux le savoir ? je reprends, une fois la surprise et le choc passés.

— Son mari la cherche, elle doit rentrer chez elle. Elle doit retourner auprès des siens.

Je n'ai pas le temps d'être davantage déboussolé par cette révélation que le type se jette sur moi. Mon instinct de survie et mon entraînement prennent le dessus. Je dégaine mon propre couteau qui ne me quitte jamais et me lance dans une lutte féroce.

Le combat est intense. Chaque coup, chaque mouvement est une question de vie ou de mort. La sueur perle sur mon front, mon souffle est court alors que je pare sans relâche les attaques qui s'enchaînent. La tension monte.

Plus loin, j'entends les coups de feu qui continuent, les hurlements des hommes.

Sans s'en apercevoir, Taner me laisse une ouverture que je saisis ; je réussis à le désarmer, avant de le mettre à terre, son visage collé sur le sol dur. Je me penche à son oreille alors que ses cris de rage parviennent aux miennes.

— Je vais te laisser en vie pour que tu transmettes un message. Dis bien à ton chef que je vais la baiser tellement fort qu'elle en oubliera son soi-disant mari. Après, je trancherai sa jolie gorge avant d'envoyer sa tête à ton patron.

J'enfonce un peu plus son visage dans la terre et les graviers, avant d'ajouter :

— Mais, avant ça, toi et moi, on va parler.

Chapitre 15

Elea

Constantin a tenu parole : il m'a rapporté des dizaines de livres. Grâce à lui, je peux m'échapper quelques heures quotidiennement, loin de cet enfer.

Je tourne les pages de mon livre du jour. La lecture est devenue un refuge.

Assise dans un grand fauteuil rembourré, j'entends la porte s'ouvrir. Mon cœur s'emballe, Aleksander se tient là, dans l'encadrement. C'est la première fois que je le vois depuis plus d'une semaine et je ne sais pas comment réagir. Ce n'est pas faute d'y avoir réfléchi des centaines de fois depuis qu'il m'a enfermée ici ; j'ai imaginé lui hurler dessus, le frapper, pleurer, et même lui ordonner de sortir. Pourtant, là, tout de suite, rien ne vient.

Ma première réaction est la peur, je réalise que je suis toujours sous son emprise, qu'un seul mot de lui a le pouvoir de faire basculer ma vie. Même si cette semaine a été reposante loin de son aura sombre, je ne peux pas oublier mon objectif. Je dois être calme et concentrée. Lui doit penser que je suis prête à tout lui avouer et pour ça, rien de mieux que de feindre une attirance ou un élan de douceur pour lui. C'est une danse dangereuse mais je n'ai pas d'autre choix que l'exécuter.

Nos regards finissent par se croiser et je peux lire dans ses yeux une certaine forme d'intensité. Mes émotions sont un tourbillon confus : de la colère, de la peur, de la méfiance aussi. Mais je dirais que ce qui domine tout reste la curiosité et, étonnamment, un certain soulagement de le voir, vivant.

Son visage a l'air d'avoir bien guéri, son œil n'est plus couvert par un cache et il ne reste qu'une légère cicatrice sur la joue qui disparaîtra sûrement avec le temps.

J'aurais dû enfoncer mon doigt plus profondément dans son œil…

— Elea, Elea… Ma petite emmerdeuse aux nombreux secrets, dit-il d'un ton sinistre. J'ai enfin trouvé. Je trouve toujours. Ce n'était qu'une question de temps.

Cette phrase m'électrise.

Je reste aussi muette que je l'étais jusqu'à présent devant lui. Je veux des réponses : je veux comprendre pourquoi il est aussi obsédé que ça par mon père et, par-dessus tout, je veux savoir qui est le Passeur ? Aleksander est persuadé qu'il s'agit de mon père alors que moi, je ne suis sûre de rien.

— Tu ne veux toujours pas me parler ? me demande-t-il.

Doucement, Aleksander s'approche de moi. Ses traits durs et ses yeux bleus me scrutent. Il se positionne au-dessus de moi, désormais recroquevillée dans le siège, et l'intensité de son regard me donne l'impression qu'il observe jusqu'au tréfonds de mon âme morcelée. Mes mains serrent instinctivement les accoudoirs du fauteuil où je suis installée.

Il baisse la tête, sa bouche se rapproche dangereusement de mon oreille. Son souffle chaud effleure ma peau me faisant frissonner malgré moi.

Sa voix, basse et enveloppante, résonne dans mon esprit.

— Très bien, je vais te dire ce que j'ai appris. Elea O'Neil, ou devrais-je dire Elea Kelly, épouse de Kellyan Kelly, parrain de la mafia irlandaise autrement dit, la *Réalta du*…

Ma main part instinctivement. Une gifle cinglante claque contre sa joue. La surprise se dessine sur son visage, et ses yeux s'embrasent de colère. Mes propres émotions sont en ébullition, une rage non contenue vient de trouver une porte de sortie.

— Je t'accorde cette gifle, mais je te préviens : je suis pour l'égalité, alors je te rendrai la prochaine sans hésitation. Je suis certain que le rouge te va bien.

Malgré mon geste, Aleksander ne recule pas. Son regard brûlant transperce le mien.

— Tu crois vraiment que je prends plaisir à me retrouver avec une gamine colérique et muette entre les pattes ? crache-t-il, avant de se ressaisir et de reprendre, plus calmement : Écoute Elea, ton père a sauvé la vie de ma mère et la mienne par extension. J'ai une dette envers lui et je me dois de la régler, je n'ai pas le choix. Le seul motif qui explique que tu sois encore en vie alors que tu es la putain de cet enculé d'Irlandais repose sur cette dette.

La confusion se mélange à la colère en moi. Les mots d'Aleksander sont un mystère que je peine à déchiffrer. Au cours de l'année qui vient de s'écouler, j'ai appris des choses sur mon père, sur ses origines, d'où il venait et ce qu'il a sacrifié, en partie pour moi. Mais jamais il ne m'a parlé de cette histoire de dette ou de Passeur.

Je prends une grande inspiration, ferme les yeux quelques instants pour me calmer.

— Je… Je suis pas…

Ma bouche s'ouvre puis se ferme, ma respiration s'accélère.

Je ne vais pas y arriver.

Une larme de frustration roule le long de ma joue. Je suis fatiguée. Dès qu'Aleksander se trouve près de moi, je ressens beaucoup trop de choses simultanément. De la haine, de la douleur, de la peur, tout un tas de sentiments m'empêchant de parvenir à m'exprimer en dépit de mes efforts des jours précédents.

Le regard rivé sur le sol, je sens sa main saisir fermement mon menton, après quoi il ancre ses pupilles aux miennes.

— Respire profondément. Tu peux parler. Tu vas y arriver, persifle-t-il.

Je vais y arriver.

— Pourquoi… tu me… protèges ? murmuré-je.

Il lève une main pour toucher ma joue. Son geste est étrangement doux, presque réconfortant, mais la dureté dans ses yeux ne faiblit pas.

— Ne te méprends pas, ce n'est pas de la protection. C'est une dette que j'ai envers ton père. Je te l'ai dit : je ne peux pas permettre de laisser sa fille mourir. Mais je peux te faire souffrir. Alors maintenant, il est temps que tu me dises tout ce que tu sais, que ça te plaise ou non. De ton enlèvement au moment où tu t'es retrouvée dans mon immeuble, Elea.

La tension entre nous est palpable, la vérité est difficile à accepter. Des flashs me reviennent et ravivent la peur et l'effroi.

*

J'ai toujours voulu aller à Dublin, y découvrir mes origines.

Les moments entre mon père et moi étaient rares. Son travail lui prenait énormément de temps. À l'époque, je ne comprenais pas forcément ce qu'il faisait. Je ne posais pas de questions. Parce qu'avoir ne serait-ce que quelques heures avec lui me rendait heureuse. Ce voyage était une occasion inespérée de profiter encore plus.

Lorsque notre avion a atterri, je sentais qu'il était particulièrement tendu.

C'était comme s'il n'aimait pas être ici.

Mais je n'en avais que faire. J'étais bien trop absorbée par la beauté de la ville pour vraiment m'en soucier.

Après quelques heures passées à flâner dans la vieille ville, une voiture noire s'est garée subitement en travers de notre route. Des hommes en costumes sombres en émergèrent, leurs visages dissimulés par des cagoules.

Mon père m'a alors poussée brusquement.

— COURS ! hurla-t-il. VA-T'EN !

J'ai trébuché avant de reculer, terrorisée. Je ne l'avais jamais vu dans cet état. Impossible de savoir ce qui était en train de se passer.

Malheureusement, le temps que je réagisse, une personne m'a attrapée par-derrière, plaquant un chiffon imbibé d'une substance inconnue sur mon nez et ma bouche. L'odeur m'a submergée dans l'instant. Tout est devenu flou, avant de sombrer dans l'obscurité.

*

Voilà la triste vérité.

C'est entièrement ma faute si mon père a été kidnappé, si je vis un enfer depuis un an. Je voulais à tout prix visiter l'Irlande. Mon père avait toujours refusé d'y aller, jusqu'à ce jour fatidique. S'il m'avait parlé, s'il m'avait dit la vérité, jamais je n'aurais foutu un pied là-bas.

C'est un souvenir douloureux, marquant le moment où ma vie a basculé dans un cauchemar sans nom. Le visage horrifié de mon père restera gravé dans mon esprit pour toujours.

Je me renfonce dans le fauteuil. Mes bras entourent mes genoux et je commence à me bercer d'avant en arrière. Je refuse de revenir là-dessus.

— Elea, ne recommence pas ! Parle-moi, éructe Aleksander.

Facile à dire, connard !

— Je ne peux pas retrouver ton père, si tu ne me donnes pas tous les détails de ce qui s'est passé.

Je secoue frénétiquement la tête.

— Je... Je... Je peux pas, je peux pas, je peux pas retourner là-bas... chuchoté-je inlassablement.

Des scènes se rejouent en boucle dans ma tête. Le visage de mon père. La voiture. Kellyan.

— Je peux pas parler, je peux pas parler... JE PEUX PAS PARLER, je hurle soudain.

Ma voix sort comme une balle d'un barillet. Ces moments où je reprends enfin le contrôle des mots sont rares.

Face à moi, Aleksander reste calme. À cet instant, je n'ai qu'une peur : celle de sombrer, définitivement. L'angoisse monte. Mon incapacité à raconter ce que nous avons vécu va condamner mon père.

Soudain, au cœur de cette tempête interne, Aleksander m'embrasse. Je suis bouche bée. Ce baiser est une explosion inattendue de passion qui éloigne l'angoisse. Je scns sa langue venir taquiner mes lèvres, pour quémander l'accès à ma bouche.

Dans un élan désespéré pour oublier les dernières minutes qui viennent de s'écouler, je réponds à son baiser. Ses mains restent fixées aux accoudoirs tandis que les miennes se logent comme par automatisme dans ses cheveux mi-longs.

Mes jambes se déplient et mes pieds touchent de nouveau le sol. Aleksander en profite pour me soulever. Mes jambes se nouent autour de ses hanches, réduisant encore l'écart entre nos deux corps. Nos lèvres poursuivent, elles, leur exploration dans un baiser toujours plus frénétique, empli de désir et de confusion.

Il me porte jusqu'au lit et me dépose sur les draps, avec une tendresse mêlée d'urgence. Mes mains commencent à parcourir son corps, geste qui n'a pas l'air de lui plaire puisqu'il les saisit et les positionnent au-dessus de ma tête.

Cependant, comme une tempête soudaine qui se dissipe, Aleksander se recule brusquement, mettant fin à cet échange fiévreux.

Il me jauge de haut en bas, le souffle court, avant de secouer la tête.

— C'est une erreur, Elea et quelqu'un va devoir payer pour ça.

Sans une explication, il se lève du lit et quitte précipitamment la chambre.

Une fois de plus, je reste là, seule, allongée et confuse. Les lèvres encore brûlantes de notre déraison.

Chapitre 16

Aleksander

Putain, j'ai merdé. Encore.

Je peste intérieurement contre moi-même tandis que je marche d'un pas vif vers le cabinet du médecin. Je dois fuir cette chambre le plus vite possible. J'aurais dû aller voir le doc directement en rentrant de mon voyage d'affaires plutôt que de faire ce détour impulsif.

Mais je voulais être sûr qu'elle ne nous manipule pas. Ma rage a été sans limites quand l'homme de Jester a craché tout ce qu'il savait.

La *Réalta dubh* a enlevé Kenan O'Neil, dit le Passeur, et sa fille, il y a à peu près un an. Kenan a fait partie de cette organisation dans sa jeunesse et a réussi à s'en échapper du jour au lendemain, sans laisser de traces. Or, tout le monde sait qu'on ne quitte pas ce genre de milieu sans conséquence.

Je sais désormais ce qu'ils ont fait subir à Elea et à son père. Toujours sous la torture de Tasha et Anton, le mec de Jester a fini par cracher la sombre vérité : ce fils de pute de Kelly a forcé Elea à l'épouser puis à l'accompagner dans chacun de ses déplacements, pour l'exposer comme un trophée.

Reste que je n'ai toujours aucune idée de la raison pour laquelle elle a pénétré chez Stakhanov Industry, ni de qui venait tout ce sang. Et je ne crois pas au hasard. Je n'y ai jamais cru.

Il y a forcément une raison à cela et je dois la découvrir. Le père d'Elea est toujours retenu en Irlande. Si ma mère apprenait que je n'ai rien fait pour l'aider, nul doute qu'elle me tuerait. Et j'ai bien plus peur de ma mère que des hommes de la *Réalta dubh*.

Je franchis enfin la porte du cabinet médical situé dans l'aile est du manoir. Lors de l'achat du domaine, j'ai été obligé d'installer ce genre d'endroit. Entre les entraînements, les rendez-vous avec des clients, qui ne se déroulent pas toujours comme prévu, et la santé mentale de mes hommes, le docteur Smith a de quoi faire.

Ce dernier vient d'ailleurs me serrer la main quand je m'installe à son bureau.

— Vous avez trouvé une anomalie, une pathologie, un indice ?

— Monsieur Stakhanov, avant de parler de mademoiselle O'Neil, j'aimerais discuter de votre état de sant…

Je l'interromps sèchement, pour laisser transparaître mon agacement.

— Je ne suis pas là pour ça, doc.

Mon ton est tranchant, ma patience s'amenuise, mes insomnies persistantes qui me tourmentent depuis des mois m'ont transformé en bombe à retardement. Je n'ai pas su protéger ma mère, à la sortie de son travail, quand elle s'est fait agresser il y a quatre mois. Des hommes lui sont tombés dessus, elle a passé un mois à l'hôpital. Je ne sais toujours pas qui a osé, quand je l'écoute elle n'arrête pas de me dire qu'il n'y a sûrement aucun rapport entre son agression et moi.

Mes nuits sans sommeil m'ont plongé dans un état de tension constante. Ma capacité à prendre des décisions avisées et à maintenir mon contrôle habituel en a pâti. Le moindre obstacle, la moindre contrariété devient une source de frustration intense.

Je sais que je navigue en eaux troubles depuis un moment, j'en ai conscience. Mais je ne peux pas demander d'aide, je n'en ai pas le droit. Personne ne suit un chef faible, les conséquences sur mon empire seraient trop grandes.

Le regard qu'il me lance en contrepartie est celui d'un médecin préoccupé.

— Très bien. Après avoir examiné les dossiers médicaux que vous m'avez fournis, son état pourrait correspondre à un mutisme sélectif.

Je fronce les sourcils. Elea n'est pas muette.

— Elea parle, bien que ce soit sporadique, je l'ai entendue parler, dis-je confus.

Il prend une profonde inspiration avant de répondre.

— Alors, vous avez de la chance. Le mutisme sélectif est un trouble complexe. Il signifie que la personne peut parler dans certaines situations, à certaines personnes, mais reste totalement silencieuse avec d'autres. C'est souvent lié à des traumatismes ou à des expériences très stressantes et anxiogènes. Mais rien n'est sûr.

Le comportement d'Elea me revient en mémoire : ses moments de silence apparent, ses tentatives de communiquer, ses yeux qui me fusillent dès que je lui demandais de parler.

— Il y a un traitement ?

Le médecin ajuste ses lunettes et soupire légèrement.

— Il n'y a malheureusement pas de traitement miracle pour ce genre de cas. Une approche thérapeutique peut aider, toutefois. Je pourrais travailler avec elle pour essayer de comprendre les déclencheurs de sa condition et de lui donner des outils pour surmonter ses difficultés.

Elle ne restera pas assez longtemps ici pour entamer une putain de thérapie de merde. Je compte bien me débarrasser d'elle le plus vite possible.

— Je comprends que la situation puisse être compliquée, mais si vous voulez qu'elle parle, ce qu'elle a l'air de réussir à faire avec vous, il est essentiel de créer un environnement où mademoiselle O'Neil puisse se sentir en sécurité et progresser.

Je ricane face à la suggestion du doc ; créer un environnement sûr et rassurant dans notre monde n'est pas aussi simple. Je suis hacker. Pas magicien.

— Vous pensez que je suis un putain de golden retriever, que je vais être doux et gentil avec elle pour qu'elle parle ? Comment la merdeuse choisit à qui elle parle ?

Ma réponse est empreinte de cynisme, mes priorités restent focalisées sur la survie de mon empire plutôt que dans son bien-être mental.

— Vous ne comprenez pas, monsieur. Elle ne le choisit pas. Je ne sais pas si elle-même à conscience de pourquoi elle arrive à parler à certaines personnes et non à d'autres. Elle ne le contrôle pas, il lui faut du calm..

— Bien sûr, un environnement calme et sans stress, c'est tout ce qu'il nous faut. Facile, n'est-ce pas ?

Le médecin garde son calme. Je vois que mon attitude l'agace quelque peu. En tant que bon praticien, il s'inquiète pour elle. Ce qui bizarrement a tendance à me rendre fou de rage.

— Peut-être pourriez-vous envisager de l'intégrer au repas du soir, par exemple. Ce serait un bon début, et permettrait de créer un environnement serein, suggère-t-il.

Je secoue légèrement la tête, manifestant mon désaccord.

— Vous pensez sérieusement que ça va changer quoi que ce soit ? Je l'ai enlevée, torturée pendant des jours avant de lui poignarder la main et de l'enfermer dans une chambre. Un repas ensemble ? C'est tout ce que vous me proposez ? Merde, je ne vous paye pas pour me sortir des conneries pareilles !

— Je comprends votre frustration, monsieur. Mais les petits pas peuvent mener à de grands progrès. Vous voir ensemble comme des gens normaux et pas comme des tortionnaires pourrait aider à créer une atmosphère propice où elle se sentira plus à l'aise pour s'exprimer.

— Très bien.

Mon ton montre que je ne suis pas réellement emballé à cette idée. Je vais devoir sortir de ma zone de confort pour avoir des informations. Inviter ma cible à un repas est une nouveauté.

— Quant à votre…

Je me lève pour sortir du cabinet.

— Pas le temps doc, j'ai une rousse à faire parler.

Je retourne dans la chambre d'Elea. Elle sursaute quand je rentre en trombe dans la pièce. Toujours sur le lit, elle a repris un livre.

Il va vraiment falloir que j'ai une discussion avec mes employés.

J'ai dit de la foutre dans une chambre, pas de lui installer un petit cocon.

— Tu vas venir manger avec nous ce soir, c'est non négociable. Ce sera ta seule sortie quotidienne autorisée.

Le reste du temps, tu seras enfermée dans cette chambre, c'est bien compris ?

Elle me lance un regard furieux. Peu m'importe. Je suis bien décidé à la faire obéir comme tout le monde ici.

Une tension électrique plane dans la pièce, ce qui ravive le souvenir de notre baiser sauvage.

— J'ai parlé avec le médecin. Il dit qu'un environnement de confiance pourrait t'aider à parler.

Elle lève les yeux au ciel.

— Ne fais pas ça, ne réagis pas comme une enfant, Elea.

Son regard me défie, exprimant quelque chose entre « tu vas faire quoi » et « cause toujours ».

— Ne me force pas à te donner la fessée, petite emmerdeuse.

Ses joues rougissent violemment, preuve que cette punition ne la dérangerait pas du tout.

Bon à savoir.

— Constantin passera te chercher, alors ne fais pas de bêtises. Sois une gentille fille.

Chapitre 17

Elea

Sois une gentille fille.

Qu'il aille se faire foutre !

Je sais ce qu'il est en train de faire. Les psy que j'ai consultés ont essayé pendant des années.

« Un environnement stable où elle se sentira en confiance pourrait faire parler votre fille. »

Mon père a respecté mon choix quand je lui ai avoué ne plus vouloir voir de spécialistes. Je n'en pouvais plus d'entendre inlassablement les mêmes conseils, les mêmes mots.

Je crois que j'ai tout simplement fini par m'habituer à ne pas parler aux gens.

Je suis fatiguée de tout ça.

La porte s'ouvre doucement, me sortant de mes pensées.

— Tu es prête à descendre pour le repas ? me demande Constantin.

J'acquiesce timidement. Je me sens aussi anxieuse que curieuse de sortir de ma prison dorée. Il me tend une main que je saisis.

Les hommes postés devant ma porte me regardent de haut. À chaque fois que j'ai essayé de sortir, ses enfoirés m'ont bloqué l'accès à l'extérieur.

Une fois arrivés dans la salle à manger, un silence lourd et pesant s'abat sur la pièce.

Aleksander, Tasha et Anton sont assis à une grande table. Tous me fixent. Je suis l'intruse dans leur routine bien établie. Ce qui me met mal à l'aise.

— Okayyyy, les gars, voici enfin notre charmante Elea. Elea, voici Aleksander, Tasha et Anton, les taquine Constantin.

Je les observe. Leur regard scrutateur me scanne.

Aleksander est le premier à rompre le silence, une pointe d'irritation dans la voix.

— Arrête ton spectacle, Constantin, assieds-toi et mangeons.

Aucun mot pour moi. Je présume que je dois suivre le mouvement comme « une gentille fille ».

Hors de question.

Mais mon estomac n'a pas l'air d'accord vu le son tonitruant qu'il produit.

Je prends place au seul endroit disponible, entre Tasha et Constantin. Malgré les tensions palpables, ce dernier fait de son mieux pour détendre l'atmosphère.

— Alors, Elea, raconte-nous quelque chose sur toi. Que faisais-tu avant d'atterrir ici ?

— Elle a été enlevée, qu'est-ce que tu crois qu'elle faisait ? ricane Anton.

J'essaye de répondre, mais ma gorge reste obstinément bloquée. Il y a trop de monde.

— C'est pas grave, prends ton temps, Elea, me sourit Constantin.

— Arrête de la materner, grogne Aleksander.

L'ambiance est un peu bizarre. J'ai l'impression de me retrouver avec des ados. Les conversations commencent, ils parlent de tout et de rien comme si cette situation n'avait rien de bizarre.

— Constantin, tu ne nous as pas encore raconté ta dernière histoire. Tu sais, celle sur Sergueï et le trafic d'armes, dit Anton.

Constantin se met à rire.

— Vous ne savez pas ce que j'ai dû faire pour obtenir toutes ces informations, Sergueï n'était pas du tout content !

— Tu t'es retrouvé à faire un strip-tease sur scène, jure Anton.

Cette phrase déclenche un sourire chez Tasha et même un rire discret chez Aleksander.

— T'es vraiment doué pour te mettre dans des situations impossibles, le taquine Aleksander.

— C'est pour ça que vous m'appréciez tous, non ?

La tension semble s'estomper un peu. Les anecdotes fusent et, malgré ma méfiance, je commence à percevoir une lueur d'humanité derrière ces figures troublantes.

Une dame arrive dans la pièce. La gouvernante. Honteuse, je baisse la tête au souvenir de ce que je lui ai fait subir. Elle nous sert une assiette à chacun et je ne peux m'empêcher de faire une légère grimace quand je vois ce qu'il y a dans la mienne.

De la viande.

Je pensais qu'ils avaient compris que je n'en mangeais pas. Chaque repas livré dans ma chambre à base de protéine animale est retourné aux cuisines sans que j'y touche.

Aleksander me regarde d'un air mécontent.

— Tu ne manges pas ?

Je secoue la tête doucement. Je ne peux faire que ça.

— Je t'offre un repas et telle une gamine capricieuse, tu refuses de manger. Tu me prends pour un con ?

Je ne peux pas m'empêcher de lever les yeux au ciel. Il se lève précipitamment, m'attrape par le bras et m'entraîne hors de la salle à manger, sous les regards médusés des autres.

— Je t'avais prévenue de ne pas refaire ça !

Le personnel de cuisine, en nous voyant arriver, fuit littéralement. Il m'assoit de force sur une chaise. Une douleur lancinante au bras apparaît à l'endroit où il me maintenait.

— Tu vas manger que tu le veuilles ou non. Hors de question que tu crèves de faim.

Je refuse de céder. Je suis végétarienne depuis l'âge de neuf ans. Pour toute réponse, je saisis une pomme qui traîne dans une coupelle de fruits avant de croquer dedans.

Ses sourcils se froncent, l'air dubitatif.

Pour un hacker, génie du mal, il n'est pas très intelligent.

— Me dis pas que t'es une putain de végétarienne ?

Il soupire de frustration, tout en passant la main dans ses cheveux.

Il se dirige alors vers le frigo qu'il ouvre pour en sortir plusieurs produits. Parmi eux, des légumes frais, du fromage et des condiments. Je crois que ma captivité me fait perdre la tête car on dirait bien qu'Aleksander Stakhanov est en train de me faire un sandwich végétarien. La situation est absurde, presque comique, de voir mon ennemi préparer un repas comme s'il était un chef cuisinier.

Ses gestes sont précis et concentrés, découpant les légumes en fines tranches, étalant le fromage sur le pain, ajoutant une touche de condiments avant de le fermer et de me le tendre.

— Mange, dit-il après avoir posé la tranche de pain de mie sur le dessus.

Je prends le sandwich entre mes mains et croque dedans à pleines dents. Un gémissement de bonheur émane de moi. C'est un véritable délice.

— Ne fais pas ce genre de son, Elea. Ça me donne des idées…

Entre deux bouchées, je ris faiblement. Mes yeux remontent vers les siens.

Même si je suis toujours enfermée ici contre mon gré, j'ai l'impression qu'il me comprend de plus en plus. Nos échanges sont rarement cordiaux, pourtant, là, dans cette cuisine, j'ai enfin l'impression de vivre une situation normale.

Aleksander hausse un sourcil en souriant, tel un prédateur.

— J'aime t'entendre rire, mais… je crois que je préfère l'idée de t'entendre hurler mon prénom quand je te baiserai, Elea O'Neil, susurre-t-il.

Est-ce que c'est normal que j'aie aussi chaud d'un coup ?

Il se lève pour s'approcher, une toute nouvelle faim me prenant aux tripes.

— Je suis beaucoup de choses, *moy dikiy,* un voleur, un menteur, un tueur… mais il y a une chose que je ne suis pas…

Il se penche jusqu'à pouvoir chuchoter à mon oreille.

— Je ne suis pas un violeur, donc si tu veux que je m'occupe de ta petite chatte, il va falloir me le demander bien gentiment. Je ne te toucherai pas sans ton consentement.

Une larme solitaire coule sur ma joue. Délicatement, sa main vient la cueillir.

— Je ne suis pas lui, Elea. Plus jamais il ne te touchera. Et je te promets que je vais retrouver ton père. Après ça, tu reprendras ta vie. Loin d'ici, loin de moi et de mes ténèbres. Parce que tu mérites de briller.

J'écoute sa voix empreinte de promesses et de douceur, mais je ne peux pas me laisser amadouer, aussi tentant que cela puisse paraître. Mes propres objectifs et ma mission me hantent sans relâche.

C'est cette prise de conscience qui me fait mal, bien plus que tout ce que j'ai enduré jusque-là. Je n'ai jamais été une meurtrière et la simple idée de prendre une autre vie me glace le sang. Sauf que je n'ai pas le choix. Alors malgré ses paroles apaisantes et ses promesses de protection, je dois rester sur mes gardes, prête à saisir la moindre opportunité de m'échapper, de retrouver mon père et de mettre un terme à tout cela.

Mon avenir est incertain.

Mais ma détermination, elle, est inébranlable.

Chapitre 18

Elea

De retour dans ma cage dorée, un sentiment d'urgence ne cesse de refaire surface dans mon esprit. Je dois partir d'ici, peu importe le prix à payer. En raison des gardes postés à chaque porte, sortir par la voie principale n'est pas une option. Je dois trouver un autre moyen de m'échapper.

L'adrénaline inonde mes veines alors que je m'approche de la fenêtre. Mes mains tremblent légèrement tandis que je la soulève avec précaution, espérant ne pas faire de bruit. Par chance, cette dernière ne résiste pas.

Amateurs.

Je grimpe sur le rebord, mes pieds en équilibre précaire. Mes premiers pas à l'extérieur sont incertains et de fait je manque de trébucher et de tomber à plusieurs reprises. Mon cœur bat à tout rompre dans ma poitrine, mais je persévère, guidée par la nécessité de m'échapper.

Une fois derrière la maison, je m'arrête quelques instants. Je tente de reprendre mon souffle et d'observer mon environnement. Mes yeux se posent sur un grand bâtiment ouvert où des voitures et des motos sont stationnées. L'espoir m'envahit, et je réalise que la chance pourrait être de mon côté ce soir.

Je m'approche de cette sorte de garage en silence, surveillant les gardes à distance. Mon cœur continue sa course folle, mais je suis plus déterminée que jamais.

Mon souffle s'accélère quand je trouve le panneau où sont entreposées toutes les clés. Je cherche frénétiquement celle qui correspond à l'une des voitures et m'empare de la première qui se présente sous mes doigts. Le temps joue contre moi, et je sais que je dois agir rapidement.

Je me faufile à l'intérieur d'une grosse berline, glisse les clés dans le contact et tente de démarrer le moteur. Les premiers essais sont catastrophiques, la tension me fait perdre mes moyens. Mes mains tremblent sur le volant, mais je refuse d'abandonner. Après quelques tentatives désespérées, le moteur vrombit enfin.

Sans perdre une seconde, j'actionne le levier automatique et mets le pied au plancher, direction le portail, priant en même temps pour que les gardes ne réalisent pas ce qui se passe avant que je sois hors de leur portée.

C'était trop d'espoir. Je vois des hommes courir dans tous les sens avec de grands gestes. Ils ont compris. À travers le pare-brise, j'en vois se placer devant le portail, brisant mon plan de foncer dedans si jamais il restait fermé.

Le portail s'ouvre soudainement devant moi, et je suis prise de panique. Les hommes postés à proximité se sont écartés, me laissant une voie de sortie. Je jette un coup d'œil dans le rétroviseur et comprends la raison de leur retrait : une moto me suit de près, et la carrure de son conducteur ne laisse aucun doute. C'est Aleksander lui-même qui est à mes trousses.

Il a dû leur donner l'ordre de me laisser passer, mais pourquoi ?

La peur monte, mais je n'ai pas le choix. Je presse l'accélérateur encore plus. La moto se trouve désormais à la hauteur de ma fenêtre, mais je ne peux pas me permettre de faiblir. Mon seul objectif est de sortir de cet enfer, de laisser tout cela derrière moi.

Ne t'en fais pas, j'arrive.

Une course effrénée s'engage dans la forêt qui nous entoure, dont les arbres deviennent des obstacles menaçants. Tout ce à quoi je pense se résume à ne pas en percuter un. Le chemin de terre devient de plus en plus impraticable. Heureusement, une voie se dégage et la voiture se retrouve sur une route à deux voies.

Soudain, la moto d'Aleksander me dépasse, fendant l'air tel un éclair de métal et de puissance. La moto de mon assaillant se place en travers de la route, dans une manœuvre audacieuse pour m'arrêter. Mon instinct me pousse à freiner, mais le temps me manque.

Tant pis.

Dans un geste désespéré, mes pieds pressent la pédale de freinage, trop tardivement. La voiture percute la moto avec un bruit sourd et sinistre, envoyant Aleksander valser violemment quelques mètres plus loin.

Le choc secoue mon véhicule, enclenchant les airbags qui se libèrent. Ma tête est propulsée contre l'appui-tête avant d'être projetée contre le coussin de sécurité et mon corps est, quant à lui, maintenu fermement grâce à la ceinture. Mon souffle est coupé net. Tant bien que mal, j'essaie de retrouver une respiration régulière avant de jeter un regard inquiet vers l'endroit où Aleksander est tombé, espérant que le choc l'a suffisamment désorienté pour me donner une longueur d'avance.

J'ai besoin de savoir s'il est mort ou simplement blessé. Fuir avec un homme aussi déterminé que lui à mes trousses n'est pas une option envisageable. Je sais qu'il n'abandonnera jamais, qu'il me traquera inlassablement jusqu'à ce qu'il me trouve.

« *Tu n'as pas le choix, mon petit oiseau.* »

Une larme solitaire roule sur ma joue en réalisant ce que je dois faire pour m'assurer qu'il ne représentera plus une menace pour nous. Mes mains tremblent en ouvrant la portière, et je sors avec précaution. Ma tête tourne et je suis à deux doigts de vomir. Je m'assure que je n'ai rien de casser, et bouge rapidement chaque partie de mon corps.

Prenant une grande inspiration, je ramasse une grosse pierre et m'approche du corps inerte d'Aleksander. Mon cœur martèle ma poitrine. Chaque pas que je fais est lourd de responsabilité. Je sais que je n'ai pas d'autre choix. Ma survie en dépend.

Le silence de la forêt, seulement brisé par le bruit de mes pas et le battement de mon cœur, est oppressant. Plus la distance qui nous sépare diminue et plus l'horreur de la situation me frappe. La pierre dans ma main est froide, dure, n'est rien d'autre qu'une arme improvisée contre celui qui était, il y a une heure encore, mon geôlier.

Une fois à sa hauteur, je me tiens au-dessus de lui. Mon estomac est une boule d'angoisse, mais il est trop tard pour reculer. Mon avenir dépend de cet acte. Des larmes de douleur coulent le long de mon visage jusqu'à mon cou. Je lève la pierre au-dessus de ma tête, prête à laisser cette nuit décider de mon destin. Ses yeux s'ouvrent alors et je comprends immédiatement que ce n'est plus Aleksander en face de moi. Le regard glacial qui me fixe me glace le sang. Je prends conscience que l'homme qui me regarde n'est autre que le Croque-Mitaine.

Une demi-seconde passe avant que je me ressaisisse. J'abaisse la pierre avec violence, dans l'espoir de le blesser, de le tuer. Cependant, il est plus rapide que je ne l'avais anticipé. Dans un mouvement vif, il roule sur le côté, évitant l'arme de fortune qui s'écrase sur le sol.

L'instant d'après, je me retrouve plaquer au sol sans aucune douceur. La violence du geste d'Aleksander me coupe le souffle, la douleur m'envahit. Il se place au-dessus de moi, plaque mes mains au-dessus de ma tête, me rendant complètement vulnérable et à sa merci.

J'ai l'impression que mon cœur va exploser. Face à la terreur qui me submerge, je comprends que ma tentative pour m'échapper va échouer. Comme celle d'en finir avec le Croque-Mitaine.

La voix glaciale d'Aleksander me fait frémir.

— Tu pensais vraiment pouvoir me défier, t'échapper, partir loin de moi ? crache-t-il, d'un ton méprisant.

— Je… ne…

Mes mots se perdent au moment où sa main s'abat violemment sur ma poitrine, appuyant avec force sur ma cage thoracique.

— Je… Je ne… Je t'appartiens pas, réussis-je à articuler malgré la douleur.

Il se penche vers moi, son visage à quelques centimètres du mien, et ses yeux glacés me fixent avec une intensité terrifiante.

— T'es en vie parce que je le décide ! Tu dors dans un lit, tu prends des repas décents, tu as des vêtements parce que je le décide ! Tu me dois un minimum de respect, espèce de petite salope. As-tu si peu de reconnaissance à mon égard pour te comporter comme une sous-merde et tuer la main qui te nourrit ?

Sa main monte au niveau de mon cou, et le presse à tel point que ma respiration en est presque coupée.

— Tu veux… une médaille pour ça, ricané-je.

— T'as envie de crever ? Tu veux que je mette fin à ta misérable vie ? éructe-t-il.

Pendant une micro-seconde, j'hésite. Ça serait si facile de répondre par la positive, de lui accorder cette faveur, de mettre enfin un terme à toutes ces horreurs.

— Je pourrais faire bien pire que te tuer, reprend-il. Je pourrais te rendre à ton mari. Ça m'éviterait une guerre et bien des problèmes, Elea.

Mes pensées sont en ébullition. Lorsqu'il relâche un peu la pression, je réussis à me redresser et, dans une ultime tentative pour l'atteindre, je lui mords le bras. Il me relâche complètement, en rageant. Je tente de m'extraire avec difficulté. Mes mouvements sont désespérés et chaotiques.

— Non… je ne peux pas… je ne peux pas retourner là-bas, bredouillé-je, presque à bout de souffle.

— Elea, ne recommence pas. Ta comédie ne te sauvera pas cette fois.

Je ne peux pas retourner là-bas. Pas sans avoir accompli ma mission. Je ne peux pas laisser cela se produire.

Aleksander m'attrape par le bras, mais je me débats comme un fauve. Je me retrouve de nouveau par terre, et m'écrase sur ma main blessée qui se met à me lancer.

Prise d'une pulsion incontrôlable, je tâtonne de ma main libre à la recherche de quelque chose pour me défendre. Mes yeux errent sur le sol, jusqu'à ce qu'ils rencontrent une pierre tranchante. Sans réfléchir, je la saisis et la place sous ma gorge, la pressant doucement au niveau de l'artère.

Tout ce à quoi je pense à cet instant est le fait qu'Aleksander doit y croire. Il doit croire en mon geste désespéré, persuadé que je suis prête à mettre ma vie en jeu pour qu'il me laisse partir en vie.

C'est le seul moyen qu'il me reste pour atteindre mon objectif ultime : échapper à ce cauchemar et éliminer le Croque-Mitaine.

Chapitre 19

Aleksander

Elle a osé s'enfuir et me percuter avec une voiture.

La douleur pulse à travers l'intégralité de mon corps, mais je me force à rester debout. La voir à présent avec cette pierre sous la gorge me met dans une rage folle.

Je pensais vraiment qu'après la scène que je lui avais servie dans la cuisine, elle serait devenue docile et obéissante. Quelle ne fut pas ma surprise quand Anton m'a appelé pour me prévenir de la fuite d'Elea. Naïvement, je pense, j'ai voulu voir jusqu'où elle était prête à aller. J'ai même ordonné qu'on ouvre le portail. Tout cela est entre elle et moi. Or, il y a une demi-heure encore, j'étais loin d'imaginer qu'elle était prête à tout, et même à mourir.

Mes yeux plongent dans les siens. J'y perçois la lueur du désespoir, le reflet de sa détermination à ne pas retourner auprès de Kelly. La pierre contre sa gorge est un geste irréfléchi certes, mais surtout une tentative claire et définitive d'échapper à l'enfer qu'elle a vécu avec cet Irlandais. Et aussi, de se sauver de mon emprise.

Or ça, je ne peux pas le cautionner.

— Comment oses-tu ?! grondé-je. Tu n'as aucune idée de ce que tu fais.

Elle tremble, mais ses yeux témoignent de sa détermination féroce. La douleur qui se propage dans mes muscles est un feu permanant contre lequel je lutte, toutefois elle n'est rien en comparaison de la fureur grandissant en moi. Elea ne peut pas mourir, du moins pas parce qu'elle l'a décidé. Je ne la laisserai pas s'en sortir aussi facilement.

Il faut à tout prix que je lui enlève cette idée de la tête, que je détourne son attention de cet acte. Je dois définitivement gagner sa confiance, faire en sorte qu'elle ne doute plus de moi, même si cela signifie manipuler ses émotions.

Ma colère bouillonne toujours, mais je me force à prendre une profonde inspiration et tente d'apaiser le ton de ma voix.

— Écoute-moi avec attention, Elea. Je ne veux pas te faire de mal, mais tu dois comprendre que cette solution-là n'est pas la solution. Nous pouvons trouver une autre issue à tout cela, d'accord ?

Mes yeux ne quittent pas la pierre sous sa gorge.

— Tu n'as pas à faire ça, *moy dikiy*. Je suis là pour te protéger, je te le promets. Laisse tomber cette pierre, s'il te plaît.

Je m'approche doucement avant de m'arrêter net en voyant un filet de sang s'écouler lentement.

— Elea, murmuré-je d'une voix faussement sincère. Je peux te parler de ton père, de comment je l'ai connu, de la dette de sang qui existe entre lui et moi.

Je m'exprime lentement, espérant que mes mots la fassent réfléchir. Je fais quelques pas supplémentaires vers elle, sans effectuer le moindre geste brusque qui pourrait la pousser à agir et à foutre en l'air tout mon plan.

— T… Tu mens… chuchote-t-elle, appuyant un peu plus son arme improvisée sur sa peau.

— Je ne suis pas ton ennemi, Elea. Nous avons tous les deux été pris dans une toile compliquée, et je veux t'aider à t'en sortir. Mais tu dois me faire confiance.

Je me stoppe dans mon récit, avant de reprendre :

— J'ai rencontré ton père quand j'avais neuf ans. Et ce n'est qu'à quinze ans, quand il a sauvé ma mère et nous a aidés à fuir la Russie, elle et moi, que j'ai su le grand homme qu'il était. Personne n'a jamais osé se dresser contre le grand Boris Tsariov. Mais ton père, Elea, il n'en avait rien à foutre.

Mes souvenirs de cette époque sont à la fois doux et amers. La gratitude que j'éprouve envers ma mère est immense, bien que tous les événements liés à ce moment aient eu des conséquences difficiles.

— Malheureusement, j'ai dû faire un choix. Mon père n'aurait jamais arrêté de nous traquer. Alors je lui ai proposé un deal : ma vie contre celle de ma mère.

Mon passé est plein de douleur, de sacrifices. Je veux qu'elle en prenne conscience.

— Ton père a emmené ma mère loin des radars, loin de la torture que mon père avait préparé pour moi en Russie. Il me haïssait, tu sais. Tout ce qu'il voulait, c'était une arme, une extension de lui-même.

Je me souviens de la manière dont il a façonné ma vie pour en faire un enfer après cela. Le jour où je suis retourné dans sa demeure de Saint-Pétersbourg, j'ai lu dans son regard la trahison commise. Je n'étais alors plus qu'une faiblesse à éliminer.

J'ai dû mettre à terme à son existence, cinq ans après. Cinq ans d'attente, de supplices et de flagellations. À vingt et un ans, j'ai pris mon destin en main, mis en marche mon plan machiavélique forgé par la haine incommensurable que je vouais à mon père.

Ce jour-là, le Croque-Mitaine est né. J'ai tué chaque homme à sa solde avant de les exposer dans chaque recoin de son manoir. Le soir même de mon acte vengeur, un grand bal était prévu. C'est là que tous ont pris conscience que Boris Tsariov n'était plus.

Après avoir tué ses hommes de main, j'ai massacré sa femme qui s'était amusée pendant des années à malmener ma mère, tant elle était jalouse de ne pas avoir pu donner un héritier à mon père. J'ai pris un plaisir sadique à voir les larmes couler sur le visage du grand Tsariov, à l'écouter me supplier de ne pas mettre un terme à son existence. Il a été la dernière de mes victimes cette nuit-là. Je voulais lui montrer ce que ça faisait de tout perdre.

— Elea, je comprends la haine que tu ressens pour moi, mais je ne suis pas Kelly, je ne veux pas te faire de mal. Nous pouvons trouver une autre issue, une meilleure issue. Si tu te tues, tu les laisses gagner, tu les laisses choisir ton destin. Penses-tu que cela soit acceptable ?

Elle me fixe intensément.

— Si c'est ton choix, soit, poursuis-je. Je ramènerai ton cadavre à ton père.

Son bras se baisse lentement.

— Il… Il a… réussi… Mon père ? chuchote-t-elle.

— Il l'a sauvée, oui. Après ça, ma mère a pu s'intaller en France, où elle est devenue psychiatre. Elle aide les femmes comme elle, maintenant.

— À quel… prix ?

— Celui de mon âme. Mais je ne regrette rien. À présent, plus de mensonges. Je t'aiderai à te venger, à gagner. Pour ça, tu dois venir avec moi, de ton plein gré.

Quel que soit son choix, elle reviendra dans cette maison.

Je souris intérieurement quand je la vois lâcher définitivement la pierre, qui s'échoue au sol.

J'ai gagné.

Chapitre 20

Aleksander

Je grogne sous le coup de poing d'Anton. Je suis en train de me faire détruire par son entraînement.

— T'es pas concentré ! m'engueule-t-il.

Depuis plus d'une heure, les coups s'enchaînent, la sueur perle sur nos fronts alors que nous repoussons chacun nos limites.

— Je le suis.

C'est faux. Je n'ai rien d'une personne concentrée. Je n'arrive toujours pas à dormir et je commence à le ressentir de plus en plus. J'ai des difficultés à me concentrer, à mémoriser les informations, je suis irritable et je me mets en colère plus souvent qu'avant. Ça affecte mon travail. La semaine dernière, j'ai viré ma secrétaire sur un coup de tête parce qu'elle m'avait interrompu pendant un rendez-vous. De plus, cela fait une semaine qu'Elea a voulu me fuir et l'idée de la punir m'obsède de plus en plus.

— Je me suis pris une voiture en pleine face, je te rappelle.

— Des excuses, toujours des excuses. Tu aurais dû en finir avec elle y a bien longtemps. Regarde la vérité en face : t'es épuisé, Aleks, tu n'as pas besoin de t'emmerder avec une femme.

Anton a raison. Je sens que je suis épuisé, tant physiquement que mentalement. Ça faisait très longtemps que je n'avais pas été aussi près de ma limite.

Depuis qu'Elea est arrivée, ma vie a pris un tournant plus complexe. Je dois garder mes distances avec elle, mais quelque chose m'attire dans sa direction, bien que je refuse de l'admettre. J'aime le feu qui brûle à l'intérieur de ses yeux, l'énigme qu'elle représente.

Je pare un autre coup d'Anton.

Si je pouvais éviter d'être défiguré à cause d'un entraînement, ce serait pas mal.

— Tu ne peux pas continuer comme ça, tu ne fais que de la merde depuis qu'elle est là. Cette femme te perturbe bien plus que tu ne veux l'admettre.

Il me donne un coup rapide dans l'estomac, ce qui a pour conséquence de me faire tomber sur le sol mou. Je lutte pour reprendre mon souffle. Anton n'a pas tort, mais je ne veux pas l'entendre.

— Je gère, ne t'occupe pas de ça…

J'essaye de me relever, mais mes jambes fléchissent. Il me tend une main, que j'accepte avec difficulté.

— Qu'est-ce que tu penses d'elle ? je lui demande.

— À part qu'elle va nous apporter des problèmes ? Pas grand-chose. Demande plutôt à Constantin, elle arrive à lui parler parfois, dit-il en haussant les épaules.

La jalousie me submerge, une émotion négative que je ne devrais pas ressentir. Au contraire, je devrais être content qu'elle s'exprime enfin. Pourtant un goût amer me remplit la bouche. Constantin ne m'a rien dit de tout ça, or il sait parfaitement que les piliers de mon empire sont la confiance et la loyauté.

Je reste un moment silencieux, mes pensées en ébullition, avant de finalement demander d'un ton plus sec que je ne l'aurais voulu :

— Quel genre de problèmes ?

Anton me regarde avec un soupçon de reproche.

— La *Réalta* est un fléau. Kelly va vouloir récupérer sa femme et même si, par miracle, ce n'est pas le cas, si on retrouve le Passeur en vie et qu'il apprend ce que tu as fait subir à sa fille… Je ne donne pas cher de ta peau.

Mon agacement grandit lui aussi, mais j'essaye de le cacher derrière un masque d'indifférence.

— Son père, je m'en occupe. Pour ça, il faudrait déjà qu'on trouve une piste. Constantin t'a dit si elle a craché des informations ?

— J'en sais rien. Mais s'il n'était pas gay, je penserais qu'il la drague. C'est lui qui lui a donné tous ces livres.

— Constantin lui a donné les livres ? répété-je d'une voix glaciale.

Anton hoche la tête.

— Ne fais rien d'irréfléchi, Aleksander.

J'annonce que notre entraînement est terminé. Anton part vers les vestiaires pour prendre une douche. J'ai besoin d'avoir une conversation avec notre jeune recrue. Mais avant…

Ma colère se transforme en une rage qui monte en flèche. Je quitte précipitamment la salle de combat. Mes pas sont rapides, mes pensées chaotiques et la possessivité me dévorent de l'intérieur.

Le manque de sommeil me monte à la tête.

Quand j'entre dans la chambre, je trouve Elea en train de lire l'un de ces fichus bouquins, plongée dans son monde. La rage bouillonne, à tel point que mes membres tremblent. Je ne peux pas m'empêcher de lui hurler dessus :

— Tu joues à quoi, hein ? Ton but est de baiser tous les mecs des organisations de ce monde, c'est ça ? Tu t'es dit qu'un Irlandais c'était pas assez, il te fallait la queue d'un Russe en plus ?

Mes mots sont des lames acérées, mes paroles empreintes d'une rage brûlante et irrationnelle sont dictées par la jalousie non contenue que j'éprouve.

Mon père aurait honte de moi.

Tes obsessions sont faiblesses, mon fils.

Heureusement que je n'en ai rien à branler de son avis et que je l'ai tué.

Elle sursaute, sa bouche s'ouvrant légèrement, signe qu'elle cherche ses mots.

— Je… balbutie-t-elle.

Elle tremble.

Son absence de réponse ne fait qu'alimenter mon ressentiment. Je ne comprends pas pourquoi j'ai besoin qu'elle justifie ce que je ressens comme une trahison.

La jalousie me consume, ce qui m'empêche de trouver une issue raisonnée à la situation. Je n'ai jamais été dans le partage, ce qui est à moi l'est pour moi seul, toujours. J'ai espéré égoïstement qu'elle retenait ses mots pour me les offrir.

— Évidemment, Constantin est tellement gentil, pas vrai ? C'est ça que tu veux ? Un bon petit toutou à tes pieds ? éructé-je.

Son visage est plus pâle que de coutume, ses yeux sont écarquillés ; elle semble à la fois terrifiée et désespérée de trouver ses mots.

— … Personne, chuchote-t-elle.

Une vague de frustration monte en moi.

— Personne quoi ?

Elle prend une grande inspiration, ferme les yeux puis me fixe.

— Personne… n'a été… gentil… ou compréhensif avec moi… ici, sauf… lui.

Ses mots pénètrent mon corps comme des éclats de verre et pendant un instant, un infime instant, je me sens troublé. Je ne prends même pas la peine de réaliser qu'elle m'a parlé, qu'elle a réussi malgré le stress qui la submerge.

Mais cet instant de faiblesse est rapidement remplacé par des sentiments plus néfastes. Je ne veux pas en entendre plus. La jalousie et la rage ont déjà repris le dessus.

— Oh, donc maintenant, tu défends un de mes hommes ? Mais je crois que tu oublies une information capitale, petite merdeuse. J'ai ta vie entre mes mains, ton putain d'avenir, OK ! Je pourrais te trancher la gorge et ordonner à Constantin de te regarder te vider de ton sang, craché-je.

— T'es… un monstre.

— Tu viens seulement de t'en apercevoir ? ricané-je.

Elle baisse les yeux. Sa posture trahit sa vulnérabilité.

— Tu es pathétique de vouloir chercher un sauveur en l'un de mes hommes. Personne ne peut te sauver de moi. Tu m'appartiens Elea O'Neil.

Ses yeux étincellent de colère.

Enfin.

— Je n'ai jamais… demandé tout ça, dit-elle froidement.

Je tourne en rond dans la chambre sous son regard.

— Tu veux que… je parle ? Très bien… Constan…

— Tu aimes bien Constantin, c'est ça ? Juste parce qu'il t'a offert ces stupides livres ?

Avant même qu'elle puisse me répondre, je m'approche d'elle et lui arrache celui qu'elle tient entre les mains. Je commence à arracher les pages par poignées. Elle essaye de m'en empêcher, mais je la repousse violemment sur le lit.

— Ne bouge pas ! hurlé-je.

Je commence à rassembler les autres livres frénétiquement, mes gestes presque désordonnés sous l'emprise de ma rage qui ne faiblit pas.

— J'ai dit plus jamais !

Sa voix tonne avec force dans la chambre.

Le son me surprend et m'arrête au milieu de mon geste. Ses mots s'élèvent au-dessus de la cacophonie de ma propre colère. Il y a quelque chose d'inédit, de puissant dans son ton qui perce ma fureur aveuglante.

Je tourne lentement la tête pour voir Elea se redresser sur le lit. Ce n'est que là que je remarque le couteau qu'elle tient en main. Mon cœur s'emballe, mélange de surprise, de crainte et de fierté.

— Merde ! Où est-ce que tu as eu ça ?

La surprise tempère un instant ma colère.

Elea tient le couteau avec une détermination farouche, son regard rivé sur moi. La lueur de détermination dans ses iris contraste avec la vulnérabilité que j'ai vue plus tôt. Elle ne se dérobe pas, elle ne cède pas à ma rage.

Mon propre souffle devient haletant. Je veux savoir ce qui se passe dans sa tête, tant je suis fasciné devant sa réaction. Les secondes s'étirent, nos yeux restent verrouillés l'un à l'autre.

La tension électrique dans la pièce est palpable. Doucement, je relâche les livres que j'ai rassemblés. Mes mains se lèvent lentement en signe de reddition. Ma propre voix sort dans un murmure incertain. La situation a complètement dégénéré.

— Elea, pose ce couteau. On va parler.

— Il n'est plus l'heure de parler, non. Il est temps de me venger, Aleksander.

Putain qu'elle est magnifique.

Chapitre 21

Elea

La première erreur qu'ils ont faite, c'est de penser que j'étais inoffensive. J'ai toujours été sous-estimée, jugée par mon apparence plutôt que par ma force intérieure. Ils ne se doutent pas que derrière mes yeux doux et mon mutisme sélectif se cache une détermination impitoyable.

Leur seconde erreur, c'est de m'avoir tourné le dos dans la cuisine au repas d'hier soir. C'est là que tout a basculé.

La veille, Aleksander a été dérangé par un appel. Il m'a laissée seule jusqu'à ce que Constantin arrive. Quand j'ai vu le couteau, je n'ai pas réfléchi : je me suis emparée de l'objet, d'un geste rapide et fluide. Mon cœur battait si fort dans ma poitrine, mais ma détermination était inébranlable.

La lame luit à présent dans ma main, d'un éclat froid au cœur de la pièce tamisée. Mes mains tremblent légèrement. Tout ce que je veux, c'est qu'il me voie, qu'il réalise que je ne suis pas une victime incapable de se défendre. Fini la petite Elea qui tente de se suicider au milieu des bois.

Son regard à lui aussi est déterminé. Il agit comme s'il était le seul à avoir le contrôle de la situation.

— Elea, pose ce couteau. On va parler, murmure-t-il d'une voix presque incertaine.

— Il n'est plus l'heure de parler, non. Il est temps de me venger, Aleksander.

Je suis lasse d'être rabaissée, d'être utilisée comme un pion dans les jeux de pouvoir des hommes. Il est temps de mettre le plan à exécution.

— Tu penses vraiment que je vais te laisser… m'écraser comme ça ? craché-je, la colère dans ma voix faisant écho à la sienne. Je refuse d'être encore traitée… comme une prisonnière.

Mon cœur bat la chamade, les mots sortent tout seuls, ma colère me permet de pouvoir lui crier tout ce que j'ai enfermé ces dernières semaines.

— Tu crois me connaître parce que tu as lu quelques dossiers sur moi ? Mais tu ne sais rien, rien de qui je suis ou de ce que j'ai vécu cette année. Des bains d'eau glacée, une cage et un coup de couteau dans la main, c'est ça le Croque-Mitaine ?

Ma main reste fermement sur le manche du couteau.

Aleksander s'approche encore un peu plus de moi. Mais cette fois-ci, d'un mouvement rapide et déterminé, il parvient à refermer sa main autour de ma paume blessée. Même si la blessure a cicatrisé, je grimace sous l'éclair de douleur qui survient.

Mes yeux s'écarquillent de surprise et, avant même que je réagisse, il me désarme habilement et me retourne.

Je me retrouve collée à lui, sa proximité me fait presque perdre le souffle. Le couteau que j'avais brandi avec tant de détermination se trouve maintenant retourné contre moi, sa lame froide et menaçante placée sous ma propre gorge. Les battements de mon cœur s'accélèrent, et je comprends que je suis désormais à sa merci.

Ses paroles glissent à mes oreilles, dans un murmure à la fois séduisant et déconcertant :

— T'es sacrément bandante quand tu es en colère, *moy dikiy ogon'*.

Mon sang se réchauffe et mes poils se hérissent à ses mots. Son ton est empreint d'une excitation certaine. Une décharge électrique traverse mon corps. Sa voix résonne dans mon esprit, son accent russe ajoutant une touche de danger à ses mots.

Soudain, la réalisation de ce qui se joue entre nous me frappe comme un coup de poing. La menace du couteau s'est transformée en une sorte de jeu dangereux pour lui, alors qu'en ce qui me concerne, la colère et la peur se mélangent dans un bazar intérieur, auquel s'ajoute une autre sensation, plus troublante encore et qu'il m'est difficile d'identifier. Je sens que mon corps réagit à sa proximité d'une manière que je ne peux pas nier.

Le frôlement de son torse contre mon dos, la pression du couteau contre ma peau, sa queue plus que dure contre mes fesses… Toutes ces informations sensorielles et visuelles m'envoient des décharges électriques à travers mon corps. Mon cœur bat à un rythme encore inégalé, et je peux sentir la chaleur qui monte dans le creux de mon ventre. Cette réaction est déroutante, troublante, presque honteuse étant donné la situation.

Je tente de refouler mes émotions et ressentis, de les repousser dans un coin de mon esprit, mais ils persistent de manière indéniable. Je suis partagée entre l'angoisse et un désir que je ne peux pas ignorer.

Mes tentatives pour me libérer de sa prise s'intensifient, j'essaie de recouvrer le contrôle, quand une question obsédante émerge : suis-je la seule à ressentir cela ou en a-t-il conscience lui aussi ? Mes pensées sont interrompues par sa voix suave et chaude :

— Tu sens ça, Elea ? Ce feu qui brûle entre nous ?

Je déglutis, me mordant la lèvre inférieure pour tenter de calmer le tourbillon d'émotions qui me submerge. Mon cerveau hurle de résister, de ne pas céder à cette tentation malsaine.

Je sais qu'il ne fera rien sans mon consentement, qu'il attend ma réponse. C'est un jeu dangereux, un jeu de pouvoir qui me pousse au bord de mes retranchements. Je veux oublier les autres hommes, leurs contacts dégoûtants, leur toucher sur chaque parcelle de ma peau. Mon esprit erre brièvement entre ces souvenirs qui méritent seulement d'être chassés loin.

Une réponse se forme dans ma gorge, hésitante, mais chargée d'une détermination nouvelle. Je la prononce doucement, presque à contrecœur, comme si je dévoilais une part de moi que je préférerais garder cachée.

— Oui, je le sens…

Ma voix est à peine plus qu'un murmure, mais je sais qu'il a entendu. Les mots pèsent dans l'air, chargés de la tension qui nous entoure. Alors que nos regards se croisent, une affirmation encore plus audacieuse monte à mes lèvres, poussée par le désir de briser les barrières, de succomber à cette attraction interdite.

— Bai… Baise-moi.

Le temps est d'un coup comme suspendu. Les secondes s'égrènent.

Le couteau qu'il avait placé sous ma gorge est balancé négligemment de l'autre côté de la pièce, éloignant de manière définitive cette menace. Un frisson d'anticipation me parcourt alors qu'il me retourne brusquement, me plaçant sur le lit. Sa force et son assurance sont évidentes dans chaque mouvement qu'il entreprend. Je me sens telle une marionnette entre ses mains.

Mon cœur bat à tout rompre quand je me retrouve allongée sur le lit, mon regard verrouillé au sien, mes mains serrant avec force les draps.

Plus il se rapproche et plus je sens la chaleur de son corps, son souffle chaud caressant ma peau. Mon désir s'intensifie, en réponse à la distance s'amenuisant entre nous. Je lutte contre un mélange d'émotions contradictoires qui m'envahit quand sa jambe gauche s'insinue entre les miennes les maintenant ouvertes.

— En es-tu vraiment sûre ? me demande-t-il.

Je hoche la tête.

— Je veux te l'entendre dire.

— Oui, je suis sûr.

Je veux le toucher.

Ma main se porte sur sa joue pour répondre à cette envie. Dans un mouvement brusque, il saisit mes mains et les plaque dans mon dos.

— Pas mon visage, c'est la seule règle, Elea. Ne touche pas mon visage, compris ? Ne me force pas à t'attacher et à faire de toi mon simple jouet, dit-il.

Un sourire narquois apparaît sur son visage alors qu'il enlève son tee-shirt d'une main. Après quoi, il s'occupe de retirer le mien. Une expression carnassière se dessine sur ses lèvres lorsqu'il découvre ma poitrine nue.

Il ne lui faut ensuite qu'une demi-seconde pour que l'une de ses mains emprisonne un sein et que sa bouche s'empare de mon téton. En réaction, ma tête se renverse en arrière, dans un long gémissement. Des frissons incontrôlés parcourent ma peau. Aleksander commence alors à descendre doucement, traçant un chemin humide de baisers jusqu'à la lisière de mon jean. Il remonte prestement pour investir ma bouche, y glissant au passage sa langue pendant que ses doigts s'occupent d'ouvrir mon pantalon.

Puis il se recule pour ôter le dernier tissu restant sur mon corps et se débarrasser des dernières couches de vêtements qu'il porte encore.

Son corps est magnifique : des cicatrices parsèment sa peau, qui ne présente aucun tatouage, juste l'étendue de la violence de son monde.

Mon corps entier est en feu.

Il revient se positionner contre moi, ses yeux fixant les miens avec une intensité particulière. Son sexe est tendu au maximum et touche mon bas-ventre. Il titille du doigts mon clitoris, l'insinuant entre mes lèvres, ce qui me déclenche un sursaut.

— Putain, t'es trempée, Elea, grogne-t-il.

Il m'embrasse sauvagement, étouffant par la même mes gémissements. Je ne peux m'empêcher de passer mes mains dans son dos, et d'enrouler mes jambes autour de son bassin. À ce moment précis, je n'ai qu'une seule et unique envie : qu'il me remplisse.

Mes mouvements appuyés de bassin lui montrent clairement le chemin à suivre mais Aleksander refuse la pénétration. Taquin, il préfère continuer d'appliquer des caresses sur mon sexe gorgé d'excitation. En représailles, je mords sa lèvre inférieure, trop fière pour le supplier.

Je pose mes lèvres sur son torse, goûtant sa peau salée. Je cherche à découvrir chaque zone sensible de son corps. Ses muscles se contractent. Ma main descend doucement vers l'objet de ma convoitise. Pendant ce temps, nos baisers reprennent de plus belle, toujours plus avides, avant qu'il n'y mette un terme. J'inverse nos positions, dominant la situation à califourchon sur lui, et me dirige sensuellement vers son entrejambe. Le voir basculer la tête en arrière quand j'atteins enfin son sexe est une sensation exquise.

Ma main droite vient serrer légèrement son pénis et le gémissement qu'il exulte me pousse à poursuivre mon exploration. Ses mains se placent au niveau de mes fesses de sorte à les empoigner avec force. J'entame un mouvement de va-et-vient, une lente masturbation, guettant chacune de ses réactions.

Il devient plus bestial sur mon cou et je ne retiens plus les soupirs de plaisir qui quittent ma gorge.

Je m'arrête quelques secondes, le temps de reprendre un peu mon souffle, et me glisse contre lui, dans le creux de sa chaleur.

Un courant d'air frais s'abat soudain sur mon corps. Ouvrant les yeux, je remarque qu'il s'est levé et se trouve à présent la tête entre mes jambes.

— Qu'est… Qu'est-ce que tu fais ? J'étais… balbutié-je.

— Ce n'est pas l'envie qui me manque de te laisser continuer ce que tu étais en train de faire, mais je t'ai promis que quelqu'un allait devoir payer, non ?

Je n'ai pas le temps d'avoir peur que d'un geste, il me rapproche du bord avant de s'agenouiller par terre. Il écarte mes cuisses de ses deux mains, et commence à déposer des baisers sur ma peau, au niveau de mon pubis. Je prends appui sur mes avant-bras, le regardant faire dans l'attente de la suite.

Son souffle chaud sur mon clitoris me fait sursauter.

— Dis-moi *moy dikiy*, est-ce qu'on t'a déjà dévoré la chatte ?

Mes joues me brûlent face au ton cru d'Aleksander.

Pour toute réponse, je secoue la tête négativement.

— Je vais te faire supplier, Elea O'Neil.

Sans attendre plus longtemps, Aleksander se rue sur mon sexe. Prenant son temps, il explore de sa langue les moindres recoins de mon intimité, s'insinue entre mes lèvres, alors que je suis au bord de l'orgasme.

Un long gémissement me prend, ma tête s'enfouit dans le matelas alors que je crochète mes mains derrière sa nuque. Il grogne légèrement en signe d'avertissement avant de poser son bras sur mon ventre et de pousser mon corps à se coucher complètement sous son joug. Il passe mes jambes sur ses épaules, partant encore plus loin dans mon intimité. Pour éviter de le toucher, je serre de toute mes forces le drap.

Je sens le plaisir qui monte de plus en plus, je suis prête à exploser.

C'est le moment qu'il choisit pour s'arrêter net. Me redressant légèrement, je lui jette un regard noir. Ses lèvres portent la trace de son crime. Il me sourit, et lâche d'un ton victorieux :

— Tu pensais vraiment que j'allais te faire jouir comme ça ? Tu m'as demandé de te baiser, alors prépare-toi.

Aleksander ramasse son jean et fouille l'une des poches. Il en sort un préservatif dont il déchire l'emballage, me lançant un regard menaçant quand je fais mine de me relever. Après l'avoir déroulé le long de son pénis, il reprend place entre mes cuisses. Son regard revient s'accrocher à moi, cherchant presque une approbation pour ce qui est sur le point d'arriver.

— Fais-le, chuchoté-je.

D'une simple poussée, son membre se fraye un chemin dans la moiteur de mon vagin.

J'agrippe automatiquement ses épaules et expire un long gémissement de contentement. Immobile, je le laisse continuer de s'introduire en moi, le temps de m'habituer à la largeur de sa queue.

— Parfaite, chaude et humide, commente-t-il, satisfait.

Son bassin adopte alors un mouvement lent et maîtrisé, ressortant entièrement pour mieux m'investir de nouveau l'instant d'après. Ses pénétrations sont plus puissantes à chaque fois.

Mes doigts se plantent dans sa chair, ses mains se positionnent sur mes hanches pour accompagner son mouvement.

Nos soupirs emplissent la pièce, ses gémissements répondant aux miens.

Le plaisir monte en flèche quand les va-et-vient deviennent plus intenses, presque frénétiques. Nos corps ondoient au même rythme.

Dans un à-coup bien plus appuyé que les autres, il se loge profondément en moi et s'arrête. Sa main attrape mes cheveux de sorte à tirer ma tête vers arrière, dégageant un espace nécessaire pour venir dévorer mon cou. De son autre main, il s'active à caresser mon clitoris, avant d'entamer un rythme plus doux proche de la torture pour moi. Je halète sous le plaisir conféré par ses gestes, doux et puissants à la fois.

Je vais jouir.

Mes ongles s'enfoncent à nouveau dans ses épaules au moment où l'orgasme survient, balayant tout sur son passage. Mon cri de plaisir résonne avec force à travers la pièce. Ma jouissance est longue et intense. Je sens mon vagin enserrer sa queue, dans de petits soubresauts. Il jouit à ma suite, un gémissement guttural s'échappant de sa bouche. Il vient ensuite s'échouer à mes côtés, laissant l'une de ses mains reposer sur mon ventre.

Haletante, je me mets à rire.

Je suis à bout de force.

J'ai échoué dans mon plan.

Et on vient de merder en beauté.

Aleksander est, lui aussi, essoufflé. Je tourne mon visage vers lui et découvre qu'il garde les yeux fermés.

— Je ne sais pas comment je dois prendre le fait que cette baise te fasse rire, *moy dikiy.*

— Prends-le bien… Aleksander, dis-je doucement.

Nos regards se percutent. Une timidité soudaine me saisit. Je cherche à planquer mon corps sous le drap, pour reprendre contenance. Il me laisse pour se rendre à la salle de bains et revient quelques minutes plus tard avec de quoi me nettoyer. La fraîcheur de la serviette mouillée sur mon sexe encore brûlant me provoque un frisson incontrôlable.

Il garde le contact encore quelques instants avant de me fixer avec intensité.

— Insatiable à ce que je vois, mais malgré l'idée tentante, je dois retrouver ton père alors je dois me reposer.

Douche froide. Il a le don pour transformer la situation en quelque chose de malaisant. Parler de mon père alors que je viens de m'envoyer en l'air avec mon ennemi n'est pas la façon dont j'aime finir le sexe.

Une fois débarrassée de la serviette, Aleksander remonte sur le lit et se couche derrière moi, avant de me prendre dans ses bras. Mes pensées fusent pendant que je me cale contre son corps, entre incompréhension et incertitude.

— Dors, maintenant. Et arrête de réfléchir. J'entends le bordel dans ta tête. On y pensera demain.

Épuisée par tous ces événements, je m'endors instantanément.

Chapitre 22

Aleksader

Le souvenir de la nuit précédente se glisse dans mon esprit, accaparant la totalité de mes pensées.

La passion qui a pris forme entre Elea et moi a ébranlé mes résolutions habituelles, me faisant oublier un court moment la complexité de notre histoire. J'ai ressenti une étrange connexion avec elle. Pour la première fois, j'ai accordé ma confiance à une femme et ai dormi avec elle, mon corps enroulé autour du sien. Les cauchemars qui me hantent toutes les nuits semblaient être tenus à distance, comme si la présence d'Elea avait le pouvoir de les chasser.

C'était une expérience à la fois troublante et libératrice, une rupture avec mes habitudes froides et distantes. Je n'avais jamais partagé de lit avec une femme de cette manière, et encore moins ressenti ce mélange d'émotions. C'était comme si elle avait fait ressurgir une part de moi que j'avais longtemps enfouie. Une part que je croyais perdue à jamais depuis le départ de ma mère.

Après l'avoir pénétrée, nos corps on poursuivit leurs étreintes avec frénésie. Elle m'a libéré de l'obscurité qui d'ordinaire m'engloutit au quotidien. Chaque caresse, chaque soupir partagé, tout cela a apaisé, le temps de quelques heures, les ténèbres qui m'entourent.

Une chose est sûre : la nuit dernière m'a offert un répit précieux. Je sens mon corps reposé. En quittant la chambre ce matin, mon esprit était de nouveau calme.

Mais je ne peux pas laisser cette femme prendre cette place, c'est une erreur. Elle doit rester une obsession.

Une obsession qui mourra.

Je me concentre à nouveau, éloignant les images qui s'immiscent dans ma tête. Le client en face de moi est nerveux, cela se lit dans ses yeux qui errent sur la pièce, observant chaque recoin. Ses mains moites tremblent, à tel point qu'il les essuie à plusieurs reprises sur ses genoux. Il sait bien que nous ne sommes pas ici pour discuter de contrats ordinaires, mais plutôt pour des dossiers qui existent dans les zones grises de la légalité. Dans le cas contraire, nous ne nous serions pas retrouvés dans mon bureau au manoir.

— Monsieur Stakhanov, vous comprenez bien que c'est une affaire délicate, n'est-ce pas ? dit-il d'une voix hésitante.

Mon expression est imperturbable, les affaires délicates de ce genre sont mon lot quotidien.

— Bien sûr, je comprends.

Ma voix est calme, posée.

— Cependant, poursuis-je, je ne m'engage à 100 % que lorsque tous les détails sont clairs. Expliquez-moi les enjeux en détail et les risques potentiels.

Il déglutit, avant de commencer à exposer la situation. Les mots qu'il choisit sont soigneusement pesés, ses explications fournies avec une réserve qui témoigne de l'importance de ce qui se joue ici.

Pendant qu'il parle, mes pensées se meuvent dans un calcul technique. J'analyse les risques et les avantages, évaluant comment cette transaction pourrait influencer le réseau que j'ai tissé au fil des années. Mon attention reste focalisée sur lui ; j'écoute chaque inflexion de sa voix, chaque micro-expression qui pourrait trahir ses véritables intentions.

— … c'est pour cela que j'ai pensé que vous pourriez être la personne idéale pour nous aider, conclut-il finalement, ses yeux cherchant les miens avec une lueur d'espoir.

Je prends une profonde inspiration, laissant un silence calculé s'installer. Mon regard reste rivé sur lui.

— Je vais étudier les détails plus en profondeur et vous donnerai une réponse d'ici la fin de la semaine.

C'est ainsi que fonctionne ce monde clandestin : une danse de pouvoirs et de secrets, où chaque décision a des conséquences bien au-delà de ce que l'on peut voir en surface.

Il se renfonce dans son siège, satisfait de ma réponse.

— Un verre ? lui proposé-je.

Les gens sont toujours plus aptes à se dévoiler quand ils sont enivrés. Il accepte ma proposition avec un sourire rassuré sur le visage.

La porte de mon bureau s'ouvre alors, me tirant momentanément de ma concentration. J'ai accepté qu'Elea puisse quitter la chambre, mais sous certaines conditions strictes. Mon regard se lève, et je la vois se figer en apercevant que je ne suis pas seul.

Elea semble incertaine, presque mal à l'aise, alors que le silence plane dans la pièce.

— Monsieur Stakhanov, j'ai entendu parler de votre goût pour les prostituées. Et je dois dire que celle-ci est particulièrement magnifique. Nous pourrions peut-être discuter de l'intégrer dans les clauses de notre contrat, déclare-t-il d'une voix confiante.

C'est qu'il prend la confiance, ce petit bâtard…

Mon poing se serre instinctivement, mais je réprime mon désir de répondre par la violence.

— Elea, viens ici.

Mon ton devient soudain froid, se remplissant d'une menace à peine contenue.

Elle s'approche doucement, hésitante. Quand elle se trouve assez proche de moi, je la fais asseoir sur mes genoux.

Sa mèche blanche lui tombe devant le visage. Je l'attrape, tirant légèrement dessus avant de la lui replacer derrière l'oreille.

Je perçois le mélange de colère et de gêne dans ses yeux. Je veux qu'elle sache que je ne la considère pas comme les femmes que j'ai l'habitude de baiser. Une lueur d'intensité brûle dans mon regard, un message silencieux pour elle, et un avertissement à l'homme devant nous.

— Il pense que tu es une pute. Devrait-on le punir ?

Ma question fait office de requête, une invitation à savoir si elle est prête à se joindre à l'horreur de mon monde, ce qu'elle peut encaisser. Je veux tester ses limites. Voir jusqu'où je peux la pervertir.

— Je… Je suis désolé, monsieur Stakhanov. Je pensais, je pensais que… bégaye mon client.

— Vous devriez arrêter de penser.

Je me reconcentre sur Elea. Son expression est légèrement apeurée, attendant une réaction de ma part. Une satisfaction malsaine monte en moi. Je veux qu'elle se joigne à moi, qu'elle puise dans le monstre qui m'habite afin de devenir encore plus forte.

— On pourrait lui casser une main ? Ou l'amener à Sergueï ? Il aime entendre les hommes crier.

Mon client commence à respirer avec difficulté, son visage, rouge, suant à grosses gouttes.

Elea se replace correctement sur mes genoux, ses deux mains se placent sur ma nuque. Ma queue est plus qu'heureuse de cette situation. Je sais qu'elle la sent réagir quand ses yeux s'écarquillent légèrement.

Du coin de l'œil, je vois l'homme se lever pour quitter la pièce.

— Vous devriez rasseoir votre cul graisseux sur ce siège, monsieur Raden. Vous ne pourrez pas sortir de cet endroit sans mon accord. La sécurité garde chacune des portes de ce manoir. Assumez vos paroles comme un homme, je vous prie.

Ce dernier revient s'asseoir, tremblant plus que jamais.

— Tu veux te venger, non ? Il est temps de commencer à t'imposer dans ce monde, petite emmerdeuse.

Elle se penche à mon oreille pour venir y murmurer ce qu'elle a en tête. Son souffle me fait frissonner.

— Je veux me venger de toi, Aleksander. Pas d'un homme bedonnant qui prend toutes les femmes pour des putes.

Je lui souris. J'aime que sa voix m'appartienne. Elle n'a aucune conscience qu'en faisant ça, mon attirance malsaine pour elle ne fait qu'augmenter.

Raden n'entend rien de notre échange, et stresse de plus en plus.

— C'est un bon début, non ?

D'un regard calme et calculateur, je fixe mon client. Ses yeux sont emplis de terreur, au moment où je me redresse dans mon siège. L'échange entre Elea et moi m'a donné l'occasion parfaite d'exercer une pression psychologique sur lui.

Je la soulève doucement de mes genoux et la replace sur mon siège, tout en gardant un œil vigilant sur mon client. Chaque geste, chaque expression compte à ce stade. Je contemple la situation avec un flegme maîtrisé, laissant le silence s'étirer entre nous, une arme mentale dont je connais bien le pouvoir.

Je fais lentement le tour de mon bureau, m'approchant de Raden avec une assurance presque intimidante. Son regard fuit le mien, et sa voix chevrote lorsqu'il bredouille des excuses pour les propos vulgaires et dégradants qu'il a tenus à l'encontre d'Elea.

— Je ne… Je ne voulais pas.

L'hésitation qui s'échappe d'Elea quand elle cherche ses mots est adorable bien que casse-pied. Mais pour ce type, je ne ressens qu'une irritabilité intense.

Ses excuses ne sont que des mots sonnant creux à mes oreilles. Une lueur froide traverse mes yeux, et avant qu'il puisse comprendre ce qui se passe, je saisis sa main d'une poigne ferme.

Un éclair de panique traverse son visage lorsqu'il réalise mes intentions. Sa tentative de résistance est futile face à ma force. D'un mouvement sec et précis, j'exerce une pression calculée sur ses doigts. Son cri de douleur emplit la pièce, mais je reste imperturbable, gardant mon regard sur lui.

— Je pense qu'il n'est pas nécessaire de vous dire de ne jamais revenir ici ?

Un craquement sonore se fait entendre, suivi d'un cri encore plus aigu. Sa main est maintenant déformée.

Je le lâche enfin, le laissant s'effondrer sur le sol, gémissant de douleur. Je me redresse, fais quelques pas en arrière pour retrouver mon calme. Mon regard se pose à nouveau sur Elea, qui m'observe avec une admiration mêlée d'une certaine satisfaction.

Je sais que cette leçon restera gravée dans la mémoire de mon client et comme tout le monde, il en parlera. Il répandra la rumeur du Croque-Mitaine. La ville tombera encore un peu plus sous mon joug.

Je m'avance vers mon nouvel objet d'obsession, l'encadre de mes bras sur les accoudoirs.

— Ne laisse jamais personne te rabaisser de cette manière, lui dis-je d'une voix douce, presque protectrice. Tu vaux bien plus que les mots de quelqu'un d'autre, *moy dikiy ogon'*.

Son regard s'attendrit soudain, et je ne peux m'empêcher de ressentir une euphorie silencieuse. Je connais les femmes, et je sais que je viens de marquer des points. Elle tombera amoureuse de moi, je le sais. Elle deviendra vulnérable, malléable, et je pourrai l'utiliser à ma guise.

Plus jamais elle ne se dressera contre moi.

Chapitre 23

Elea

Le fauteuil en cuir du cabinet du médecin craque légèrement lorsque je m'y assois. Je ressens immédiatement cette sensation familière de nervosité. Le médecin d'Aleksander me sourit tandis qu'il consulte le dossier posé devant lui.

— Vous avez bien cicatrisé, mademoiselle O'Neil. La radio ne montre pas de dégât et votre mobilité est très bonne. C'est normal si, parfois, vous ressentez une légère douleur. En revanche, si elle devient insupportable, vous devez immédiatement venir me voir.

Je lui souris timidement, essayant de paraître moins tendue que je ne le suis en réalité.

— Monsieur Aleksander m'a également confié que vous sembliez avoir fait des progrès concernant votre mutisme sélectif. Vous arrivez à communiquer davantage avec lui, c'est bien ça ?

Je hoche la tête, en signe d'approbation.

— C'est un bon début, Elea. Ouvrir un peu plus votre communication, même si ce n'est qu'avec une seule personne dans cette maison, peut avoir un impact positif sur votre développement.

Je ne partage pas réellement son optimisme. Je connais trop bien les médecins : aucune solution n'existe pour mon cas. Jamais je ne parlerai à tout le monde et de manière normale. Je n'en ai déjà pas l'envie.

Je n'ai d'ailleurs même pas l'envie d'être là. Mais c'est la seule condition pour que j'ai le droit de sortir de ma chambre.

Je ne dois pas oublier pourquoi je suis là. Ne pas perdre mon objectif de vue.

Je dois le récupérer.

— Il m'a également demandé de discuter avec vous d'une potentielle thérapie pour… Comment dire… les éventuels traumatismes que vous avez pu vivre pendant votre séquestration.

Et moi ? On m'a demandé ce que je voulais vraiment ?

Je repense à ce matin, quand je suis arrivée dans le bureau d'Aleksander. J'étais partie pour explorer la maison, continuer à avancer dans mon plan. Mais les gardes qui me surveillent ont commencé à devenir suspicieux, je leur ai fait comprendre que je voulais trouver Aleksander. Ils m'ont directement amenée à son bureau.

Il t'a demandé si tu voulais la main de cet homme.

Je me suis sentie puissante à ce moment, et ça m'a fait du bien putain. C'est difficile de me l'avouer, mais j'ai aimé le voir casser les doigts de cet homme avec une efficacité presque chirurgicale.

Quelque chose s'est éveillé en moi.

Aleksander était pleinement dans son élément et je n'ai pas eu peur.

Mes pensées sont interrompues par la sonnerie du téléphone du médecin.

— Oui ?

Le visage du médecin affiche un air préoccupé.

— Oui, bien sûr, j'arrive, ajoute-t-il avant de couper la communication. Écoutez, j'ai une urgence, elle ne me prendra pas longtemps. Restez ici, s'il vous plaît. Faites les exercices que je vous ai recommandés pour votre main, je reviens.

Il quitte la pièce, précipitamment. Le silence qui s'ensuit est presque assourdissant. Mon regard parcourt la salle que je ne connais que trop bien et tombe sur mon propre dossier médical, posé négligemment sur le bureau. Une idée traverse mon esprit en un éclair.

J'ai besoin de savoir ce qu'ils ont sur moi. J'ai besoin de savoir s'ils sont au courant.

Je saisis le dossier et l'ouvre avec hésitation. Les pages sont remplies d'examens médicaux et de diagnostics ainsi que de termes que je ne saisis pas très bien. Il y a quelque chose de profondément intime dans le fait de plonger dans les détails de ma propre existence.

Un autre dossier attire mon attention sur la pile disposée sur le coin du bureau. Le nom « Aleksander » est inscrit en lettres majuscules sur l'étiquette. Intriguée, je m'en empare. Ce que je découvre à l'intérieur me glace le sang. Des photographies par dizaines montrent des femmes dont la gorge a été tranchée d'une manière horrible.

Oh putain de bordel de merde.

L'horreur et la répulsion me saisissent. Mon cœur se met à battre violemment dans ma poitrine, et je sens une vague nauséeuse remonter depuis mon estomac. Mes mains tremblent quand je tourne les pages, incapable de détourner le regard de ces images macabres. Un compte rendu d'entretien se trouve au milieu de ces photos. Des termes que je comprends y apparaissent :

× Troubles du sommeil

× Stress post-traumatique

Le cheminement se fait très rapidement dans ma tête : Aleksander les a toutes tuées. Et c'est précisément ce qui aurait pu m'arriver.

Pourrait m'arriver.

— Tu ne peux pas t'empêcher de me foutre en colère, petite merdeuse ?

Je sursaute en entendant sa voix. Mon sang se glace dans mes veines. Mon instinct, lui, me pousse à refermer précipitamment le dossier, comme si cela pouvait effacer les images horribles qui s'y trouvent. Mon souffle est court, mes mains, tremblantes, mais je parviens enfin à détourner les yeux de ces photographies cauchemardesques. Ma gorge est sèche, et les mots ont du mal à sortir de ma bouche. Je réalise que c'est un exploit lorsqu'ils y parviennent.

— Je… Je ne voulais pas… Je ne savais pas que…

Il émet un petit rire sarcastique, coupant court à ma tentative maladroite de m'expliquer. Son sourire est à la fois moqueur et menaçant.

— Ce que tu as vu ne te regarde pas, dit-il d'une voix glaciale. Tu es ici chez moi, et tu oses fouiller dans mes affaires… C'est un comportement plutôt… indiscret ?

Mes joues me brûlent, la honte de m'être fait prendre s'amplifie sous ses mots cinglants. Mon esprit tourbillonne, cherchant désespérément une manière de me justifier, sans paraître totalement idiote ou effrayée. Peine perdue.

— Je… Je ne voulais… pas… envahir ta vie privée… C'était une… erreur, bafouillé-je, ma voix à peine audible.

Il s'approche lentement du bureau du médecin. Chaque pas résonne dans la pièce comme un écho menaçant. Mon cœur cogne contre ma cage thoracique, et je m'enfonce dans le siège instinctivement.

Aleksander s'arrête à quelques pas de moi, le sourire aux lèvres.

— Dis-moi, tu aimes avoir peur ? dit-il d'un ton presque taquin.

Je déglutis difficilement, essayant de maintenir un semblant de calme malgré la montée de stress en moi. Je me sens prise au piège entre la peur et une étrange excitation, semblable à celle de la nuit dernière. Mon esprit bataille pour trouver les mots appropriés, mais mes pensées semblent toutes se bousculer.

— Je… Je ne voulais pas fouiner, répété-je, cette fois avec un peu plus d'assurance.

Son regard se fait plus intense, comme s'il me sondait à la recherche de la vérité. Je peux sentir sa présence presque électrisante et, malgré la terreur qui me parcourt toujours, une part de moi est captivée par lui d'une manière inexplicable.

— Peut-être que tu as besoin d'une leçon pour apprendre à respecter les limites des autres, murmure-t-il, sa voix rauque résonnant dans l'espace entre nous.

Mon souffle se bloque alors qu'il tend lentement la main, effleurant doucement ma joue du bout des doigts. Mon corps réagit instantanément à ce contact, une chaleur étrange se propageant le long de mon corps. Je peux sentir le mélange tumultueux de peur et d'attraction qui m'envahit, rendant la situation encore plus déroutante.

— Tu es vraiment… impossible, Elea, dit-il en souriant, presque pour lui-même.

Je suis prise entre le désir de m'échapper de cette situation et la curiosité brûlante qui m'attire un peu plus vers lui. La tension nous entoure, comme chargée d'une énergie à la fois sombre et envoûtante.

— Je t'avais promis une fessée, non ?

Mon cœur accélère sa course, tandis que mon esprit en ébullition est tiraillé entre la prudence et la fascination.

Il me saisit par les bras pour me plaquer contre le bureau d'une manière à la fois douce et déterminée. Mes jambes flageolent légèrement. Je masque ma nervosité en ajustant ma respiration, mais je sens son regard puissant sur moi, scrutant chacune de mes réactions.

Il relève ma robe d'un geste lent, et une vague de chaleur s'insinue en moi. Mes joues rosissent sous l'effet de l'embarras et d'un désir que je n'arrive pas à nier. Sa caresse ferme sur mes fesses découvertes provoque un frisson incontrôlé le long de ma colonne vertébrale.

Une partie de moi crie que c'est insensé, que je devrais m'éloigner, que tout ça va bien au-delà de ce qui était prévu à l'origine. Mais, une autre partie, plus audacieuse et curieuse, s'interroge sur ces émotions nouvelles et brûlantes qui circulent en moi.

Un gémissement monte dans ma gorge quand il plonge ses doigts en moi.

Sa voix, basse et envoûtante, résonne de nouveau dans l'air chargé d'électricité.

— Ton sexe est déjà tout humide, Elea. Prêt à m'accueillir, grogne-t-il avec un sourire en coin.

Je suis pétrifiée et pourtant étrangement attirée par lui. Mon souffle s'accélère alors que je lutte pour trouver les mots, pour rationaliser ce qui se passe. Submergée par un tumulte d'émotions contradictoires, je suis incapable de prononcer la moindre parole cohérente.

Il me retourne, mon ventre découvert se retrouve plaqué sur la surface froide.

Aleksander continue de me caresser les fesses. Chaque effleurement allume un brasier en moi. Je suis perdue et fascinée, en conflit avec mes propres désirs et mes limites.

— T'as vraiment un cul à se damner, *moy dikiy*.

Finalement, d'une voix à peine audible, je parviens à articuler :

— Aleksander, je… je ne sais pas si…

Mes mots se perdent dans l'air.

— Laisse-moi te montrer, susurre-t-il à mon oreille. Abandonne-toi.

Et c'est précisément ce que je fais.

Je m'abandonne.

Chapitre 24

Aleksander

Je sens son esprit s'abandonner, son corps lâcher prise.

Je savais qu'elle ne pourrait pas s'empêcher de fouiller. Les caméras de sécurité sont partout dans cette maison. Et il faut reconnaître que je n'ai pas pu résister à l'envie de l'observer pendant son rendez-vous.

Tasha a déboîté le bras d'un jeune durant l'entraînement, ce qui a donné l'occasion à Elea d'être seule avec des informations compromettantes. Le médecin a commis une erreur ; il n'aurait jamais dû partir en la laissant sans surveillance.

— Tu sais pourquoi je te punis ?

Voyant qu'elle garde le silence, je grogne de mécontentement. Je lui assène une légère claque sur ses fesses charnues, la faisant sursauter.

— Je serais toi, je n'aggraverais pas mon cas, Elea.

Elle tremble légèrement, mais je ne décèle aucune peur chez elle.

Pour appuyer mon propos, je baisse sa culotte au niveau des genoux afin d'avoir un accès complet à son intimité.

Elle secoue un peu les jambes pour faire tomber le bout de tissu au sol. Je souris devant la tournure que prennent les événements.

Lui saisissant les cheveux, je les enroule avec fermeté dans mon poing gauche tandis que mon autre main se lève et vient s'abattre sur sa fesse droite. En réaction, elle pousse un cri de surprise.

— Je repose la question. Et sache que je déteste me répéter, Elea. Pourquoi je te punis ?

— Parce que… j'ai fouillé… dans tes… affaires… halète-t-elle.

— Je vais t'apprendre à ne plus fouiner dans MES affaires.

J'alterne une fesse après l'autre, sans pour autant aller trop vite. J'aime voir sa peau laiteuse prendre une teinte rouge sous les marques de ma punition. De temps en temps, je lui accorde une caresse pour atténuer la brûlure qu'elle doit ressentir.

Après plusieurs claques méritées, ma main droite passe entre ses jambes. Elle glisse dans son intimité, ce qui lui extirpe un long gémissement.

— C'est un des sons que je préfère entendre venant de toi, je lui chuchote à l'oreille.

Son corps réagit au quart de tour. Je me recule pour baisser mon pantalon, elle tourne la tête vers moi : son regard est empli d'une faim insatiable, d'une envie que je la prenne immédiatement, ce qui me fait bander encore plus.

— Laisse tes mains sur le bureau, sinon je rendrai ton cul tellement rouge que tu ne pourras plus t'asseoir pendant des semaines, la préviens-je, d'une voix calme alors que son souffle est de plus en plus erratique.

Je frotte mon membre entre ses cuisses. La stimulation intense la fait tellement gigoter de frustration qu'elle laisse échapper un petit grognement. Je sens ses muscles tendus.

— Demande-le-moi, Elea. Demande-moi de te prendre, là, sur ce bureau.

Elle secoue la tête, trop fière d'avouer à voix haute que cette situation l'excite. Je continue de jouer avec elle, en laissant parcourir mes doigts sur son clitoris.

— Donne-moi une réponse, sinon je te laisse là, insatisfaite pendant que tu…

Elle tremble de frustration, mais finit par se décider, soulageant par la même ma propre insatisfaction.

— Prends-moi, gémit-elle.

J'agrippe ses hanches avec fermeté et pousse doucement pour m'insinuer à l'intérieur d'elle. Je progresse avec lenteur, la torturant un peu plus. Sa chair chaude m'enserre.

Qu'est-ce que c'est bon, bordel !

Je m'arrête un instant, le temps de contrôler le plaisir qui augmente. Je commence à m'extraire, avant de revenir plus fort, lui arrachant à chaque coup de reins un gémissement lascif.

Lorsque je sens l'onde de plaisir proche de son paroxysme, je soude nos deux corps en la redressant contre moi. Elle crie sa jouissance quand l'orgasme s'empare d'elle.

Satisfait, je me retire doucement. Mon sperme coule entre ses cuisses. Je l'aide à se relever, et lui prodigue une caresse dans le bas du dos.

Elle semble éreintée. Je l'assois avec délicatesse sur le bureau, lui enlève sa robe froissée, ses seins lourds se dévoilent enfin à moi, je ne m'en suis pas occupé cette fois, mais je me promets de les cajoler la fois prochaine.

La découverte des photos dans mon dossier médical semble être à présent un lointain souvenir.

Rapidement, je quitte mes propres vêtements avant de la prendre dans mes bras pour nous emmener sous la douche.

Je sens son corps frissonner un peu dans la chaleur et l'humidité qui nous enveloppent. Ses yeux cherchent les miens, et dans leur profondeur, j'y lis de la confusion et de l'inquiétude.

— Aleksander… Ces photos, ces femmes… Qu'as-tu fait ? murmure-t-elle.

Putain…

— Je n'ai jamais dit que j'étais un gentil garçon, Elea. Ça ne te regarde pas, ne me force pas à te remettre une fessée… à moins que tu aimes ça ?

Les gouttes d'eau glissent sur sa peau douce, comme des perles scintillantes.

— Tu veux que… je te fasse confiance… non ? me demande-t-elle.

Non. Je veux qu'elle m'appartienne. Mais ça, elle ne le sait pas encore.

Je soupire avec force. Je n'ai jamais raconté cette histoire, sauf que si je ne l'ouvre pas, elle va me faire chier et je ne veux pas me battre contre elle.

— Ces femmes, elles ont été prises dans la folie de mes ténèbres.

Je sens sa main trouver la mienne sous l'eau.

— Mon père a pris tout ce qui était innocent en moi, l'a corrompu. Il m'a forcé à avoir un rapport sexuel avec une prostituée, pour que je devienne un homme, et a pris soin de regarder la scène avec ses amis proches…

J'interromps mon récit. Elea est immobile comme une statue, elle écoute.

— Elle ne faisait que toucher mon visage, avec ses mains, sa bouche… Je n'ai plus jamais pu supporter que l'on touche mon visage. J'ai fini par retrouver cette femme et je lui ai tranché la gorge.

Je caresse la peau douce de son cou, je ne peux pas m'empêcher de repenser à cette scène au dernier étage de l'entreprise. Quand sa main est venue se poser sur mon visage. De la griffure qui a suivi, je garde même une légère cicatrice.

Je souris. Elea m'a marqué d'une manière indélébile, sans le vouloir. Devant mon rictus, elle recule, regard soupçonneux.

— Je te préviens… si tu penses à vouloir me trancher la gorge… dis-toi que je te… tuerai bien avant.

Je la tourne pour nettoyer ses longs cheveux, la vue de son cul réanime mon sexe.

— Et pour… mon père ? demande-t-elle, ce qui me refroidit instantanément.

— Des équipes sont à sa recherche, on trace les déplacements de Kelly pour essayer d'avoir des informa…

— Je veux te raconter… si ça peut aider mon père et… me faire retourner à ma vie normale… je vais parler.

Je l'enroule dans une serviette chaude tout en lui laissant le temps de trouver les mots pour commencer. Son regard est lointain, empreint à la fois de douleur et de résolution. Assis sur le bord du lit médicalisé du cabinet, je lui souris doucement pour lui signifier que je suis là, que je l'écoute.

Après un moment, elle prend une profonde inspiration et commence à raconter, sa voix frémissante.

— C'était… l'enfer, dit-elle d'une voix presque inaudible, comme si les souvenirs eux-mêmes étaient trop lourds à porter. Kelly… Il est… sadique. Il m'a séquestrée… dans cette pièce sombre, sale… Je pouvais à peine distinguer… le jour de la nuit. Les premiers jours… il ne me donnait rien à manger… juste de l'eau pour me maintenir… en vie.

Elle ferme les yeux un instant, comme si elle essayait de chasser les images qui la hantent. Je resserre mon étreinte autour d'elle, laissant ma présence la réconforter.

— J'ai entendu des bruits… des cris… Je savais que… mon père était là aussi… quelque part… subissant le même sort… Kelly… il prenait un malin plaisir à… me montrer des vidéos de lui… de plus en plus affaibli à chaque fois… Il voulait… briser ma volonté… me faire parler… Il était… obsédé… par l'idée de faire… un exemple avec moi.

Elle marque une pause, se mordant la lèvre inférieure pour contenir ses émotions.

— Il me… torturait parfois… physiquement… et mentalement. Il voulait… me briser… me faire supplier… et il a fini… par réussir. Il a fait… violer… mon père… devant moi… c'était trop… j'ai accepté… de l'épouser et… de le suivre… comme un bon toutou… partout… je me suis perdue… pendant plus d'un an…

Je caresse doucement son dos, sentant sa détresse et son courage dans chaque mot qu'elle prononce.

— Tu es incroyablement forte. Tu n'es pas brisée, sinon tu aurais sauté par cette fenêtre, lui murmuré-je pour la première fois avec sincérité.

J'ai envie de lui poser la question fatidique, celle qui me brûle les lèvres depuis ce jour où nos regards se sont croisés pour la première fois. Que faisait-elle là, avec tout ce sang ?

Mais je sais que si je la brusque, tout le travail fait jusqu'à maintenant va disparaître, et il est hors de question que je perde du terrain.

Il est hors de question que je perde la partie.

Je la serre contre moi, sa tête dans le creux de mon cou. Son souffle se calme peu à peu.

Sans qu'elle s'en aperçoive, un sourire victorieux se dessine sur mes lèvres.

C'est tout ce dont j'avais besoin.

Chapitre 25

Aleksander

J'ai merdé en beauté.

J'ai encore succombé à la tentation. Je ne peux plus me permettre cette faiblesse. J'ai besoin de me détourner d'elle et de la maintenir à distance pour pouvoir atteindre mon objectif.

Durant un moment de lucidité, je prends mon téléphone pour appeler Diane. La journée est déjà bien avancée mais je sais qu'elle répond toujours. Depuis sept ans, elle s'occupe de me fournir des prostituées à la demande.

— *Monsieur Stakhanov, c'est un plaisir de vous avoir au téléphone. Je vous envoie Emily ?*

— Non. Je veux une rousse aux cheveux longs, peau claire, yeux verts, pas plus d'un mètre soixante-cinq. Elle doit être là dans une heure.

Ma voix est froide désormais, lui indiquant que je n'ai pas le temps de converser avec elle. Elle émet un sifflement de mécontentement de l'autre côté de la ligne.

— *Il me faut plus de temps… Emilie connaît vos besoins et trouver une fille parfaitement dans vos critères en moins d'une heu…*

— Souviens-toi qui empêche toutes les petites frappes de venir te réclamer de l'argent et qui empêche les flics de s'intéresser à ton entreprise, Diane, la coupé-je, peu enclin à négocier.

— *Je vais faire de mon mieux, monsieur Stakhanov,* soupire-t-elle.

— Faire de ton mieux ne m'intéresse pas. Fais simplement ce que je te demande.

Je coupe la communication, et me tourne vers l'écran de mon ordinateur pour vérifier à l'aide des caméras de sécurité où se situe Elea. Je la repère dans la cuisine, en compagnie de Constantin et de Tasha. Ils sont tous les trois en train de manger. De colère, je jette mon téléphone sur le bureau.

Pourquoi je ressens le besoin compulsif de vouloir savoir où elle se trouve en permanence ?

Je commence à tourner et à virer dans la chambre, et finis par ouvrir le minibar pour me servir un verre. J'avale le premier sans réfléchir, appréciant la brûlure courant dans ma gorge. Après l'entraînement de ce matin, Anton est parti prévenir le médecin et, depuis, ce dernier prend plaisir à m'appeler presque toutes les heures pour que je vienne le voir.

Parler ne résoudra pas mon problème.

La séparation avec ma mère pendant cinq ans ainsi que les tortures que j'ai subies ont été bien plus dévastatrices que je voudrais admettre. Dix ans se sont écoulés depuis la dernière fois que je l'ai vue en personne.

Or, même avec Tsariov mort, il est bien trop dangereux que nous nous retrouvions. J'ai beaucoup trop d'ennemis aujourd'hui qui seraient heureux de pouvoir s'en prendre à elle pour m'affaiblir. Je préfère la maintenir à distance, protéger sa vie de ma propre existence chaotique, et limiter nos contacts, établis via des communications cryptées. C'est malheureusement le prix à payer pour qu'elle reste en vie, même si cela représente un fardeau pour moi. Elle a toujours su éloigner les ténèbres qui m'entourent. Elle est ma conscience. C'est notamment elle qui, lorsque j'étais petit, calmait mes obsessions.

Depuis l'enfance, j'ai une fascination pour le fait de posséder : objets, personnes, pouvoir, tout est susceptible de devenir une extension de moi-même, quelque chose que je dois avoir et contrôler à tout prix. Je ne me connais pas sans ces pulsions. Elles font partie intégrante de ma nature. À mon retour en Russie, et sans la présence apaisante de ma mère, mon père m'a tout pris. Je me suis donc juré à sa mort de toujours conserver ce qui m'appartenait, quoi qu'il m'en coûte.

Cette obsession pour la possession a forgé l'homme que je suis devenu aujourd'hui. Un monstre prêt à tout pour maintenir son emprise sur ce qui lui appartient.

Je ressasse mes pensées quand un léger tapotement se fait entendre à la porte. Sans que je dise quoi que ce soit, une femme entre, les yeux scrutateurs, évaluant les lieux et la situation. Elle est physiquement acceptable : des yeux verts, de longs cheveux roux lisse, au contraire de ceux bouclés d'Elea. Je vais devoir m'en contenter.

Sa présence est délibérée et son attitude professionnelle.

— Monsieur Stakhanov, dit-elle d'une voix calme et posée. Comment puis-je vous satisfaire aujourd'hui ?

Je l'observe avec une certaine indifférence. Cette femme-là n'est qu'une distraction temporaire, pour m'éloigner des ténèbres qui risquent de frapper Elea si notre jeu malsain se poursuit. Elle ne peut pas mourir, du moins pas encore. J'ai des projets pour elle, si son père, une fois libre, se range à mes côtés. Si elle meurt et que son père l'apprend… Il a bien plus d'alliés que je n'en possède. Et c'en sera terminé du Croque-Mitaine.

— Monsieur ?

— Tu connais les règles ?

— Madame Diane m'en a informé pour le bon déroulement de notre rendez-vous. Pas votre visage, sous aucun prétexte, ni avec mes mains ni avec ma bouche. Et je vous touche seulement si vous m'en donnez l'autorisation.

Je souris, satisfait de voir que quelque chose est enfin sous contrôle.

— Déshabille-toi et viens me sucer.

Je me redresse pour enlever mon pantalon de costume. Elle retire ses vêtements méthodiquement avant de venir se mettre à genoux devant moi.

— Puis-je ?

Je hoche la tête pour lui signifier mon autorisation.

Sa main vient glisser sur mon sexe, ses doigts l'entourent de sorte à exercer une légère pression. Elle commence un doux mouvement de va-et-vient, avant de me prendre en bouche.

Je passe la main dans ses cheveux mais la sensation rêche ne me rappelle en rien celle de mon obsession actuelle. Sa langue lèche mon gland à un rythme parfait, pourtant je ne bande pas.

Putain c'est censé être naturel ce genre de réaction !

La prostituée referme à nouveau ses lèvres autour de ma hampe et me suce avec vigueur. Ma main dans ses cheveux continue d'accompagner son mouvement. Je serre un peu plus fort, mécontent de ne ressentir que de la frustration.

C'est alors que ses mains se pose sans autorisation sur mes cuisses pour tenir le rythme que je lui impose. Je ne peux pas supporter le contact de sa peau contre la mienne. Pris d'une pulsion incontrôlable, je tire violemment ses cheveux vers l'arrière. Elle bascule sur le sol, l'incompréhension se peignant sur ses traits.

Je m'éloigne d'elle, sans un mot.

— Tout va bien, monsieur ?

Malgré le fait qu'elle vienne de me poser la question à voix basse, j'ai l'impression qu'elle hurle. Ma colère monte d'un cran.

— Je ne t'ai rien demandé ! FERME TA GUEULE ET RESTE À TA PLACE !

Sans que je l'aie prémédité, ma main s'abat sur elle. Elle se met alors à pleurer, ce qui me vrille les tympans.

« Tu es pathétique, Aleksander. Ta confiance dans les femmes te perdra, murmure mon père.

Mes bras sont retenus en arrière par de lourdes chaînes. Je suis bloqué, incapable de rejoindre Emme. Je lui ai fait confiance à mon retour. Elle était mon repère. Mais, en mon absence, Emme est devenue la pute de mon père, trop heureuse de lui apporter des informations sur moi. Secrètement, elle espérait devenir la prochaine maîtresse de Boris Tsariov.

— Regarde ce que tu as fait, Aleksander. Tu l'as tuée, c'est toi qui as fait ça. Pas moi. »

Aucune confiance, aucune obsession ne doit rester en vie. Elles doivent toutes mourir.

La prostituée pleure encore au sol, mais ses suppliques sont presque devenues inaudibles. Je m'approche du bureau et ouvre un compartiment caché. J'y saisis l'un de mes couteaux préférés, celui avec lequel j'ai tué mon père. Celui avec lequel je les ai toutes tuées. Mes gestes sont d'une précision chirurgicale quand je vérifie la lame sur ma propre main, contraste percutant avec le chaos qui règne dans ma tête.

Le temps mis à rejoindre mon bureau et à saisir mon instrument favori a permis à la prostituée de se calmer un peu. Lorsqu'elle voit l'objet tranchant entre mes doigts, elle semble saisir ce qui est sur le point de se produire.

— S'il vous plaît, monsieur Stakhanov, je vous en supplie. Ne faites pas ça, sanglote-t-elle.

Elle est à genoux, terrorisée, des larmes ruisselant une nouvelle fois le long de son visage. Elle supplie encore mais je n'entends plus rien maintenant ; ses mots glissent comme de l'eau sur une surface imperméable. Le visage d'Elea plein de larmes s'impose à moi, ce qui me provoque un léger mouvement de recul.

Je suis en plein délire, ce n'est pas elle…

Dans un geste mécanique, je m'approche d'elle et la prends dans mes bras pour la bercer.

— Tous va bien, chut. Respire un grand coup, Elea. C'est bientôt fini.

— Je… Je ne m'appelle pas… Elea. Monsieur, je vous en prie, laissez-moi partir.

Je place la lame de mon couteau sous sa gorge, ses gémissements de terreur s'intensifient. Elle tente de se débattre mais je la maintiens fermement contre moi. Je me place au niveau de son oreille pour qu'elle m'entende très clairement.

— Si ça peut te consoler, ta mort va certainement sauver quelqu'un des ténèbres du Croque-Mitaine.

Et, pile à ce moment, je tranche net.

Le silence qui s'ensuit est sinistre, seulement interrompu par le bruit de gargouillements et de la respiration sifflante de la morte. Je pousse son corps sur le côté avant de m'appuyer contre le mur derrière moi pour prendre une grande inspiration.

Mes mains sont maculées de sang, comme mué par sa propre volonté à s'écouler de ce corps, et une tache s'étale de plus en plus sur le sol.

— Alek… Aleksander ? Qu'est-ce que… tu as fait ? chuchote une voix terrifiée.

Je lève lentement la tête pour la regarder. Ses yeux reflètent l'horreur, passant du cadavre à moi, incapable de comprendre la violence de la scène.

— J'ai sauvé mon obsession. Je t'ai sauvée, Elea.

Chapitre 26

Elea

Je sais qu'il veut savoir pourquoi je me suis introduite chez Stakhanov Industry, mais je ne peux pas le lui dire. Je ne peux pas lui révéler ce qu'il souhaiterait savoir.

Quand je suis sortie du cabinet médical, je me suis aperçue que le médecin attendait devant, discutant avec les hommes qui surveillent la sortie, un sourire entendu aux lèvres.

Merde, cette putain de pièce n'était pas insonorisée.

Tout le monde est au courant que je baise le patron.

Au moins t'as pris ton pied, petite perverse.

Depuis, je n'arrive pas à me concentrer. Impossible de lire les mots défilant sous mes yeux. Je décide donc de repartir explorer la maison. Depuis ma tentative de fuite, les hommes de main d'Aleksander me suivent à la trace.

Mon exploration me mène très vite dans les jardins. Je n'ai jamais pris le temps de les observer depuis que je suis arrivée. Mais, à présent, je suis frappée par leur beauté. Les fleurs sont soigneusement disposées, créant un véritable spectacle de couleurs et de formes. Des senteurs enivrantes flottent dans l'air, apaisant mes sens. Je m'attarde un moment pour contempler un parterre de tulipes. Les pétales étincellent sous les rayons du soleil. C'est un contraste frappant avec l'aspect sombre de cette maison, un coin de paradis au milieu du chaos.

Un camion pénètre soudain dans la propriété par le grand portail. Les hommes qui me suivent se mettent à ricaner.

Je ne comprends pas la raison de leur amusement. En observant de plus près, je suis frappée par l'homme qui descend du véhicule, tenant fermement dans ses bras ce qui ressemble à un sac mortuaire. Une sensation de malaise me saisit. Mon esprit commence à émettre tout un tas d'hypothèses, et je ne peux m'empêcher de craindre le pire. Ce sac funèbre m'évoque des horreurs que je ne veux pas envisager.

L'un des gardes se penche vers moi, et m'explique d'une voix basse et sadique :

— C'est le croque-mort d'Aleksander. Il vient pour faire disparaître les corps et les soupçons. Il vient peut-être pour toi…

Son ton et son sourire malsains me glacent jusqu'à la moelle. J'ai la sensation d'être constamment entourée de prédateurs impitoyables. La tension monte à l'intérieur de mon corps, et je comprends que ma survie dans cet endroit est loin d'être garantie, surtout si Aleksander doute de mes intentions. Malgré nos récentes baises, je suis certaine qu'il garde en tête le souvenir de ce qu'il s'est passé dans les bois.

Je m'élance à l'intérieur de la maison, déterminée à trouver Aleksander. Je ne l'ai pas vu dans son bureau lorsque je suis passée devant tout à l'heure. Il doit être dans sa chambre, à coup sûr. Ma théorie est très vite vérifiée quand je vois deux hommes devant sa porte.

— Vous ne pouvez pas entrer. Monsieur Stakhanov est occupé.

Rien à faire qu'il soit occupé, il me doit des réponses.

— Mademoiselle O'Neil, retournez dans votre chambre, me somme le second.

Je m'approche avec la ferme intention de passer quand ils se reculent légèrement pour ne pas me toucher.

— Ne faites pas de vagues, nous n'avons pas le droit de vous violenter mais si vous contrevenez à un ordre direct que nous avons reçu, nous serons dans l'obligation d'agir.

L'autre qui a dû comprendre que je n'étais pas décider à bouger tant que je n'aurais pas vu Aleksander soupire.

— Laissons-la après tout. Ça lui remettra les idées en place de voir qui il est réellement.

Quand ils s'écartent définitivement de la porte, je rentre dans la chambre sans réfléchir aux conséquences.

La pièce est sombre, les rideaux lourds empêchent la lumière du jour de passer au travers. Mais rien ne m'a préparé à l'horreur que j'ai sous les yeux.

Aleksander est adossé au mur, et à côté de lui gît le cadavre d'une femme. Une femme qui me ressemble de manière assez frappante. Sa chevelure longue et rousse, sa peau pâle, tout en elle semble évoquer ma propre image.

La nausée arrive rapidement et un frisson me parcourt l'échine. Mes yeux restent fixés sur le cadavre, je suis incapable de détourner le regard. Un mélange d'effroi et de dégoût m'envahit. Je ne peux pas croire ce que j'ai sous les yeux.

— Alek… Aleksander ? Qu'est-ce que… tu as fait ? chuchoté-je, d'une voix emplie de terreur.

Il lève lentement la tête dans ma direction. Son visage arbore une expression impénétrable, presque indifférente. Mon estomac est noué, mais un nouveau frisson d'angoisse me parcourt lorsque ses mots résonnent dans la pièce.

— J'ai sauvé mon obsession. Je t'ai sauvée, Elea.

Il a un sourire dénué de toute raison, et je commence à penser qu'il est devenu fou. Il n'y a pas d'autre explication. Mon esprit est en proie à la panique, et je tente de reculer, espérant échapper à cette vision cauchemardesque.

Aleksander se relève, lâchant le couteau qu'il tient toujours dans sa main. Le bruit sourd sur la moquette me fait sursauter. Il s'approche de moi d'un pas hésitant, comme s'il doutait de ma véritable présence au milieu de la pièce.

Je me rue vers la porte, mais les gardes, complices de cette situation macabre, ont visiblement verrouillé la porte de l'extérieur, m'empêchant de quitter cette chambre.

— Tu n'aurais jamais dû voir ça, murmure-t-il d'une voix froide.

Je suis désespérée.

— Si tu me laisses… sortir d'ici, je ne dirais rien, je n'ai rien vu… et puis… à qui est-ce que je pourrais en parler ?

— C'est hors de question. Je t'avais prévenue de ne pas te mêler de mes affaires, répond-il avec fermeté.

J'ai envie que tout cela cesse, que le silence s'installe et que je puisse m'éloigner de cette pièce pour oublier ce cauchemar.

— J'ai dû la tuer pour protéger ta vie, avoue Aleksander. En projetant mon obsession sur elle le temps d'un instant, les ténèbres ont été satisfaites. J'aurai encore du temps pour lutter contre l'envie de te tuer.

Je le fixe, incrédule. Rien de ce qu'il dit ne fait sens pour moi. Pourquoi a-t-il tué cette femme qui me ressemble ? Et que signifie cette histoire d'obsession ?

— Tu ne comprends pas, n'est-ce pas ? murmure-t-il en se penchant légèrement vers moi.

Ses mains tachées de sang se positionnent au-dessus de ma tête contre la porte, m'enfermant un peu de sa présence. En réponse à sa déclaration, j'acquiesce faiblement, incapable de formuler une réponse cohérente.

— Un traumatisme ne peut pas être une excuse… pour ce que tu as fait à ces femmes, lâché-je d'un ton ferme, me remémorant les photos des cadavres présentes dans son dossier médical.

Il me regarde, ses yeux trahissant une sorte de résignation profonde.

— Je ne m'excuse pas, Elea, je ne m'excuserai jamais pour ce que je fais. Mais, crois-moi, tu finiras par me pardonner.

Ma colère atteint son paroxysme, et je ne peux pas retenir ma réplique cinglante.

— Dans ton délire, peut-être, mais dans la réalité, tu peux crever pour que je te pardonne.

Je tourne mon regard vers le cadavre sans vie étendu dans le fond de la pièce. Une larme solitaire glisse le long de ma joue. Je devrais hurler, le frapper, me débattre mais j'en suis incapable. Je suis tellement fatiguée de tout ça.

— Pas avant que tu sois calmée, assène-t-il.

Alors, durant un court instant, je le provoque et lance :

— Comptes-tu me trancher la gorge aussi, Aleksander, pour m'empêcher de partir ? S'il n'y a que ça, tu aurais pu le faire toi-même dans la forêt l'autre jour…

Mes mots flottent quelques secondes dans l'air chargé de tension.

Il soupire avant de se reculer, en signe de reddition. Je comprends que j'ai réussie à marquer un point. Je ne peux plus rien faire pour elle de toutes façons.

Je dois penser à ma survie.

Et aux leurs.

Je quitte cette pièce en courant, sans me retourner. Je ne veux plus qu'une chose : me coucher et dormir, pour oublier ce que je viens de voir.

Une fois de retour dans ma chambre après avoir salué Ether et Ramos, je me dirige vers mon lit d'un pas mécanique.

Je repère alors un étrange colis emballé sur l'édredon. On dirait un cadeau. Sa présence est plus qu'inattendue au vu du contexte ; après ce qu'il vient de se passer, je ne vois pas quand ni pourquoi Aleksander aurait pris le temps de me déposer ce présent.

Méfiante, je m'approche du paquet. La surprise cède rapidement la place à la terreur quand, ouvrant l'emballage, ce dernier révèle l'horreur qu'il recèle.

Le choc est instantané, brutal, et je laisse involontairement échapper un cri presque animal de ma gorge.

Chapitre 27

Aleksander

Après m'être habillé et lavé les mains pour faire disparaître tout le sang de la prostituée, je me dirige vers mon lit et m'y assois. Je sors mon téléphone de ma poche et commence à composer le numéro de Diane quand un hurlement de terreur retentit soudain à travers la maison.

Elea !

Je ne réfléchis pas et cours jusqu'à sa chambre, dont la porte est grande ouverte. Dans un angle de la pièce, je découvre Elea prostrée, oscillant d'avant en arrière et gémissant de manière plaintive.

Et c'est là que je le vois.

Que je comprends la raison de sa torpeur.

Ce qui ressemble à un cadeau à première vue est renversé sur le sol. Or, le contenu n'a rien à voir avec ce qu'on pourrait penser. Par terre, non loin d'Elea, se trouve le corps inanimé d'un nourrisson. Ce dernier est tordu selon un angle inhumain.

— Elea, qu'est-ce qui s'est passé ?

J'accours vers elle et me baisse à sa hauteur, cherchant du regard à capter son attention.

— Il faut vraiment que tu me parles, *moy dikiy*.

Je vois qu'elle essaye de dire quelque chose mais seuls des sons incompréhensibles sortent de sa bouche. Ether et Ramos pénètrent à l'intérieur de la chambre, accompagnés de Tasha et d'Anton.

— Vous pouvez m'expliquer ce bordel ?

Les deux hommes de main bafouillent. Leurs visages sont blafards.

— Per… Personne n'est entré ou sorti, monsieur, tente Ether.

— Donc, ce colis a atterri sur le lit comme par magie ? Trouvez mieux comme excuse !

Ils baissent la tête.

Je prends Elea dans mes bras avec précaution. Elle proteste en retour entre deux sanglots. Je l'ignore et nous quittons la chambre. Je remonte les couloirs à la hâte, donnant des ordres à tous.

— Déclenche l'alarme, préviens-je Tasha.

Je sens la tension dans mon corps, la fureur froide qui m'envahit.

Arrivé dans une des autres chambres de la propriété, j'y dépose Elea. Le corps de la prostituée n'étant sans doute pas encore enlevé de ma chambre, il est préférable qu'elle n'y soit pas.

— Reste ici, *moy dikiy*. Celui ou celle qui a fait ça est peut-être encore là.

Je me penche à ses côtés, mes mains sur ses épaules. Elle tremble.

— Tu as une idée de qui ça pourrait être ?

Sa réponse est sans appel.

— Ke… Kelly, murmure-t-elle.

Je jure, puis passe ma main dans mes cheveux avant de l'embrasser sur le haut du front.

— Je dois aller voir mes hommes. Je reviens vite.

Je ne sais même pas pourquoi je viens de faire ça. Mais je n'ai pas le temps de m'y attarder.

Je me hâte dans les couloirs. Chaque pas résonne comme en écho à ma colère intérieure. La vision du corps du bébé brûle dans ma rétine. Comment cela a-t-il pu arriver ? Mon sang bouillonne tandis que je tente de réprimer une fureur grandissante.

La tension est palpable lorsque je pénètre dans la salle où mon équipe de sécurité est rassemblée au complet. Le regard dur, je prends la parole d'une voix froide, tranchante.

— Expliquez-moi comment quelqu'un a pu déposer le cadavre d'un enfant dans un foutu colis dans cette maison sans que personne se rende compte de rien !

L'un des membres de mon équipe prend la parole, sa voix chevrotante.

— Nous avons vérifié les enregistrements des caméras de sécurité, monsieur. Il semble que quelqu'un ait réussi à contourner les caméras, certaines ont même été éteintes. Nous enquêtons pour comprendre comment cela a pu se produire.

— Vous enquêtez ? Il n'y a pas une centaine d'hommes qui a accès aux caméras, trouvez-moi le connard de garde !

Mon poing tape sur la table, le bruit résonnant dans la pièce.

— Nous sommes désolés, monsieur, déclare un autre membre de l'équipe. Nous sommes en train de revoir tous nos protocoles de sécurité pour identifier les failles et nous assurer que cela ne se reproduira plus.

Les regards de mes hommes, honteux et anxieux, évitent le mien. Les murmures étouffés d'excuses et d'explications se font entendre, mais ils ne sont qu'un bourdonnement, un bruit sourd qui ne réussit pas à apaiser ma colère.

Soudain, pris d'un accès de rage, je sors mon arme de son étui. Les yeux des hommes de la sécurité s'élargissent de stupeur, certains reculent contre le mur. Je pointe mon arme en direction de l'homme qui vient de parler, une lueur furieuse dans les yeux.

— Monsieur Stakhanov…

Le temps ralentit, suspendu pendant une fraction de seconde. Puis, le coup retentit dans la pièce. Une détonation assourdissante transperce l'air. L'homme s'effondre au sol, une tache de sang se formant rapidement autour de sa tête.

Personne ne bouge, chacun est figé par la violence de l'instant. Mon souffle est haletant, mon cœur bat la chamade, mais ma colère n'a pas diminué.

Sergeï se tient à côté de moi, un sourire cynique se dessinant sur ses lèvres.

— *Tu aurais pu me le laisser si tu voulais t'en débarrasser,* signe-t-il.

Je le fixe, la fureur toujours présente dans mon regard. Son intervention parvient cependant à briser le mur de tension.

Le sentiment de trahison s'insinue dans tout mon être. Afin de ne jamais avoir affaire à ce genre de désagrément, je sélectionne moi-même mes hommes. Comment cet événement a-t-il donc pu se produire ? Qui est le traître ?

Le visage apeuré d'Elea me revient en un éclair. La jalousie m'écrase de nouveau. Je devrais être le seul à contrôler ses émotions. Le seul.

Tout ça m'appartient.

Tout ça doit m'appartenir.

Je n'ai pas l'habitude de partager. Pourtant, ce bébé envoyé est une déclaration indirecte de guerre qui me fait remettre en question ma maîtrise. Cette intrusion dans ma vie, dans ma maison, réveille un instinct malsain.

— Vous avez intérêt à résoudre ça rapidement, dis-je d'un ton froid et dur. Je veux des réponses. Je veux savoir qui a fait ça, et je veux qu'il paie pour ses actes !

Ils hochent la tête. Leurs expressions sont sérieuses. La colère qui bouillonne en moi se mêle à la détermination.

Cette menace ne restera pas impunie.

Les hommes sortent. Je me retrouve seul avec Sergeï, Tasha, Anton et Constantin.

Constantin, toujours franc et direct, brise le silence.

— Qu'est-ce que c'est que ce bordel ?

Je le regarde, un sourire ironique se formant sur mes lèvres.

— Oh, tu penses que je sais ce qui se passe ? Qu'Elea a ouvert sa belle bouche pour me révéler tous ses secrets comme elle le fait avec toi ?

Il soupire.

— Écoute, je ne marche pas sur tes plates-bandes. Les livres, c'était simplement pour qu'elle s'occupe et…

— Et je sais très bien que tu ne joues pas dans cette équipe, le coupé-je.

J'ai réagi excessivement, le manque de sommeil me monte au crâne.

Un rire cynique échappe à Anton.

— Il faut dégager le corps de la pute dans ma chambre. Le croque-mort était là pour Durag, non ? demandé-je à Sergueï.

— *Je m'en occupe*, signe-t-il. *Je repasserai plus tard pour ça.*

Il quitte la salle de réunion, non sans enjamber au passage le corps du garde, dont la plaie béante semble enfin s'être arrêtée de couler.

— Alors, qu'as-tu appris ? me relance Constantin, peu impressionné par ma demande à Sergueï.

— Elle a été enlevée et séquestrée sur une période d'au moins un an. Kelly a utilisé son père pour la maintenir sous son joug.

— Et au sujet de sa présence chez Stakhanov Industry, du sang sur son corps ?

Mon sourire s'efface, et une lueur d'inquiétude traverse mes yeux.

— Rien. Elle ne m'a rien dit sur son évasion. À croire que quelques mots doux et deux bonnes baises ne sont pas assez avec elle.

— Elle est tombée dans le panneau ?

Je hausse les épaules.

— *Étais* serait plutôt le mot juste. Elle a vu le corps de la prostituée juste après, réponds-je d'une voix lourde. Si elle se tenait bien avec moi, c'est parce qu'elle savait que j'étais le seul rempart entre Kelly et elle.

— Peut-être aussi que tu as arrêté de la torturer…

Constantin me jette un regard perçant, il cherche sans doute à déceler la moindre faille dans mon expression. Mais je reste impassible.

— Ne pousse pas non plus, le bleu. Ça serait dommage que tu doives prendre le premier avion pour Moscou…

Il baisse la tête, penaud.

— N'oublie pas que Kelly n'est pas quelqu'un à sous-estimer. Il est retors et manipulateur, et il ne laissera pas Elea partir si facilement, il va à tout prix chercher à la récupérer.

Je souris, presque amusé par le fait qu'il me donne des avertissements sur la dangerosité de Kelly. Je suis bien pire que lui, or Constantin n'en a pas encore tout à fait conscience.

Tout comme Elea le pense, je suis sûr que ce cadeau macabre vient de cet enculé d'Irlandais.

— Ne t'inquiète pas pour Kelly, lui réponds-je. J'ai quelques atouts dans ma manche, et je compte bien les utiliser pour m'assurer qu'Elea soit en sécurité.

— Tu veux faire quoi ? me questionne Tasha, qui est restée bien silencieuse jusqu'à présent.

— Je suis toujours invité à cette stupide réception de Grigoriev ?

Ils froncent tous les trois les sourcils, ne comprenant pas où je veux en venir.

— Kelly y sera forcément. Je vais lui montrer que l'on ne me vole pas mon jouet aussi facilement.

Les sourcils de Constantin se froncent davantage, son expression traduisant l'incompréhension. Il ouvre la bouche pour parler, mais je l'interromps d'un geste de la main.

— Je gère. On récupère le père d'Elea, je paye ma dette et tout redevient comme avant.

Cependant, je ne leur dis pas que ce plan contient une fausse information : rien ne redeviendra comme avant.

Je ne laisserai pas partir Elea. Car désormais, elle m'appartient.

Elle ne le sait pas encore.

Mais je ferai tout pour la protéger.

Chapitre 28

Elea

Cela fait des heures que je tourne et vire dans cette chambre. Les images insoutenables du corps sans vie du nouveau-né et de la femme égorgée aux cheveux roux me hantent. Les nausées ne me quittent pas, même si cela fait plus de trois quarts d'heure que mon estomac n'a plus rien à régurgiter. J'ai toujours eu conscience que Kelly, comme Aleksander, pouvait être un homme monstrueux, capable des actes les plus abjects. Mais de là à commettre une telle atrocité… Le pire étant qu'il ne s'en cache même pas.

Quand je suis arrivée dans la chambre et que j'ai découvert le colis, un papier blanc taché de sang était déposé sur l'emballage. C'est à cet instant que j'ai su qui était derrière tout ça.

« *Tu n'as plus beaucoup de temps, petit oiseau.*
Lui non plus d'ailleurs.
Au plaisir de te retrouver mon amour,
K. »

À présent, le soleil est couché. Je me retrouve seule, au milieu de ce grand espace sans vie et sans lumière. Malgré tout, j'ai eu le temps d'en observer chaque recoin : les murs noirs confèrent au lieu une ambiance sinistre, à l'opposé du lit luxueux qui, situé au centre, donne un air de modernité à l'ensemble.

Personne n'est venu me voir depuis qu'Aleksander m'a laissée ici. J'ai entendu Tasha et Constantin venir se placer devant la porte ; leurs voix me sont parvenues à travers la cloison.

Tu n'es pas seule, tu n'es pas seule…

Je tente de me ressaisir un instant et vais m'asseoir sur le lit. Mon cœur bat la chamade, mon souffle est court. Mes mains tremblent légèrement, la peur et le dégoût s'entremêlent encore dans mon esprit.

J'ai réussi à échapper à son emprise, à l'enfer que je vivais, mais pour combien de temps ?

Les souvenirs terribles de cette dernière année restent solidement accrochés à mon âme. Je suis terrorisée à l'idée de subir de nouveau les coups et les tortures de Kelly. C'est pourquoi je dois impérativement réussir à faire ce qu'il m'a demandé.

Le papier avec le mot manuscrit qu'il m'a adressé est dans ma poche. Si Aleksander ou n'importe qui sous ses ordres vient à tomber dessus, je suis bonne pour repartir dans le hangar. Ou pire…

Au loin, une porte s'ouvre et des pas pressés résonnent dans le couloir. Mon cœur bondit dans ma poitrine, la peur m'électrise de nouveau. Je reste immobile, retenant mon souffle, le regard rivé sur l'entrée de la chambre. Mon instinct de survie s'est aiguisé au fil des mois passés en captivité, et chaque bruit, chaque ombre, me met en alerte.

Même si au vu des derniers événements, j'ai l'impression que mon instinct me fait sacrément défaut.

Au bout de quelques secondes, deux hommes de la sécurité font leur apparition. Je les reconnais maintenant. Leurs silhouettes massives portent d'immenses boîtes et des sacs en papier de luxe frappés du logo d'une marque renommée.

Ils déposent leurs fardeaux dans la pièce avec une précision méthodique, chaque objet semblant soigneusement sélectionné pour son raffinement. Les boîtes gigantesques, les sacs en papier aux reflets dorés, tout cela contraste cruellement avec l'atmosphère oppressante qui règne ici. Mais ce n'est pas la beauté de ces objets qui m'effraie, c'est ce qu'implique leur présence.

Quand Kellyan m'offrait des cadeaux, c'était toujours pour mieux me frapper ensuite. Les joyaux scintillants et les vêtements somptueux étaient autant de chaînes invisibles destinées à m'enchaîner à lui. Chaque geste généreux était suivi d'une explosion de rage, chaque « présent » n'était qu'un moyen de me rappeler que je lui appartenais.

Je haïssais cela.

Je le haïssais lui.

Les hommes de la sécurité sortent de la pièce aussi silencieusement qu'ils y sont entrés.

Je m'approche de l'une des boîtes et la contemple avec prudence, mes jambes tremblant légèrement sous l'effet de l'appréhension. Mes doigts en effleurent doucement le couvercle.

Avec une inspiration profonde, je décide de braver ma peur. Je soulève lentement le couvercle et découvre de somptueux vêtements, de délicates étoffes et d'élégants accessoires. Mon cœur reprend un rythme normal à la vue de ces pièces de haute couture, mais je ressens toutefois un certain malaise. Les souvenirs douloureux de chaque précédent « cadeau » refont surface, me rappelant à quel point Kellyan savait manipuler mes émotions.

Mon regard se pose sur une petite carte blanche posée parmi les vêtements. Hésitante, je la saisis entre mes doigts. Je l'ouvre et mes yeux parcourent les mots écrits d'une écriture élégante.

Les Romains avaient une phrase pour surmonter les moments durs :

Post tenebras Lux,

Après les ténèbres, la lumière.

Ta lumière arrive bientôt.

Une colère brûlante s'empare de moi. Ces vêtements, aussi beaux soient-ils, représentent tout ce que je déteste : l'emprise, la manipulation, la supposition que leur matérialité pourrait effacer la douleur et la peur. Sans réfléchir davantage, je me laisse consumer par cette colère.

Et, suite à ce que je viens de subir, rien n'est plus bon.

D'une force que je ne connaissais pas, je saisis un vêtement et le déchire avec une détermination féroce. Le tissu émet un bruit satisfaisant, libérant une fraction de toute la frustration que je ressens depuis trop longtemps. Mes mains tremblent, mais je ne m'arrête pas. L'un après l'autre, je déchire chaque vêtement, dont les morceaux virevoltent dans l'air.

Chaque déchirure est un cri silencieux contre l'injustice que j'ai subie, contre l'idée que des possessions matérielles pourraient apaiser la douleur profonde qui m'habite. La colère, la tristesse, la résolution, tout se mélange dans ce geste déchirant. Les larmes coulent le long de mes joues, mélangeant ma détresse à ma rage.

— T'es vraiment une petite emmerdeuse, hein ? Je pense qu'il est temps que tu comprennes une nouvelle règle.

La voix froide d'Aleksander me fait sursauter.

— Tu penses que… je suis ta pute ? Tu me sautes… tu me tortures… et tu m'offres des cadeaux pour te faire… pardonner ?

Ce dernier mot sort de ma bouche presque comme un crachat.

Aleksander ne flanche pas sous mon regard enflammé. Il avance lentement vers moi, son expression est impassible ; il sait masquer ses émotions bien mieux que moi.

— Une pute sait fermer sa gueule, elle au moins. D'ailleurs, tu n'es pas censée être mutique la plupart du temps ?

Mes poings se serrent. Mes ongles s'enfoncent dans mes paumes et je lutte pour contenir ma rage grandissante. Les mots acérés d'Aleksander sont des flèches empoisonnées qui touchent là où ça fait le plus mal. Il sait comment appuyer là où la douleur est déjà à vif, comment me faire douter de ma propre valeur, de ma capacité à m'opposer à lui.

Mais l'amas de sentiments négatifs et destructeurs que je ressens ne diminue pas, au contraire. Il augmente, grandit en moi comme un feu incontrôlable. Mes mains tremblent légèrement, mais de détermination, cette fois-ci.

— Tu voulais que je… te parle, non ? Maintenant, assume, craché-je avec toute la fureur qui bouillonne en moi. Tes jeux de manipulation… tes cadeaux… tout ça ne changera pas ce que tu es… un monstre ! Tout comme Kelly… et je ne me laisserai pas briser par vous ! Tu crois que je n'ai pas compris ? Un mot doux par-ci… une baise par-là… et la petite Elea va comme par miracle avouer tous ses secrets ?

Les mots claquent dans l'air. C'est une déclaration de guerre contre l'emprise qu'il tente de maintenir sur moi. Mon cœur bat à tout rompre, tandis qu'une énergie sauvage circule dans mes veines et alimente ma résistance.

Aleksander ne cille pas, il ne montre aucun signe de surprise ou d'irritation. Il reste là, immobile, comme une statue imperturbable.

— Ne me compare plus jamais à ce bâtard, murmure-t-il d'une voix d'outre-tombe.

Ses paroles s'infiltrent en moi comme des lames de rasoir, mais je refuse de capituler. J'ai survécu à trop de choses pour m'effondrer face à une personne comme lui. Je ressens une pointe d'amertume en réalisant qu'il y a des similarités entre eux, peu importe à quel point il le nie.

Ils veulent tous les deux me contrôler, me briser. Je le sais. J'en suis consciente. Leurs méthodes sont différentes, pourtant ils cherchent exactement la même chose.

— Tu es le même que lui… tu utilises les gens comme des pions. Tu… tu t'amuses à contrôler la vie des autres… il n'y a aucune différence entre toi et…

Ma phrase est interrompue brusquement au moment où Alexander s'approche de moi avec une fureur à peine contenue. Avant que je puisse réagir, il me plaque violemment contre le mur, sa colère déchaînée déferlant comme une tempête. Ses yeux brûlent d'intensité, et ses mots claquent dans l'air comme des coups de fouet.

— Il n'y a pas de comparaison entre moi et cet homme, rugit-il.

Chaque mot porte la force de sa conviction.

— Je ne suis ni un violeur, ni un esclavagiste et par-dessus tout, je ne tue pas les enfants. Tu ne peux pas me mettre dans la même catégorie que lui !

Il perd son sang-froid. C'est tout ce que je voulais. Une confrontation, une réaction.

Son souffle chaud fouette mon visage alors qu'il continue de me parler avec intensité. La proximité entre nous me fait sentir sa colère bouillonnante, mais je reste déterminée à ne pas flancher. Un rire sarcastique s'échappe de mes lèvres et je le fixe droit dans les yeux.

— Oh, excuse-moi… de ne pas te traiter comme un héros. Tu veux une médaille pour ne pas être un violeur… ou un tueur d'enfants ? Peut-être que ton seuil de cruauté est simplement plus élevé que le sien… qu'est-ce que j'en sais après tout… je ne te connais pas, putain !

Ma réponse semble le faire enrager davantage, et je peux sentir sa prise sur mes épaules se resserrer. Malgré la tension qui s'installe, je refuse de flancher. Mon rythme cardiaque pulse comme jamais auparavant, mais ma détermination, elle, est bien présente.

Alexander me fixe avec des yeux brûlants de rage.

— Arrête d'aboyer comme une chienne, grogne-t-il. Tu oublies où est ta place !

Je le regarde droit dans les yeux, mon propre regard empli d'une rage contenue.

— Et quelqu'un doit te rappeler où est la tienne… et te dire les choses telles qu'elles sont ! Tu n'es pas différent de Kelly, au fond… Ne te crois pas meilleur… La seule différence entre vous, c'est la nature de vos crimes… Un criminel reste un criminel qu'importe ses méfaits.

Un sourire cynique se dessine sur mes lèvres tandis que je continue de le provoquer, le poussant délibérément pour pouvoir me libérer de son emprise contre le mur.

Sa mâchoire se crispe.

— Tu penses me comprendre ? Tu penses que ta propre douleur te donne le droit de me juger ?

— Je ne te juge pas… je te confronte à la vérité que tu refuses de voir. Si tu veux m'effrayer… va falloir faire mieux que quelques menaces… Parce que si c'est ça le Croque-Mitaine, crois-moi, je suis déçue.

Son regard s'obscurcit. Soudain, sans ajouter un mot, il me soulève sur son épaule.

Mes protestations sont interrompues d'une claque vigoureuse sur les fesses.

— Ferme ta gueule, Elea, sinon je te promets que je déchire ta robe avant de te prendre à même le sol.

Chapitre 29

Aleksander

Elle me fixe avec intensité. Je peux voir la fureur danser dans ses yeux. Elle ne fléchira pas, quoi que je fasse et peu importe comment je pourrais m'emporter. En le réalisant, je suis davantage irriter par sa rébellion, mais je me force à me ressaisir. Contrairement à toutes les autres avant elle, je sais qu'Elea apprécie les ténèbres dans lesquelles j'évolue.

— Lâche-m…

Ma main claque une seconde fois son fessier avec force.

— Tu n'as pas compris ce que je t'ai dit ?

— Retouche mon cul une fois… et je te jure que je t'arrache le bras, espèce d'enfoiré ! s'insurge-t-elle.

Elle me frappe le dos avec force.

— J'ai d'autres projets pour tes petites fesses, *moy dikiy*. Et c'est loin d'être aussi innocent que ce à quoi tu peux penser.

La décision d'aller à la salle d'entraînement est peut-être inconsciente, mais je n'ai pas d'autre solution. Il s'agit du seul endroit où je laisse ma rage se libérer totalement.

Quand nous arrivons, certains de mes hommes sont en train de s'entraîner.

— Tout le monde dégage !

Mon ordre impérieux les fait tous quitter les lieux, nous laissant seuls dans la demi-obscurité.

Je la lâche sur le tatami. L'impact de sa chute résonne dans l'espace.

— Tu veux te battre contre moi ? Très bien, j'adore ça. Mais autant que je te donne les armes pour… Juste histoire de te donner une infime chance.

J'inspire profondément. Intérieurement, je lutte pour trouver les mots adéquats pour exprimer ce que je ressens.

— Les cadeaux n'étaient pas pour m'excuser de ce que tu as vu dans ma chambre. En aucun cas, je cherche à te contrôler. Je pensais simplement que cela te ferait plaisir, petite merdeuse ! Je dois reconnaître que le timing n'était pas le bon…

Je prends une pause, me penchant légèrement vers elle.

— Si tu veux te débrouiller seule, vas-y. Mais laisse-moi retrouver ton père avant.

Mensonge.

— Redresse-toi !

Mon ton se veut moins dur qu'auparavant. Une certaine tension plane toujours entre nous. Elea continue de me fixer avec méfiance, mais elle finit par obéir et se relève, prête à me suivre dans cette leçon impromptue.

Je m'avance vers elle, laissant un espace suffisant entre nous pour éviter toute sensation d'oppression.

— Écoute-moi, Elea, commencé-je d'une voix plus apaisée. Je ne peux pas effacer ce qui s'est passé, mais je peux t'aider à te sentir plus forte, plus en contrôle.

Mes paroles semblent loin de pouvoir l'apaiser. Sans plus attendre, elle se tourne et se dirige vers la sortie.

— Arrête-toi et ramène ton cul sur ce tatami, lui ordonné-je d'une voix ferme, mon regard la fixant intensément.

Elle se fige, et lentement fait demi-tour pour me faire face.

— Tu penses sincèrement… que les femmes ont besoin d'un homme qui leur apprenne à se battre pour être puissante… Tu penses que j'en ai besoin ? crache-t-elle.

Un échange silencieux de regards s'établit entre nous.

— Dans mon monde, on écrase ses ennemis, on ne leur met pas une petite tape sur les doigts. Tu es puissante, je ne dis pas le contraire, Elea. Mais je peux t'apprendre à te défendre réellement, ainsi que Tasha, Anton ou même Constantin, si tu préfères. Les mots sont une chose, les coups en sont une autre.

Je vois qu'elle hésite.

— Tu penses que Kelly va s'arrêter à un bébé désarticulé dans une boîte ? La prochaine fois, c'est ton père qu'il t'enverra en petits morceaux. Et ce jour-là, tu ne pourras pas me dire que je ne t'avais pas prévenue.

À la mention de son père, elle se met à trembler.

Bien.

— Vas-y, frappe-moi, lui dis-je doucement.

Ses yeux me sondent, cherchant sans doute à savoir si je la manipule à nouveau. Après quelques minutes, elle se décide. Elle lance son poing dans ma direction, mais je la bloque sans effort et l'immobilise.

Un cri de frustration s'échappe de ses lèvres. La contrer est une étape nécessaire : il est impératif qu'elle transforme cette frustration en détermination.

Mon emprise se desserre peu à peu, mais je la maintiens sous contrôle. Elle tente alors de me faire basculer en arrière.

— Je t'ai dit de me frapper, pas de te jeter sur moi.

Je la libère complètement, puis recule d'un pas pour reprendre ma position.

— Montre-moi que tu veux vraiment te battre. Montre-moi à quel point tu peux être forte.

Lorsque je la vois hésiter, je soutiens son regard, résolu à lui prouver qu'elle a le pouvoir d'inverser la situation.

— Recommence, ordonné-je.

Elle lance un autre coup de poing, plus déterminé cette fois. J'anticipe facilement son attaque et parviens d'un mouvement agile à la renverser. Son corps tombe sur le sol matelassé.

— Pathétique.

J'ai conscience qu'en lui parlant de la sorte mes mots puissent agir en elle comme un déclencheur.

— À quoi bon toute cette résistance si tu ne peux pas te défendre ? Comment est-ce que tu comptes récupérer ton père si tu n'es même pas capable de placer un coup de poing ?

Ma provocation est une tentative tout à fait délibérée pour la pousser à bout.

Le regard d'Elea reste ancré dans le mien. Elle se relève, essuie les gouttes de sueur sur son front du revers de sa main. Mes paroles semblent enfin avoir atteint leur cible. Un sourire en coin s'étire sur mes lèvres, mélange d'amusement et d'excitation que cette situation provoque.

— Pathétique, hein ? répète-t-elle, sa voix teintée de colère contenue et d'audace. Tu n'as pas encore vu… de quoi je suis vraiment capable…

Un frisson d'anticipation remonte le long de ma colonne vertébrale quand elle s'approche. Les mèches de ses cheveux roux sont collées à son front. Elle s'arrête à seulement quelques centimètres de mon torse.

— Montre-moi, alors, murmuré-je, tout en laissant mes doigts effleurer légèrement son bras. Montre-moi ce que tu as dans le ventre, petite merd…

Sans crier gare, son poing s'écrase sur mon nez. La douleur m'envahit.

Quelle belle salope.

Un sourire narquois se dessine sur mes lèvres. La tension entre nous est de plus en plus tangible. Mes doigts se portent à son visage et viennent glisser doucement le long de sa mâchoire. Mon yeux ne la quittent plus. Je suis incapable de rompre ce contact visuel.

— Tu es pleine de ressources, Elea. Je suis curieux de savoir ce qui se cache quand tu laisses ta rage s'exprimer.

Elle déglutit, sa respiration se fait plus rapide. L'attraction entre nous est indéniable.

Ma main poursuit son chemin et passe de sa mâchoire à sa nuque, jusqu'à ce que mes doigts s'enroulent autour ses mèches rousses. Nos visages se rapprochent davantage.

— Je veux la tête de Kelly… Je veux qu'il tremble de peur… devant moi… qu'il regrette tout ce qu'il m'a fait, chuchote-t-elle.

Le désir brûle en moi à présent. N'y tenant plus, je me jette sur ses lèvres dans un baiser passionné, nos corps tout entiers enveloppés dans une explosion de sensations. Le monde extérieur disparaît alors.

Nous nous rapprochons l'un de l'autre. Rompant le contact, je lui glisse à l'oreille :

— Ce n'est pas seulement la force brute qui compte. C'est la manière dont tu canalises cette énergie.

Je guide délicatement ses doigts, ajustant la position de sa main et de son poignet. Son souffle se fait plus irrégulier. Mon propre cœur se met à battre à un rythme irrégulier, comme alimenté par cette connexion étrange.

— Comme ça.

Elle exécute le mouvement à nouveau, cette fois avec une aisance accrue, canalisant sa force de manière plus efficace.

— Même un simple coup de poing peut te désavantager dans un combat. Place mal les doigts et tu pourrais te les casser. Ce qui arrangerait ton ennemi.

Je l'invite à me suivre au niveau des sacs de frappe puis me place derrière elle pour lui montrer plus en détail le placement de ses articulations. Son corps est collé contre le mien et il n'y a aucun doute sur l'état de mon excitation.

Elea ne se retire pas. Je sens mon propre contrôle vaciller, submergé par cette alchimie.

— Recommence, respire un bon coup et lance ton bras.

Je la laisse faire. Elle envoie son poing avec précision à l'endroit exact que je lui ai indiqué sur le sac.

— Tu serais presque douée…

— Peut-être que j'ai un bon… professeur, réplique-t-elle d'un ton taquin.

Mon doigt glisse sous son menton, relevant doucement son visage vers le mien. Nos lèvres se frôlent presque.

— Certainement, murmuré-je, avant de sceller nos lèvres dans un baiser brûlant et libérateur.

Alors que nos bouches s'attardent l'une sur l'autre, Elea répond à ma ferveur en mordant ma lèvre inférieure.

Soudain, un son venant de la porte de la salle d'entraînement nous arrache à notre étreinte passionnée. Constantin, un air grave sur le visage, nous fixe d'un regard interrogateur.

— Je ne voulais pas interrompre votre… moment intime, dit-il.

Elea se recule, un léger rougissement colorant ses joues. Je me redresse afin de retrouver un semblant de contenance.

— J'ai reçu des nouvelles concernant le père d'Elea. Nous avons obtenu de nouvelles informations sur sa localisation potentielle. Nous allons avoir une réunion pour discuter de la prochaine étape.

L'attitude d'Elea change du tout au tout : l'inquiétude refait surface dans ses yeux, chassant toute trace de gêne.

— Tu vas venir à la réunion, lui indiqué-je. Tu pourrais nous aider, reconnaître certains endroits, certains hommes…

Constantin a l'air perturbé par ma proposition, tout comme Elea.

Or, je sais ce que je fais ; plus elle se sentira en confiance, plus elle nous dévoilera d'informations.

Je me suis promis de lui arracher tous ses secrets

Et il est temps de respecter cette promesse.

Chapitre 30

Elea

Il va vraiment falloir que j'arrête d'embrasser Aleksander Stakhanov, pour un oui ou pour un non. J'ai l'impression d'y prendre de plus en plus de plaisir. Et je ne suis définitivement pas là pour ça.

À la suite de notre petit entraînement interrompu par Constantin, nous nous retrouvons tous dans une grande salle de réunion. La pièce est vaste, avec une longue table en bois sombre au centre, bordée de chaises impeccablement alignées. Une demi-douzaine d'écrans sont accrochés aux murs, créant une ambiance à la fois futuriste et intimidante. L'atmosphère est lourde.

Mon regard balaye la pièce et se pose immédiatement sur Tasha et Anton, assis à l'autre extrémité de la table. La présence de Sergueï, impassible comme à son habitude, ne m'échappe pas non plus. Mais je n'ai encore jamais vu les autres visages qui m'observent avec une curiosité non dissimulée.

Je pense qu'il n'est pas utile de me présenter à chacun d'entre eux. Pas que je sois arrogante, mais tous doivent déjà me connaître, en particulier après ma tentative de fuite il y a une semaine. Ici, les nouvelles vont vite.

Je reste donc là, silencieuse et statique.

D'une manière qui lui est propre, Aleksander s'assoit dans un grand fauteuil, occupant ainsi une place de pouvoir indiscutable. Un peu malgré moi, je suis chacun de ses mouvements. Mais je suis brutalement tirée de mes pensées par sa voix autoritaire :

— Assieds-toi et fais ce que tu fais de mieux : te taire, et ce jusqu'à ce que je t'autorise à prendre la parole.

Ses mots, cinglants et pleins d'arrogance, me font l'effet d'un uppercut. Je le fusille du regard. Ce comportement chaud-froid qu'il a avec moi commence à devenir une habitude et j'ai de plus en plus l'impression de saisir son fonctionnement.

Mais cette fois, la provocation a un goût amer. Mon propre mutisme est une prison, et il le sait. Il y a trop de monde dans cette pièce… Ma bouche s'ouvre et se referme, mais aucun son n'en sort.

Aleksander a le don de se comporter comme un enfoiré, de tout gâcher, de faire en sorte que ma colère et mon impuissance atteignent un niveau insupportable. Mon désir de lui prouver ma valeur, de montrer que je ne suis pas une simple marionnette, brûle plus fort que jamais, mais il est emprisonné derrière cette barrière muette qui m'enveloppe.

Il lève les yeux, observant chaque membre de l'assemblée avant de reprendre d'un ton calme mais incisif, faisant comme si je n'étais plus là.

— Je veux savoir où en est l'enquête sur le Passeur. Je veux des informations concrètes, pas de suppositions ou de rumeurs.

Anton, placé à la gauche de Sergueï, prend la parole. Son visage est grave.

— Nous avons quelques pistes, en effet. Artem Volkov nous a certifié qu'il a vu le Passeur quand lui et son équipe sont allés négocier un contrat.

Je n'aime pas qu'il appelle mon père ainsi. J'ai l'impression de ne pas le connaître, de ne pas savoir qui est cet homme qui m'a élevée.

Tasha poursuit, à son tour :

— Nous avons intercepté des communications qui laissent penser qu'il est détenu dans la maison principale de Kelly à Carrickfergus. On passe la région au peigne fin pour trouver l'emplacement exact.

Je me sens à la fois étrangère et investie dans ce monde, perdue dans un jeu complexe dont je ne connaissais que quelques pièces.

Aleksander acquiesce, puis tourne son regard vers Sergueï, dont le visage demeure impassible.

— Et toi, Sergueï ?

Ce dernier signe sa réponse, avec une rapidité et une précision démontrant une maîtrise impressionnante. Je ne sais pas ce qui lui est arrivé, mais ça ne l'a pas empêché de gagner le respect de tous ici.

— *Il ne veut pas négocier. Il veut des territoires, des armes. Et ce qu'il désire le plus, c'est Elea. Il veut la récupérer par n'importe quel moyen.*

La main d'Aleksander vient se poser sur ma cuisse et la serre comme pour me rassurer. Je prends une grande inspiration.

« *Tue le Croque-Mitaine et tu seras libre, mon petit oiseau.* »

— Je pense que l'on peut profiter de la sauterie de Grigoriev et envoyer une équipe sur place. On a trois jours pour trouver son adresse.

Aleksander lance un dernier regard à l'assemblée et ajoute :

— Vous pouvez disposer. Tasha, Anton, Constantin et Sergueï, vous restez ici.

La salle se vide progressivement. Je me lève pour les suivre, mais Aleksander m'arrête d'un geste de la main. Je me fige et me tourne vers lui. Il me dévisage, m'indiquant d'un signe de tête de m'asseoir.

Constantin soupire. Il fait défiler des images sur les écrans, qui laissent voir une série de résidences luxueuses.

— Nous avons réussi à obtenir des images satellites de toutes les propriétés au nom de Kellyan Kelly, dans le comté d'Atrim et à proximité.

Il finit par se tourner vers moi.

— Elea, reconnais-tu l'une d'entre elles ? me demande-t-il.

Mon cœur bat de manière irrégulière à mesure que je scrute les images. J'en reconnais certaines, mais je n'en suis pas sûre. J'ai beaucoup voyagé au côté de Kellyan, ou plutôt, il m'a beaucoup forcé à le suivre partout, trop heureux de m'exhiber.

Mon regard s'arrête sur l'une des maisons en particulier, une sensation familière de déjà-vu s'immisçant à l'intérieur de moi. Une serre se trouve à proximité de la propriété principale. Je la reconnaîtrais entre mille, même vue du haut. J'adorais m'y balader quand j'ai eu l'autorisation de sortir un peu. Il y a un an, j'étais bien trop brisée pour penser à m'enfuir. La serre était mon seul refuge. Je passais des journées entières à l'intérieur au milieu des tulipes et des autres fleurs. Une parenthèse de bien-être dans mon enfer quotidien.

Quand Kellyan l'a appris, il a ordonné que soit détruite chaque plante, jusqu'à la dernière, juste pour le plaisir de m'arracher la seule chose qui me soulageait.

Je pointe l'image instantanément.

— Tu la connais ?

Je tente de rassembler mes mots, et réprime la frustration qui monte dans ma gorge. Cette fois, je n'abandonnerai pas. Comme par miracle, des mots se frayent un chemin dans ma bouche. Un bégaiement, hésitant, mais résolu, commence à sortir.

— C'est là où… où il m'a amenée quand il m'a enlevée… Il m'a forcée à l'épouser dans cette maison.

Aleksander se tourne complètement vers moi. Dans ses yeux, je lis l'envie de vengeance et la détermination.

— Je la brûlerai pour toi, *moy dikiy*. Et je mettrai Kelly à genoux pour que tu puisses lui trancher la gorge. Ta vengeance n'est plus qu'une question de jours.

Chapitre 31

Aleksander

L'opération approche à grands pas, et nous avons peu de temps pour tout mettre en place.

Mon bureau privé est plongé dans une semi-pénombre, bien que l'ambiance feutrée soit détendue au regard des enjeux qui pèsent sur nos épaules.

Je sirote mon whisky, laissant le liquide ambré apaiser mes maux. La présence de Tasha, d'Anton et de Constantin est aussi nécessaire que rassurante. Je peux leur faire confiance, me reposer sur eux, ce que je ne me permets jamais avec d'autres. Nous avons tous un rôle à jouer dans ce jeu dangereux, et chaque détail doit être minutieusement planifié.

Tasha brise le silence, un léger sourire en coin.

— J'ai pu apprendre les bases du combat à Elea. Elle est résistante. Ça fait deux jours que je la pousse dans ses retranchements. Elle a d'ailleurs réussi à me donner un ou deux coups bien placés.

Anton hoche la tête, approuvant les paroles de Tasha. Je pose mon verre sur la table.

— Il nous reste soixante-douze heures avant l'opération. Reprenons le plan une dernière fois.

Nous échangeons un regard entendu, tous concentrés sur la tâche à accomplir. La réception donnée par Grigoriev pour célébrer son mariage est le cadre idéal pour exhiber Elea devant Kellyan. Dès la fin de la réunion, Sergueï et une équipe vont se rendre à l'adresse du domaine de Kelly pour trouver le Passeur.

Constantin sort un dossier de son sac, révélant des cartes et des plans détaillés.

— Anton, tu te placeras à la gauche d'Elea pendant la réception. Aleksander, à sa droite. Tasha et moi, on sera dans le périmètre, prêts à intervenir si nécessaire.

Ma bras droit hoche la tête, prenant note mentalement des instructions.

— Une fois que nous aurons l'attention de Kellyan, tu devras jouer ton rôle à la perfection. Nous devons tous rester concentrés et réactifs.

— Sergueï et son équipe interviendront dès qu'ils seront sûrs que Kelly est parti pour la réception. Le temps qu'il fasse demi-tour, s'il se rende compte de quelque chose, il sera trop tard. Mais ils devront être rapides et précis. On n'aura pas de seconde chance.

Les enjeux sont élevés, les risques inévitables. Le sort de mon empire est en jeu. Depuis mon refus de coopérer à son trafic, la rumeur selon laquelle Kelly m'a déclaré une guerre ouverte s'est répandue à travers les différentes organisations, et il est temps que j'y mette un terme.

Mes associés ainsi que mes clients doivent continuer à craindre le Croque-Mitaine.

Tasha prend une gorgée de son verre, un whisky comme moi, ses yeux verts posés sur moi.

— Est-ce qu'Elea est au courant du rôle qu'elle va jouer ?

— Non, je ne l'ai pas prévenue. Je ne veux pas qu'elle ait le temps de remettre en question nos actions.

Tasha penche la tête, une certaine appréhension peignant ses traits.

— Elle ne va pas apprécier. Fais attention, je lui ai appris à étrangler un adversaire en moins de trente secondes.

Ma réponse ne se fait pas attendre.

— Peu importe. Elle obéira comme tout le monde. Nous n'avons pas le luxe de faire des concessions sentimentales.

Constantin interrompt alors notre échange :

— Il va lui falloir une tenue. Puisqu'elle a détruit l'intégralité de sa nouvelle garde-robe.

Je soupire à ce souvenir. Tasha, toujours disposée à prendre en charge les aspects pratiques, intervient immédiatement :

— Hors de question que je m'en occupe. Trouvez quelqu'un d'autre ! Le shopping, très peu pour moi.

— T'es une nana, c'est pas censé être instinctif chez vous ? la coupe Anton.

— Ce qui est instinctif, c'est de te casser la gueule en entraînement, jure-t-elle.

Je me lève de mon siège, annonçant d'une voix calme, mais autoritaire :

— Tu t'en charges.

Je quitte la pièce sur leurs protestations.

— Bonne nuit, les enfants, on se lève tôt demain.

Mon téléphone en main, je vérifie les caméras de sécurité disséminées dans le complexe. J'aperçois Elea dans la salle d'entraînement. Elle enchaîne les mouvements sur un sac de frappe avec une détermination farouche. Je m'arrête un moment dans le couloir pour l'observer. Savoir qu'elle ne me voit pas la regarder quand je le veux me donne presque envie de bander.

Je parcours la maison plongée dans le silence à cette heure tardive, et entre sans un bruit dans la salle d'entraînement. Elle est tellement concentrée qu'elle ne m'entend pas. Discrètement, je me place derrière elle et, d'un geste fluide, je réalise une prise que je connais bien. Elea s'effondre sur le tapis dans un cri.

L'expression de son visage passe de la surprise à la colère quand elle remarque que c'est moi.

— Dans la vraie vie, tu serais morte, petite merdeuse. Il faut toujours faire attention à tes arrières.

Un silence étrange règne pendant un instant. Je tends la main vers elle pour l'aider à se remettre debout.

— On doit discuter, toi et moi, commencé-je. Comme tu le sais plus ou moins, on a prévu d'attaquer demain soir. Pour que le sauvetage de ton père se passe sans encombre, tu as ton rôle à jouer. Et je veux être sûr que tu es prête.

Soudain, Elea s'approche de moi et fond sur mes lèvres pour m'embrasser. Je suis sans voix, surpris par ce geste inattendu. Avant que je puisse comprendre ce qui se passe, ses jambes balayent les miennes, me déséquilibrant. Je finis à même le sol et elle en profite pour venir se placer à califourchon sur mes hanches, avant de positionner son avant-bras contre mon cou, exerçant une pression contrôlée. Je reconnais avec aisance la patte de Tasha dans son mouvement.

— T'es mort, connard.

Ses mots, chargés de détermination, retentissent dans l'air. Mon cœur cogne à un rythme rapide en voyant sa poitrine se soulever de plus en plus vite. L'ambiance entre nous change brusquement.

— Le message est clair, Elea. Cependant, tu devrais faire très attention à la personne sur qui tu exerces ce que l'on t'a appris.

Je ne peux m'empêcher de ressentir à son égard une pointe d'admiration. Elle possède une force intérieure que je perçois de plus en plus, au fil des jours qu'elle passe à mes côtés. Mon regard soutient le sien, mon expression se voulant sérieuse, bien que tintée d'hostilité.

— Tu as appris à te défendre, c'est bien. Mais comprends que, contre moi, tu ne fais pas le poids, lui dis-je, à voix basse.

Elle se fige, comme si mes paroles résonnaient en écho dans la pièce.

D'un mouvement rapide, je la retourne sans ménagement, l'amenant à se retrouver contre le tatami. Je sais que j'ai désormais toute son attention. Elle écarquille les yeux, sa respiration quelque peu haletante, due à la surprise de la situation.

Mes lèvres trouvent naturellement le creux de son cou. J'y dépose un doux baiser. Ma voix devient plus intime alors que je viens chuchoter à son oreille.

— Le plan… Le plan…

Les mots peinent à quitter ma bouche, mais je sens déjà une ambiance électrique planée au-dessus nous.

Mon souffle chaud caresse sa peau. Je ressens chaque petit frisson, chaque picotement du sien lorsqu'il s'écrase à son tour sur mon épiderme.

— Tu vas devoir être très sage et obéir, murmuré-je.

Cette mise en garde voilée n'est ni plus ni moins qu'un rappel de la situation. Je dois être certain qu'elle est prête à jouer son rôle. Malgré la danse subtile prenant forme entre nous, mon esprit continue de réfléchir à ce qui nous attendra dans vingt-quatre heures.

— Demain soir, tu vas venir avec moi à une réception. Kelly sera là…

Son corps se tend au nom de l'Irlandais. Pour la calmer, je caresse un de ses seins à travers son tee-shirt, ce qui a pour résultat de la faire gémir doucement.

— Il ne te touchera pas, ne t'en fais pas. Je serai là, ainsi que Tasha, Constantin et Anton, tu seras en sécurité.

Je ressens son agitation, et cherche instinctivement à la distraire. Mes doigts effleurent doucement la peau de son ventre, mes lèvres remontent le long de son cou. Mon but est de la maintenir dans l'instant présent, de l'empêcher de se laisser submerger par l'angoisse ou la peur.

— Tu vas être sage, pendue à mon bras et heureuse…

Au fur et à mesure que j'expose mon plan, je continue mon exploration délicate, mes lèvres traçant des chemins sur sa peau. Mon attention est partagée entre la tâche à accomplir et l'effort pour la maintenir calme.

— Il va tellement être en colère qu'il ne se préoccupera pas de vérifier la sécurité de sa maison…

Chaque geste, chaque mot a son propre objectif.

— Sergueï et une équipe iront chercher ton père pendant la petite fête. Tu vas devoir aller acheter une robe demain, puisque tu as détruit toutes celles que je t'ai offertes.

Même quand elle prend du plaisir, elle réussit à me fusiller du regard.

— Sois un peu reconnaissante.

Je me redresse, mettant un terme à notre contact physique. Je la laisse là, pantelante et visiblement frustrée. À sa tête, elle a compris que je ne comptais pas aller plus loin aujourd'hui.

Elle brise son silence, d'une voix un peu irritée.

— Qu'est-ce que tu fais ?

Sa question est empreinte de frustration et d'incertitude.

— Tu sais ce qu'il y a de meilleur dans le sexe ? L'attente, *moy dikiy.*

Et sur cette dernière parole, je quitte la salle d'entraînement sans me retourner.

Chapitre 32

Elea

L'angoisse serre mon cœur tandis que je marche dans les rues animées de la ville. Les passants semblent heureux et insouciants. À l'opposé, mon esprit, lui, est empli d'une appréhension sourde et persistante. Je suis entourée par Tasha et Anton, dont les postures alertes montrent qu'ils sont prêts à intervenir à tout moment.

Après des semaines passées enfermée dans un domaine de plusieurs hectares où l'isolement était mon quotidien, faire face à présent à autant de stimulations est un choc pour mon cerveau. L'environnement bruyant, rempli de visages inconnus, de lieux étrangers et d'interactions imprévisibles ne font que renforcer mon angoisse.

Mon esprit, longtemps contraint dans les limites étroites de ma prison, peine à assimiler toutes les informations qui affluent. Les sons, les odeurs, les couleurs, tout est intense et écrasant. Chaque pas que je fais, chaque regard que je croise est comme une surcharge sensorielle et émotionnelle.

Les visages des gens que je croise dans la rue me semblent flous, comme si j'essayais de les voir à travers un brouillard épais. Les bruits de la ville, les conversations, les coups de klaxon, tout cela se mélange en un bourdonnement incessant qui résonne à mes oreilles, provoquant un léger vertige.

Les espaces ouverts ainsi que les lieux publics sont autant de territoires hostiles où je me sens à la fois exposée et vulnérable. Les regards des passants coulant sur moi me donnent l'impression d'être évaluée, jugée, même si ces derniers n'ont aucune idée de mon passé et de la personne que je suis. Je lutte pour ne pas faire demi-tour, retourner à la voiture et échapper à cette avalanche de sensations.

Mon cœur bat plus vite que d'habitude, réagissant à cette surcharge de stimuli. J'essaie de me rappeler que je suis en sécurité.

Tout va bien. Tout va bien.

Nous franchissons le seuil d'une boutique de luxe, et mes yeux s'écarquillent face à la splendeur des lieux. Cet endroit est à couper le souffle. Chaque détail, du sol au plafond, semble pensé avec soin. Une vendeuse, à l'apparence distinguée, nous observe avec étonnement.

Anton s'adresse à elle, avec cette assurance typique des proches d'Aleksander.

— Nous sommes ici de la part de monsieur Stakhanov.

La vendeuse, momentanément décontenancée, bafouille :

— Je vous prie de m'excuser. Je n'étais pas au courant de votre venue. Malheureusement aucun des salons privés n'est disponible pour le moment.

Tasha réagit au quart de tour, ne laissant aucune place à la négociation.

— Trouvez une solution.

La vendeuse se détourne de notre petit groupe presque en courant. Le stress m'envahit encore davantage pendant que nous attendons debout au milieu de cette boutique somptueuse. La pression monte d'un cran à l'idée de savoir que tout cela est lié au plan pour sauver mon père.

Mes yeux parcourent les étagères de vêtements et d'accessoires, mais mon esprit est trop préoccupé pour apprécier réellement tous ces objets.

Tasha et Anton sont à la hauteur de leur réputation, agissant avec une fermeté assurée qui en est presque intimidante. Ils ne bougent pas, scannent chaque personne comme si c'était une menace potentielle. La vendeuse revient vers nous en trottinant.

— Veuillez me suivre, un salon s'est libéré, nous affirme-t-elle.

Je suis néanmoins prise d'un malaise quand j'aperçois un couple en colère être escorté à l'extérieur de l'espace dans lequel nous sommes conduit.

Tasha ne perd pas de temps et donne ses instructions à la vendeuse.

— Trouvez une robe de réception pour madame.

La vendeuse m'observe avec attention, comme si elle tentait de me cerner en quelques secondes.

Elle s'éclipse brièvement avant de se représenter à nous, avec un portant de robes magnifiques soigneusement disposées. Chacune de ces créations semble être tout droit sortie d'un défilé de la Fashion Week. Elle nous les présente d'une voix polie, mais je décèle de l'arrogance dans son attitude. Sans doute pense-t-elle que je ne suis pas digne de porter des créations aussi exceptionnelles.

Mes yeux parcourent les robes. Les tissus scintillent à la lumière, les coupes sont élégantes, et les détails sont à couper le souffle.

Avec une légère inclinaison de la tête, je choisis l'une des robes. Je me lève de ma chaise et me dirige avec la vendeuse derrière le grand rideau d'une cabine.

Elle m'aide à passer la robe, qui glisse sur ma peau. Instantanément, je suis prise d'une étrange sensation. J'arbore la robe avec une assurance que je pensais disparue. Tasha et Anton m'accueillent au milieu du petit salon d'un regard appréciateur.

— Elle vous plaît ? me questionne la vendeuse.

Je hausse doucement les épaules. Il faut reconnaître que la robe est jolie, magnifique même, mais qu'elle ne rend pas l'effet escompté.

— Très bien, puis-je, dans ce cas, vous proposer celle-ci ?

Cette femme n'a rien de très avenant ; notre présence la dérange et elle cherche à bien nous le faire comprendre.

La robe qu'elle me tend est en satin et possède une traîne immense. Je touche le tissu pour en apprécier la douceur.

— Celle-ci vous conviendrait-elle mieux ?

Devant mon absence de réponse, ses sourcils se lèvent en signe d'exaspération.

— Putain, les putes qu'il m'envoie sont de plus en plus débiles ou quoi ? Incapable d'ouvrir la bouche celle-là…

Sa remarque acerbe marmonnée dans mon dos n'échappe pas à mes oreilles. Ses mots sont chargés de mépris et ma mâchoire se contracte en réaction à son insulte.

Avant que je puisse réagir, Tasha intervient avec une fermeté glaçante.

— Fais attention à ta langue, prévient-elle d'une voix menaçante. N'oublie pas à qui appartient cette ville.

Un éclair de terreur traverse les yeux de la vendeuse blonde. Sa confiance initiale chancelle, alors qu'elle bredouille des excuses incohérentes.

— Insulte encore une fois madame O'Neil et notre prochaine visite ne sera pas aussi appréciable pour toi, gronde Anton.

La blonde fuit littéralement la pièce. Je retourne derrière le rideau épais pour me changer.

Mon reflet dans le miroir avec la robe qui m'enserre me fait l'effet d'un électrochoc, et soudain, les souvenirs que j'ai tenté de repousser me submergent avec force. Des images horribles de Kellyan, me traînant comme une poupée et exposant mon corps comme une marchandise à la vue de tous, me reviennent en mémoire de manière brutale et douloureuse. Ma respiration s'accélère, mes mains tremblent légèrement et je lutte pour garder mon calme.

La chambre d'hôtel luxueuse. Le décor somptueux contrastant violemment avec la terreur qui m'envahit. Mon reflet se dessine dans le miroir imposant, et je peine à reconnaître la jeune femme qui me regarde. Mes yeux ne reflètent plus rien, témoins silencieux de l'horreur qui a marqué ma vie.

Soudain, je sens sa présence à mes côtés. Kellyan émerge de l'ombre comme un prédateur qui attend son moment pour frapper. Mon souffle se bloque dans ma gorge, ma respiration devient superficielle alors que son aura suffocante emplit la pièce. Ses doigts, glacés et impitoyables, parcourent les bleus qui parsèment ma peau meurtrie. Chaque toucher est une torture, chaque contact une menace.

Son expression est déformée par un mélange de désir et de satisfaction. Les marques qu'il m'a infligées semblent toujours l'exciter un peu plus, comme s'il trouvait une jouissance perverse dans ma douleur. Mon corps tremble sous son regard, une vague d'effroi et de répulsion m'envahit. Je suis paralysée, incapable de fuir ou de me défendre.

— *Mon petit oiseau, tu es magnifique ce soir avec mes marques sur ton corps.*

Les images se brouillent autour de moi, ma vision se trouble sous l'effet de la peur intense qui me submerge. Chaque seconde à ses côtés n'était que souffrance, chaque instant était marqué par l'empreinte de sa cruauté.

Chaque sensation est gravée dans ma mémoire comme une cicatrice indélébile. Le poids de ses gestes, sa domination perverse, l'odeur suffocante de sa présence toxique, tout cela me hante et me rappele l'emprise qu'il avait sur moi.

Dans ce souvenir, je suis figée dans un état de terreur, une victime sans défense dans un jeu cruel où je n'avais aucun contrôle. Mes émotions présentes se mêlent à ma douleur, ma honte et ma rage passées. Et, alors que je revis cette scène dans mon esprit, je me rappelle pourquoi j'ai décidé de mener cette lutte, pourquoi je ne serai plus jamais une victime de son enfer.

Je le fais pour lui.

Je ne dois pas l'oublier.

Tasha pénètre dans la cabine au moment où je m'apprête à m'effondrer par terre. Sa voix douce mais ferme résonne dans l'espace confiné.

— Tout va bien ? me demande-t-elle, le regard inquiet.

Son entrée m'a déstabilisée encore plus. Je n'arrive pas à m'exprimer, mes émotions m'envahissent.

Elle me fait signe de m'asseoir, et je m'exécute, confuse d'être vue dans cet état de détresse. Son attention est entièrement focalisée sur moi, comme si j'étais la seule personne qui comptait en cet instant précis.

— Écoute-moi bien, reprend-elle, sa voix adoptant une tonalité légèrement différente de l'ordinaire. Je connais Kelly et son père, je sais les monstruosités dont ils sont capables. S'il y a bien une personne qui ne te jugera jamais sur ce que tu peux ressentir, c'est moi.

La surprise que j'éprouve à ces mots calme légèrement la tempête qui sévit en moi. Je n'avais aucune idée qu'elle le connaissait lui ou son père.

— J'ai été brisée, formatée, vendue et pourtant je suis là aujourd'hui. Est-ce que d'après toi, j'ai l'air d'une femme brisée ?

Non, loin de là.

— Ne refoule jamais ce que tu as vécu. Au contraire, sers-t'en pour devenir encore plus forte. Je ne te dis pas que ça va être facile, loin de là. Mais tu dois accepter ce que tu as subi, et quand cela arrivera, vénère du plus profond de ton âme la vérité qui va en sortir. Tu es une survivante, une atrophiée de la vie. Mais par-dessus tout, tu les auras tous niqués en beauté, Elea O'Neil.

Si seulement elle savait.

Elle n'a jamais été aussi près de la vérité.

Chapitre 33

Aleksander

C'est l'heure. Le moment crucial où tout peut basculer.

Mon esprit est concentré, prêt à mettre en mouvement les pièces que j'ai soigneusement placées sur l'échiquier de cette soirée. J'ai toujours été obsédé par l'action, par les plans sans accroc, par l'anticipation des réactions et des gestes de mes adversaires. C'est ma manière de contrôler mon environnement, de garantir que tout se déroule comme je l'ai prévu.

Tout est en place, prêt. Il ne reste qu'une seule pièce du puzzle.

Elea.

À l'évocation de son nom, cette dernière apparaît en haut du grand escalier et descend les marches. Mes yeux se posent sur son corps, et pendant d'infimes secondes, le monde autour de nous ralentit.

Elle est tout simplement magnifique.

La robe en satin vert glisse sur ses courbes, mettant en valeur sa silhouette élancée. Ses cheveux roux sont relevés dans un chignon complexe, et seules ses deux mèches blanches bouclent gracieusement en encadrant son visage. Une aura de confiance et de détermination émane d'elle. Le tissu ondule légèrement à chaque pas qu'elle fait, capturant la lumière d'une manière presque magique.

Quand elle arrive à ma hauteur, je remarque que la couleur de la robe se marie avec délice à la couleur de ses yeux, créant un contraste saisissant. Nos regards se croisent enfin, et je suis ébloui par l'intensité du sien. Elle a traversé l'enfer, mais sa détermination, elle, est restée intacte.

— Tu es splendide, lui confié-je avec sincérité, incapable de cacher mon admiration.

Un léger sourire naît sur ses lèvres, et un éclat de fierté brille dans ses yeux. Elle a parcouru un si long chemin depuis notre première rencontre au dernier étage de la tour Stakhanov.

— Merci, Aleksander, répond-elle d'une voix douce.

Je la guide vers la voiture où mon chauffeur nous attend déjà. Sur le perron, Anton, Tasha et Constantin sont présents, leurs expressions sérieuses témoignent de l'importance de la soirée qui se profile devant nous tous.

Une fois que nous avons pris place à l'intérieur, la voiture démarre. Je sens la tension émanée d'Elea, assise à côté de moi. J'essaye de la rassurer, ce qui ne me ressemble pas.

— Tout va bien se passer.

— Mais bien sûr. Je vais… me retrouver dans la même pièce qu'un taré… qui n'a qu'une seule obsession… celle de me retrouver pour me massacrer. Je suis sûre que tout va bien se passer.

Je souris à la réplique acerbe et teintée d'ironie d'Elea, qui n'est tristement pas sans fondement. Les événements pourraient très mal tourner. Un seul grain de sable dans les rouages de mon plan et de nombreuses personnes meurent.

— Je n'ai pas l'intention de te laisser seule face à lui. Nous sommes une équipe, après tout.

— Une équipe ? Sérieusement ? Tu ordonnes et tu t'attends à ce que j'obéisse… je n'appelle pas ça être une équipe…

Son ton est tranchant. Ses paroles résonnent en moi, me rappelant sa nature indépendante et son désir ardent de ne pas se plier à l'autorité. Elle n'a pas idée de l'étendue de ma propre obsession pour elle, de la détermination que j'éprouve à l'idée de la posséder entièrement. Depuis notre rencontre, mon intérêt pour elle s'est transformé en quelque chose de plus complexe, un sentiment dépassant la simple obsession.

Je la regarde, un sourcil levé, tandis qu'elle continue de m'exprimer son mécontentement. Mon sourire s'élargit tout comme mon envie de la taquiner.

— Tu sais, il y a d'autres façons de travailler en équipe sans que cela implique ordres et obéissance. Parfois, c'est simplement une question de confiance et de coordination… Si tu as besoin de te détendre, je connais un moyen qui pourrait fonctionner.

Mon ton est bas à raison, presque confidentiel, mais le sous-entendu est évident. La tension sexuelle ne cesse de s'accumuler depuis que nous avons quitté le manoir. Mon désir pour elle déborde, et cette soirée ne fait qu'alimenter ce ressenti. Et bien que je doive me concentrer sur le plan, il m'est difficile d'ignorer les émotions qui bouillonnent à l'intérieur, attendant le bon moment pour exploser.

Elea ne répond plus, son regard tourné vers la circulation. La voiture glisse entre les voitures, et les lumières de la ville illuminent son visage. Je l'observe en silence pendant un moment, conscient que nous sommes à l'aube d'une épreuve cruciale. Les rues défilent les unes après les autres.

J'ai besoin de briser le silence, d'offrir à cette femme un peu de réconfort.

Putain de sentiments incontrôlables.

— Tu sais, le truc avec les soirées mondaines, c'est de les traiter comme un jeu. Plus tu sembles indifférente aux yeux des gens, plus ils deviennent obsédés par toi. En ce qui me concerne, je ne me soucie pas du tout de ce que pensent ceux qui y participent. Tu devrais faire de même.

Je lui adresse un clin d'œil complice, espérant que cela la fera sourire, ne serait-ce que l'espace d'un instant, avant que nous plongions dans la bataille qui nous attend. C'est peine perdue. Mon attitude est pathétique.

Malgré tout, je laisse ma main trouver sa cuisse et glisse mes doigts sous le tissu de sa robe, le long de sa jambe. Très vite, ma paume perçoit la chair de poule qui recouvre sa peau laiteuse. Je remarque qu'elle serre les cuisses, tentant de m'empêcher d'avancer plus haut. Je souris, appréciant sa volonté. Mes doigts poursuivent tout de même leur ascension, s'arrêtant juste avant d'atteindre le centre névralgique de son entrejambe. Je relève les yeux vers elle et nos regards se croisent.

— Je te dois un orgasme, non ? dis-je, une lueur de défi dans les yeux.

Les siens reflètent une certaine excitation. Je peux presque sentir la chaleur de son souffle sur mes lèvres.

Elle détourne alors la tête en direction du chauffeur. Je perçois son hésitation. Mon sourire s'étire de nouveau, sachant que l'interdit nous grise autant l'un que l'autre.

— Ne t'inquiète pas. Il faut juste que tu te retiennes de crier. Arthur est beaucoup trop concentré sur la route pour faire attention à nous, lui susurré-je à l'oreille, mes doigts exerçant une petite pression sur le tissu de son sous-vêtement.

Je passe cette barrière et viens frôler de la pulpe du doigt son clitoris. Ses jambes se tendent à l'exact moment où elle laisse échapper un léger râle sonore.

— Ne me force pas à te bâillonner, ça serait dommage qu'on ait un accident…

Son visage s'empourpre, pourtant elle ne s'arrête pas quand mon majeur s'insère en elle. Je pousse à mon tour un grondement quand les parois de son vagin se contractent autour de moi.

J'accole mon index à mon majeur pour rendre la pénétration plus intense. Elea s'arc-boute au fond du siège, de sorte à ressentir davantage de plaisir. Je me sens plus qu'à l'étroit dans mon pantalon.

C'est uniquement pour elle, cette fois.

J'aurai ma récompense plus tard, si tout se déroule comme prévu.

Les yeux clos, la tête contre le siège, mon feu sauvage se laisse transporter par les sensations. J'aime la voir ainsi, détendue et sensuelle.

Le rythme de mon doigté augmente, mes mouvements s'intensifient s'accordant à sa respiration.

Elle n'est pas loin de jouir, je le sais, je le sens. Savoir qu'elle va participer à cette soirée avec la preuve du plaisir que je lui ai donné m'emplit d'une satisfaction inédite.

D'un coup, son corps entier se raidit. Elle se mord les lèvres à tel point qu'une goutte de sang apparaît. Mes doigts sont emprisonnés par sa chair chaude et humide. L'orgasme l'a terrassée. Je sors enfin ma main d'entre ses jambes et, sous son regard ébahi, lèche mes doigts avec délice.

Un rire m'échappe face à son visage rougit par la luxure et la honte. Je lèche les perles de sang traînant jusqu'à son menton avant de l'embrasser avec fougue.

— Je ne suis pas sûr d'avoir envie de te laisser partir, *moy dikiy*.

Chapitre 34

Elea

« *Je ne suis pas sûr d'avoir envie de te laisser partir,* moy dikiy. »

Cette phrase prononcée par Aleksander après l'orgasme qu'il m'a donné dans la voiture tourne en boucle dans ma tête. Le souvenir de ce moment intime, de nos regards ardents et de la tension me fait frissonner malgré moi. Je me retrouve à revivre chaque détail, chaque sensation comme si nous nous trouvions toujours assis l'un à côté de l'autre en route vers la soirée.

Son invitation à sortir de la voiture me tire de ma rêverie. Je saisis la main qu'il me tend, sentant la chaleur de sa peau contre la mienne au moment où nos doigts s'entrelacent. Mes jambes tremblent toujours, l'effet de l'orgasme et de l'excitation continuant de parcourir mon corps tout entier. Je retiens ma respiration, espérant que l'humidité entre mes jambes n'ait pas taché ma robe.

La demeure qui se dresse devant nous est tout simplement époustouflante. Des hommes en costumes élégants accompagnent des femmes à la beauté saisissante. Tout, des voitures qui arrivent, au décor extérieur en passant par la tenue des convives, est empreint de sophistication. J'ai la sensation d'être en décalage, à la fois fascinée et déboussolée par cet univers auquel je n'appartiens pas.

Aleks agrippe mon bras pour me ramener à lui une fois encore. La sensation de son corps au milieu de tout ce monde est étrange, presque irréelle. Afin de ne pas perdre l'équilibre sur mes talons hauts, je place mon bras sous le sien pour me soutenir.

Au fur et à mesure de notre avancée, je peux sentir les regards curieux qui se posent sur nous et entendre la rumeur de notre arrivée se propager. Je n'ai alors plus qu'une envie : celle de m'enfuir loin d'ici. Inconsciemment, je recule mais suis arrêtée par la pression d'Aleksander sur mon bras dénudé. Anton, arrivé quelques minutes avant nous dans l'autre véhicule, se place à ma gauche.

Il ne peut rien t'arriver Elea, respire.

J'essaie de me ressaisir. Il est impératif que je fasse bonne figure dans ce rôle que je n'aurais jamais imaginé jouer avec lui.

Un homme s'approche, un air confiant sur la figure. Son costume élégant tend à accentuer son charisme naturel. Avec une familiarité chaleureuse, il étreint Aleksander, après que ce dernier s'est détaché de moi. Mon cœur bat un peu plus vite, lorsqu'ils se tournent tous deux vers moi.

— Je suis enchanté de vous accueillir dans ma demeure, mademoiselle, me déclare-t-il, un fort accent russe traînant dans la voix.

Je lui adresse un sourire discret pour le remercier.

Il s'adresse ensuite à Aleksander, sur le ton de la plaisanterie :

— Eh bien, tu as choisi une belle chienne. Et bien éduquée à ce que je vois. Je les aime encore plus quand elles se taisent.

Mes sourcils se haussent suite à sa remarque, mais je garde mon calme. Aleksander, quant à lui, lui répond d'une voix presque mielleuse :

— Veille à ne pas manquer de respect à ma compagne, Grigoriev. Nous nous entendons bien pour l'instant. Ce serait dommage que nos relations pâtissent de ton manque de discernement, non ? Après tout, tu étais un ami de mon père.

L'autorité incontestable dans les paroles d'Aleksander est une démonstration de pouvoir et de confiance. L'homme, visiblement surpris par la tournure des événements, ajuste son attitude, son sourire taquin cédant la place à une réserve plus formelle.

— Excuse-moi, je ne savais pas que tu… étais du type à avoir une relation sérieuse.

Je garde le silence telle une épouse obéissante, observant cette confrontation subtile. Je comprends maintenant pourquoi chaque détail de cette soirée est important, pourquoi chaque acte doit être minutieusement calculé.

En réalité, si l'on prend un peu de recul, personne n'est ami ici. Chacun des convives a la capacité de planter un couteau dans le dos d'un autre, à n'importe quel moment.

Un applaudissement lent s'élève soudain de la foule, attirant mon attention. Quand je repère l'origine de ce bruit, mon cœur rate un battement. Kellyan Kelly.

Il est là.

L'homme qui a causé tant de souffrances dans ma vie, qui a pris mon père en otage, qui a enlevé ce qu'il y a de plus important à mes yeux. Même si je m'y étais préparée, le fait d'être en face de lui me saisit d'horreur.

L'air se pare d'électricité. Kellyan s'approche de nous avec une lenteur calculée, son sourire glacial entrant en contraste avec l'intensité de son regard.

— Eh bien, je suppose que des félicitations sont de rigueur, déclare-t-il d'une voix posée, presque dénuée d'émotions.

Ses mots masquent une menace voilée, une sorte avertissement implicite. Je peux sentir la compétition qui existe entre lui et Aleksander juste à la manière dont ils se tiennent, leurs corps témoignant d'une rivalité bien plus profonde que je ne peux l'imaginer. Mes sens sont en alerte, et je suis prête à réagir à la moindre menace.

L'hôte de la maison interrompt la bataille silencieuse qui se joue devant lui :

— Pas de bagarre ce soir, messieurs.

Sa voix résonne dans l'air, imposant une limite claire à l'agitation qui menaçait de dégénérer. Kellyan, bien que visiblement furieux, se retire sans une parole supplémentaire.

L'ami d'Aleksander adresse ensuite un sourire rassurant à la foule, et nous annonce qu'il doit aller saluer les nouveaux arrivés.

Je sens le besoin impérieux de reprendre mon souffle, de rassembler mes pensées. Je tire doucement sur la veste d'Aleksander de sorte à attirer son attention sans nous faire remarquer davantage. Il me considère du regard, après quoi je lui adresse un signe discret en direction des vestiaires. Il comprend tout de suite ma demande et acquiesce.

Je m'éclipse en direction des toilettes, me frayant un chemin à travers les invités qui papotent et rient, inconscients de ce que je traverse.

Une fois à l'abri, j'inspire profondément, laissant mes émotions s'éclipser. Mon reflet dans le miroir me rappelle à quel point cette soirée est cruciale, à quel point je dois garder mon sang-froid et jouer mon rôle.

— Enfin seuls, toi et moi, salope.

Je fais volte-face et mon cœur se serre quand je pose les yeux sur la silhouette de Kellyan. Je ne l'avais pas entendu se faufiler derrière moi.

Mon instinct me pousse à reculer, mais mon bassin rencontre la vasque du lavabo. Je tente de masquer ma peur, de ne pas lui montrer qu'il a encore du pouvoir sur moi. Mes mains se crispent sur le rebord du meuble, et je force un sourire à son intention. Malgré la panique qui s'infiltre sous chacun des pores de ma peau, j'essaie de garder mon calme.

Kellyan, quant à lui, continue de s'approcher. Sa présence oppressante emplit naturellement tout l'espace autour de nous.

Refusant de fléchir devant lui, je redresse le menton et choisis d'afficher une lueur de défi, malgré mes tremblements.

— Tu es ravissante, mon cœur. Mais je trouve qu'il te manque des couleurs.

Sa voix me parvient comme un écho lointain de ma captivité passée. Ma respiration se bloque, mais je lutte pour garder une expression impassible. Je ne veux pas lui donner la satisfaction de voir à quel point il me perturbe.

Son geste violent me prend par surprise lorsqu'il attrape mon menton d'une poigne brutale. Sa main est froide et implacable contre ma peau et son regard malsain me transperce de toute part.

— Reviens à la maison, mon petit oiseau, laisse cette mission stupide derrière toi. Tu n'as plus besoin de te comporter comme une pute. Laisse le Croque-Mitaine. Je m'occuperai personnellement de lui.

Ses mots transpirent un mépris infâme, me confirmant la haine qu'il ressent à l'égard d'Aleksander.

Prise d'une audace que je ne me connaissais pas, je lève mon bras avec détermination en même temps que mes doigts forment un poing serré. Après quoi, je lui décoche un semblant d'uppercut en pleine mâchoire. Le bruit de l'impact en est presque captivant. La surprise que provoque ce geste qu'il n'avait pas vu venir se lit dans ses yeux.

Je profite de cette ouverture inattendue pour agir. Mon pied entre en contact avec son entrejambe le faisant basculer en arrière et chuter. Une vague d'adrénaline s'empare de moi, une sensation que je n'avais jamais imaginée ressentir face à lui.

Son visage est marqué par l'étonnement et la colère. De mon côté, je reste debout, haletante, et le dévisage. Mon corps tremble encore de cette confrontation dont j'ai tiré avantage.

De nouveau, j'ose lui résister mais c'est la première fois que j'ose me défendre.

Tasha avait raison.

Je suis une survivante.

Chapitre 35

Aleksander

Tout ne se passe pas comme prévu, bordel !

L'attente est interminable. Chaque minute qui s'écoule se charge d'un peu plus de pression. D'un naturel peu inquiet, je dois reconnaître qu'à ce moment précis, mon niveau de préoccupation est assez élevé. Je n'aime pas savoir Elea loin de moi, exposée et vulnérable à tout danger. Mon regard est rivé sur la porte, guettant son retour avec une impatience croissante, alors que je devrais être concentré sur la discussion qui se tient. Je sirote mon verre avec une distraction non feinte, mes pensées tournoyant toujours autour d'elle.

Je jette un coup d'œil à mon téléphone. Ne voir aucun message de la part de Sergueï sur mon écran me tend particulièrement. Il devrait déjà être dans le jet de retour avec le père d'Elea. L'équipe de secours est partie la veille pour avoir le temps de faire l'aller-retour. Les communications ont été coupées pour éviter que le traître ayant déposé le cadeau macabre dans la chambre d'Elea ne puisse contrecarrer notre plan.

— Aleksander, je crois que nous avons besoin de votre attention ici, m'interpelle M. Thompson, d'un ton poli.

C'est un homme d'affaires influent dont le soutien financier est crucial pour mon entreprise. Il est assis en face de moi, au côté de sa femme, une dame élégante et raffinée à l'extérieur mais extrêmement sadique dans l'intimité ; j'ai découvert il y a longtemps que les demandes *particulières* de son mari étaient souvent influencées par elle. Ces demandent convergent toutes vers une même chose : des jeunes hommes majeurs qui, généralement, ne réapparaissent pas.

Je leur adresse un sourire contrit.

— Mes excuses. Reprenons, où en étions-nous ?

Mme Thompson m'adresse un sourire gracieux, mais je décèle une lueur d'amusement dans son expression. C'est une femme astucieuse, habituée aux subtilités des relations sociales.

— Ne vous inquiétez pas, Aleksander. Nous comprenons que vous ayez des préoccupations en ce moment même.

Je lui adresse un signe de tête reconnaissant, puis me tourne vers M. Thompson pour reprendre la discussion sur mes projets d'expansion.

— En ce qui concerne notre projet de diversification d'activités, nous avons identifié plusieurs opportunités prometteuses dans le secteur technologique, lui expliqué-je, exposant les détails de notre stratégie.

Il pose quelques questions plutôt pertinentes, démontrant son intérêt pour les détails opérationnels. Pendant ce temps, je veille sur la porte, guettant le retour d'Elea.

— Et quelles sont vos prévisions pour la rentabilité à court terme ? me questionne Mme Thompson.

Putain, enfin !

Elle apparaît dans l'encadrement de la porte. Au même moment, ma respiration se bloque et je suis submergé par le soulagement. Elle est de retour, indemne. Cependant, son expression troublée ne m'échappe pas.

— Je vous prie de m'excuser, je dois aller rejoindre ma femme.

Je bondis presque de ma chaise, l'urgence de la situation prenant le pas sur le reste. Quand elle m'aperçoit à son tour, Elea se précipite vers moi et tente de me prendre dans ses bras. D'abord un peu surpris, je finis par me laisser faire, abandonnant toutes mes défenses. Je croise le visage d'Anton qui me lance un regard d'incompréhension.

Peu m'importe dorénavant.

Du bout de l'index, je relève sa tête vers moi, pour l'observer de plus près. Des traces rouges s'étalant au niveau de sa mâchoire me sautent alors aux yeux. Une fureur sourde m'ébranle à mesure que mon calme apparent s'effrite.

— Elea, qu'est-ce qui s'est passé ? lui demandé-je, tendu.

Mes mots traduisent un besoin de savoir qui lui a fait ça. Mon désir de la protéger est plus féroce que jamais ; personne, en dehors de moi, n'est autorisé à s'en prendre à elle aussi impunément.

On ne touche pas la femme du Croque-Mitaine.

Ce titre n'est pas anodin. Je l'avais prévenue à ce sujet : au cours de cette réception, Elea passera pour ma compagne. Il semblerait toutefois que je n'ai pas mesuré l'importance que cette appellation lui conférerait à mes yeux.

Je me focalise de nouveau sur elle. Cette femme est mienne, et je vais m'assurer que tout le monde le sache.

Kellyan émerge également des toilettes, les traits tirés par la colère.

— Où est cette pute ? gronde-t-il de manière agressive.

Sa pommette gauche présente une teinte violacée. Je fais vite le rapprochement entre lui, Elea et les toilettes d'où ils reviennent tous deux.

Je vais le buter.

J'ai la preuve évidente qu'Elea a réussi à le blesser. Elle s'est défendue, comme nous le lui avons appris.

Une lueur de fierté et de respect scintille au plus profond de mon être pour le feu intérieur de cette femme aux cheveux roux.

Mais sa pommette violacée me rappelle que je n'ai pas été là pour la protéger, contrairement à ce que je lui ai promis. Les ténèbres en moi remuent, mécontentes.

Quand Kellyan pose les yeux sur Elea, son rire méprisant résonne dans la pièce.

— La bonne chienne qui revient aux pieds de son maître… Pathétique.

La manière dont il se moque d'elle et tente de la rabaisser ne fait que renforcer ma colère latente.

— Tu ne vois même pas à quel point elle est en train de t'enculer, Stakhanov, ricane-t-il.

Ses paroles sont déconcertantes, mais en cet instant, elles ne m'intéressent pas. Tout ce que je veux, c'est réduire cet homme à l'état de poussière pour avoir osé poser les mains sur ce qui m'appartient. Sur mon obsession. Sur Elea.

Un incendie brûle dans chaque partie de mon corps. Il a franchi la ligne et il doit payer le prix de sa violence. Ma colère se transforme subitement en rage destructrice.

— Je vais réparer mon manquement, respecter ma promesse, chuchoté-je à Elea. Reste avec Anton.

Les bruits dans le grand salon où se tient le dîner me semblent lointains, étouffés par l'adrénaline qui pulse dans mes veines.

Kellyan me fixe tout sourire, or je ne lui laisse pas le temps d'émettre la moindre remarque énigmatique. Mon poing rencontre sa mâchoire et un combat brutal s'engage. Nos mouvements sont rapides, puissants, motivés par une détermination sans faille. Les cris des invités s'élèvent dans la pièce, mêlant de faibles encouragements et une forte indignation devant la violence du spectacle.

Pourtant, rien de tout cela ne parvient à m'atteindre. Mon esprit est focalisé sur un seul objectif : faire payer ce chien d'Irlandais.

Les coups de poing résonnent. Le sang jaillit de l'un de nous, tachant ma chemise blanche et mon visage. Ma vision se colore de rouge, mais je continue de frapper, porté par la rage. Chaque impact de ma part est une libération, une vengeance pour toutes les souffrances qu'il a infligées à mon obsession.

J'attends un craquement sec venant de son bras après un énième coup de ma part. Je lui saisis les cheveux, le forçant à faire face à sa défaite imminente.

— Le bras, c'est pour te faire comprendre que tu ne la toucheras plus jamais, grogné-je d'une voix rauque.

Je le lâche sèchement. Incapable de se tenir droit, Kellyan tombe à même le sol. D'un geste rapide, j'enfonce mon pouce dans son œil, lui arrachant un hurlement de douleur. Il gît là, impuissant. Mon visage est si près du sien que je sens son souffle erratique.

— Ton œil, c'est pour te faire comprendre que plus jamais tu ne poseras tes yeux de porc sur elle.

Mon triomphe est tonitruant.

Kellyan Kelly n'est plus rien d'autre qu'un homme brisé et humilié, payant pour chacun de ses actes abominables.

— La seule raison pour laquelle je te laisse en vie ce soir, c'est parce que cette femme mérite de te trancher la gorge elle-même, espèce de bâtard.

Mon souffle est court, ma poitrine se soulève violemment au rythme de l'adrénaline qui inonde mon système nerveux.

— Le spectacle est terminé ! annoncé-je à la cantonade.

La pièce se plonge dans un lourd silence, interrompu par les cris d'horreur et de surprise de certains et les murmures de satisfaction d'autres en voyant le corps de Kelly.

À travers la foule qui m'entoure, Elea se tient là, le regard droit sur moi. Elle ne semble pas horrifiée, ni même choquée. Plutôt soulagée.

Sexy et prédatrice à la fois, elle fend les convives qui commencent à s'éloigner, et s'approche en roulant des hanches avec une confiance affirmée. J'admire la façon dont elle se dirige vers moi.

Elea jette un regard méprisant au corps de son véritable mari, étendu au sol, à sa merci. Sans la moindre hésitation, elle lui crache dessus.

Je glisse mes bras autour de sa taille, attirant son corps contre le mien. Son parfum enivre mes sens, et le désir s'insinue de nouveau en moi.

Un léger bip annonçant l'arrivée d'un message me pousse à consulter l'écran de téléphone.

On vient d'atterrir au domaine, le médecin vient de prendre en charge le Passeur. Mission accomplie.

Je trouve immédiatement ses lèvres avec ardeur. Ce baiser est un mélange de soulagement, de triomphe et de passion.

— Rentrons à la maison, *moy dikiy*. J'ai une surprise pour toi.

Chapitre 36

Elea

L'excitation et l'adrénaline des événements de la soirée continuent de pulser dans mes veines quand je franchis le seuil de la maison d'Aleksander. L'atmosphère autour de nous est électrique, imprégnée de la soirée qui vient de s'achever. Ma nervosité ne m'a pas quittée, se mêlant à présent à un sentiment d'impatience.

Est-ce qu'il va bien ?

Que lui a-t-on fait subir ?

La maison est calme, loin de l'effervescence qui régnait, il y a quelques heures à peine, à la réception de Grigoriev. Chacun de mes pas résonne dans le hall, dont le son semble s'amplifié par les pensées tourbillonnantes qui assaillent mon esprit. Je sais que Serguei et son équipe étaient censés récupérer mon père pendant que nous étions à la réception. Or, l'incertitude me ronge. Sur le chemin du retour, Aleksander n'a pas dit un mot à ce sujet, trop occupé à pianoter de manière compulsive sur son téléphone et à prendre appel sur appel où il ne discutait qu'en russe.

Il me faut des réponses, là, tout de suite.

Je me retourne vers lui après que nous ayons rejoint le salon, pour le découvrir une fois de plus en pleine communication. Réalisant que nous sommes à l'abri, il raccroche, et j'ose enfin poser la question fatidique, avec une nervosité à peine dissimulée dans la voix :

— Mon père ? Je t'en supplie… dis-moi qu'il est ici…

Son expression hésite entre retenue et amusement, et je ressens une certaine frustration face à son mutisme. Il me prend la main, un geste rassurant qui se veut être un soutien silencieux.

— Je t'ai promis une surprise, n'est-ce pas ?

Ses mots comportent une note de déception.

Mes sentiments sont à vif, ma respiration s'accélère tandis qu'il me guide vers une partie inconnue du manoir. Mon cœur tambourine contre ma cage thoracique, alors que chacun de mes pas me rapproche de la révélation. Finalement, c'est la salle d'examen du médecin qui s'ouvre devant nous. À hauteur du chambranle, je m'arrête net, mon souffle coincé dans ma gorge.

Puis, une explosion de joie et de soulagement s'empare de moi. Mon père est là, vivant, devant moi. Son visage est pâle et meurtri, ses yeux portent les stigmates d'une souffrance qui n'a que trop duré. Les larmes embuent instantanément mes yeux lorsqu'il me voit.

Papa !

Sans réfléchir, je me précipite vers lui, mes jambes presque incapables de me porter assez vite vers ses bras tendus. Des larmes de joie, de soulagement et de tout ce que j'ai contenu pendant trop longtemps coulent désormais librement le long de mes joues. Je l'enlace, cherchant presque à l'aspirer comme pour me confirmer que sa présence est bien réelle.

— Mon bébé, ma fille… calme-toi, tout va bien, me berce-t-il doucement.

Il est là, c'est réel.

Ses bras sont refermés autour de moi, faibles mais chaleureux, et il me chuchote des mots doux, des paroles qui ne sont que pour nous deux comme le ferait un père à sa fille. Le monde entier disparaît alors et je me blottis davantage contre lui, mes larmes commençant à tremper son épaule. Mon cœur bat enfin à l'unisson du sien, la douleur de la séparation tend à s'estomper peu à peu face à nos retrouvailles.

J'éprouve un sentiment de sécurité enveloppant tout mon être, là auprès de mon père. Je finis par me reculer d'un pas ou deux et accroche mon regard à son visage, assoiffé d'enregistrer les souvenirs de cet instant. Sa voix brise toutefois le silence, nous ramenant lui comme moi dans le présent, au milieu du cabinet médical.

— Comment vas-tu, ma chérie ?

Ses yeux sont marqués par l'inquiétude propre à celle d'un père.

Je resserre à nouveau mon étreinte sur lui, savourant chaque seconde de sa présence à mes côtés. Je tente de le rassurer d'une voix douce, emplie d'une affection profonde et d'une sincérité absolue.

Puis, je me tourne et m'aperçois qu'Aleksander a quitté la pièce.

— Ne t'en fais pas pour moi, papa. Ce soir, je veux juste te voir, entendre le son de ta voix. J'ai passé trop de temps à me préoccuper de moi. Parle-moi, dis-moi que tu vas bien.

Une larme solitaire trace son chemin sur sa joue, et je l'essuie doucement du pouce.

— Je n'ai pas besoin de te cacher la vérité, Elea. J'ai vécu l'enfer enchaîné dans cette cave à la merci de Kellyan. J'ai attendu chaque jour, dans la peur qu'il te tue.

— Pourtant, tu m'as caché des choses. Qui est le Passeur ? Comment connais-tu Aleksander ?

Il soupire. Son expression oscille entre regret et hésitation. Ses yeux rencontrent les miens, et je peux voir une multitude d'émotions le traverser.

— Elea, c'est compliqué. Et dangereux. Tu ne devrais pas être mise au courant de tout ça. C'est pour ta sécurité, pour ton bien, ma chérie.

Je sens la colère poindre le bout de son nez. L'accumulation de tant d'années de mensonges et de mystères ont fini par nous mener à cette situation. Kellyan, le Passeur, les jeux de pouvoir qui ont façonné nos vies, Aleksander… L'heure n'est plus aux secrets ni aux non-dits désormais.

— C'est justement parce que tu as gardé tant de choses cachées que nous en sommes là, papa. Cette dernière épreuve que nous avons traversée aurait pu être évitée si tu avais été honnête dès le début.

Je le fixe avec intensité. Le désir de comprendre, de connaître enfin les véritables raisons de toute cette situation me brûle la gorge. Mon père hésite, encore, puis cède enfin à mon insistance.

Il se dirige vers deux chaises présentes dans la salle médicalisée et m'invite à m'y asseoir, à côté de lui.

— Dans ma jeunesse, j'ai travaillé pour la *Réalta dubh*. C'était une vie sombre et dangereuse, que je ne souhaite à personne aujourd'hui. Mon rôle, en tant que passeur, était de faire passer des esclaves de pays en pays, sans que personne pose de questions pour le compte du père de Kelly, bien avant que son fils se joigne à lui. Je trouvais des faux passeports, des fausses identités, des itinéraires parfaits. Pendant un de mes déplacements, avant que tu viennes au monde, j'ai rencontré la mère d'Aleksander. À l'époque, elle était… Elle était déjà liée à l'homme le plus craint de Russie, Boris Tsariov. Aleksander était son fils à elle mais pas celui de Boris. C'est, pour ainsi dire, un bâtard.

Les mots me frappent par leur violence.

Est-ce donc ça, le grand secret du Croque-Mitaine ?

— C'était un gamin en colère contre le monde entier, poursuit-il. Il subissait des choses, Elea, qu'un homme ne devrait jamais infliger à un autre. Je pense que Tsariov punissait Yéléna à travers Aleksander. Mais il y a une chose qui impressionnait Tsariov : c'était l'intelligence de son bâtard. Déjà très jeune, il manipulait les ordinateurs avec une facilité déconcertante.

— Je l'aimais bien, Yéléna, elle trouvait de l'espoir n'importe où et… Et je crois sincèrement que si les circonstances avaient été différentes, il y aurait pu y avoir quelque chose entre nous. Mais nous nous sommes perdus de vue, et j'ai rencontré ta mère. Quelques années plus tard, Yéléna m'a contacté. Elle avait besoin d'aide pour s'échapper de l'enfer que lui faisait vivre Tsariov. Et j'ai fait ce que je devais faire, ce que je pensais juste. Pour la sauver elle, et son fils de quinze ans. J'avais déjà quitté cette vie de criminel, au moment de ta naissance. Mais je devais venir en aide à cette femme pour qui j'avais un jour eu des sentiments. Je devais faire table rase du passé… Aleksander, pendant notre fuite, a été d'une aide précieuse. Il désactivait les caméras de chaque lieu public quand nous changions de pays. Nous avons réussi à en traverser cinq au total avant que le Muet réussisse à nous mettre la main dessus. Aleksander a négocié pour que sa mère soit saine et sauve et moi… Je devais revenir auprès de toi. Passer une année sans te voir a été un enfer.

Les mots de mon père résonnent au-dessus de nous, comme les pièces d'un puzzle qui commencent enfin à s'emboîter les unes aux autres. Le Passeur, le lien avec Aleksander, tout se mélange dans ma tête, créant la toile complexe de vérités et de mensonges qui a façonné ma vie.

— Il est au courant ? murmure soudain mon père, son regard scrutant mon visage en quête de réponses.

Une sensation de terreur me submerge.

— N… Non, je ne peux pas le lui dire. Je n'ai même pas réussi à mener ma mission à bien… comme tu le vois.

Je ne peux pas lui révéler la vérité, lui dire à quel point je suis liée à Kellyan. Pas maintenant.

Mon père fixe ma main, et je réalise alors la marque de la cicatrice au milieu de ma paume. La cicatrice, souvenir du coup de couteau donné par Aleksander. Un sentiment de gêne m'envahit. Je suis incapable de révéler à mon père la manière dont cela s'est produit. À la façon dont il parle d'Aleksander et de sa mère, un certain respect transparaît dans ses paroles. Comment pourrais-je lui annoncer que sa fille chérie a été poignardée par le dangereux Aleksander, avant de se laisser baiser par lui de son plein gré ?

Putain, je suis dans la merde.

Mon père reste silencieux, me scrutant d'un air soucieux.

— Ce n'est rien, ne t'inquiète pas. Aleksander m'a donné des cours autodéfense et…

Et une sacrée fessée…

— Je me suis blessée, dis-je précipitamment.

Mon père esquisse un sourire timide, mais ses yeux trahissent une inquiétude plus profonde. Je me décide à le rassurer et évite avec soin de lui révéler l'étendue de mes problèmes. Après tout, il a déjà traversé l'enfer, nul besoin de lui ajouter un fardeau supplémentaire en lui avouant les sombres secrets de ma relation.

— Papa, je t'assure que tout va bien.

Mon père me regarde avec une tendresse infinie.

— On va rester ici quelques jours, le temps que je reprenne des forces et je te promets qu'après on disparaîtra, toi et moi, comme avant.

Je lui souris mais je ne ressens pas de bonheur à cette promesse.

Lui et moi, ça n'existe plus.

Chapitre 37

Aleksander

J'émerge de la salle de bains, ma chemise blanche soigneusement boutonnée. Tasha est là, debout, et m'attend en silence. Elle me suit comme mon ombre jusqu'à mon bureau, où je me sers un verre avant de le boire cul sec.

— Maintenant, tu vas faire quoi ? me demande-t-elle, curieuse.

Je passe une main dans mes cheveux, essayant de rassembler mes pensées. Le retour du père d'Elea a ouvert une boîte de Pandore, d'où s'est échappée une multitude de questions et de dilemmes auxquels je n'étais pas préparé.

— Je ne sais pas encore, avoué-je, une pointe de frustration dans la voix. Tout est devenu bien plus compliqué que je ne l'aurais imaginé.

— Ne laisse pas les sentiments t'aveugler, Aleksander. Tu sais ce que tu dois faire. Respecte le plan !

Elle a raison sur toute la ligne. Mais il y a une part de moi, une part que j'ai longtemps réprimée, qui refuse d'accepter que je puisse perdre Elea. L'obsession qui me dévore depuis notre première rencontre a évolué en quelque chose de plus complexe, de plus profond. Et maintenant, je dois faire un choix entre mon désir et ce que je ressens réellement à son égard.

Je me surprends à serrer les poings, à ressentir cette colère qui bouillonne en moi face à ce dilemme. Je ne peux pas laisser le père d'Elea l'emmener loin de moi, je ne peux pas la perdre.

— Je l'ai juste baisée, tu sais. Je ne suis pas amoureux d'elle, Tasha. Ne prends pas mes jeux de manipulation pour de l'amour, je te prie.

— Tu l'as quoi ?

La voix du Passeur claque tel un fouet à travers mon bureau, faisant sursauter Tasha. Ce dernier s'approche de moi avec fureur. Ma seconde bondit du canapé pour l'intercepter.

— Calmez-vous, Kenan ! C'est arrivé parce que nous cherchions à vous retrouver. Nous avions besoin d'informations, rien de plus…

— Rien de plus ? Tu crois que tu peux profiter d'elle comme tu le fais avec tout le monde, Aleksander ?

Je serre les dents et contient, tant bien que mal, mon énervement. Elea m'en voudra si je frappe son père. Tout comme ma mère, si elle venait à l'apprendre.

— Elle était consentante chaque fois que ça s'est produit !

Kenan essaye d'avancer, mais Tasha n'a de cesse de le repousser.

— Ne me parle pas de consentement, Aleksander. Tu es un prédateur, un manipulateur.

— Vous n'avez pas de leçons morales à me donner, il me semble !

— J'ai sauvé ton cul maigrichon à de nombreuses reprises et tu oses aujourd'hui poser tes sales mains de psychopathe sur ma fille ? hurle-t-il.

Les veines de son front et de son cou ressortent sous l'effet de la rage. Il est de plus en plus difficile pour Tasha de le retenir.

— Je sais ce que tu fais aux femmes qui partagent ton lit ! Et je refuse de retrouver mon enfant avec la gorge tranchée parce que ton obsession pour elle se sera éteinte, tu m'entends ?!

Je reste calme, même si étrangement l'idée de voir la si belle gorge d'Elea tranchée me révulse.

— Qui vous dit qu'elle m'obsède ?

— Tu vas la briser, je te connais.

Non. J'aime bien trop le feu qui brûle en elle.

— Vous avez si peu d'estime pour votre fille que c'en est affligeant…

— Ça suffit, tous les deux, s'époumone Tasha.

Dans une dernière tentative, elle repousse avec force Kenan qui tombe à terre.

— Toi aussi, me sermonne-t-elle en me pointant du doigt quand je fais mine de m'approcher. Vous faites n'importe quoi !

Le père d'Elea se relève en vacillant, non sans me lancer un regard plein de menaces.

— Si tu la touches encore une fois, je te tue, le Russe, c'est bien clair ?

— Essayez donc, pour voir, fanfaronné-je.

La confrontation entre le père d'Elea et moi-même est sur le point de dégénérer à tout moment, malgré le fait que Tasha tente encore de maintenir un semblant de contrôle sur la situation.

— T'es un enfoiré, un menteur, un…

Je me tourne en direction de la porte. Le murmure d'Elea résonne dans la pièce. Sa voix, chargée de déception et de tristesse, s'infiltre au plus profond de moi. Mes paroles, prononcées avec tant d'assurance, semblent soudain creuses et vides.

Elle claque la porte et s'enfuit.

Son départ laisse planer un étrange silence dans la pièce, comme si tout avait été brutalement suspendu.

— Répare ça maintenant, Croque-Mitaine, ricane Kenan, avec sarcasme, avant d'ajouter amer : Elle ne t'appartiendra jamais, petit bâtard.

Je quitte à mon tour la pièce précipitamment dans l'espoir de la récupérer. Mais le couloir est désert. Je tourne à gauche pour rejoindre l'aile est du manoir et finis par la repérer, adossée à un mur, les bras croisés, des larmes coulant le long de ses joues. Elle détourne le regard au moment où elle me voit approcher.

Je m'arrête à quelques pas d'elle et m'accroupis à sa hauteur.

— Elea, je…

Ma voix est rauque, hésitante. Je n'ai pas les mots pour expliquer mes actions, mes sentiments pour elle. J'ai beau être habitué à manipuler mon monde et ceux qui en font partie, à contrôler les émotions, je suis complètement désemparé face à elle.

Elle tourne la tête vers moi. Ses traits sont marqués par la colère, mais je perçois également de la tristesse et de la confusion. Je m'approche doucement, pour ne pas l'effrayer, craignant de faire un geste de trop.

Ses yeux rougis par les larmes transpercent mon cœur.

— Pourquoi, Aleksander ? Pourquoi as-tu tué toutes ces femmes ? Est-ce que j'étais la prochaine sur ta liste ? murmure-t-elle douloureusement.

Je prends une profonde inspiration. Elle peut supporter la vérité.

Ma vérité.

— J'ai des obsessions, Elea... Ces femmes... celles qui ont croisé mon chemin, elles ont éveillé en moi quelque chose de... malsain.

Ma voix est grave. Mes pupilles cherchent dans son regard une quelconque réaction. Les ombres dans le couloir dansent autour de nous, et se font le reflet de l'ambiguïté de nos émotions.

Elea, elle, reste silencieuse. Je peux presque entendre les engrenages de ses réflexions tourner tandis qu'elle tente de digérer ces informations. Ses traits laissent passer surprise, incompréhension et recherche de vérité.

— Mais pourquoi ? Pourquoi faire ça ? demande-t-elle enfin, après de longues secondes d'un silence accusateur.

Je détourne les yeux un instant, fixant un point invisible sur le sol. Comment pourrais-je expliquer l'inexplicable, les méandres de ma psyché torturée ? Comment lui faire comprendre la complexité de mes désirs et de mes obsessions ?

— Ce n'est pas si simple à expliquer, Elea. Ces obsessions, elles étaient... elles sont un moyen de contrôler une part de moi que je ne saisis pas, que je ne peux pas maîtriser. Et en éliminant ces femmes, je me suis persuadé, avec le temps, que je pouvais éliminer ce côté sombre, cette partie de moi remplie de ténèbres.

Je relève les yeux pour rencontrer son regard. Les émotions qui se reflètent dans ses prunelles sont difficiles à déchiffrer.

— Et moi ? Tu n'as pas répondu à ma question. Est-ce que j'étais la prochaine sur ta liste ? C'est pour ça que tu as égorgé la femme dans ta chambre l'autre jour, c'est ça.

Elle se recroqueville un peu plus sur elle-même, dans l'attente d'une réponse de ma part.

— Tu ne confortes pas mes ténèbres, *moy dikiy.* Chaque jour à tes côtés ne fait que les détruire un peu plus parce que… parce que tu brûles d'une énergie incomparable. Je n'ai jamais ressenti ça, jusqu'à présent.

Je m'approche encore, jusqu'à ce que la distance entre nos deux corps ne soit plus que de quelques centimètres. Je la sonde, cherchant à lire ce qu'elle pense, ce qu'elle ressent, à rétablir cette connexion profonde qui nous unit.

Mes doigts se déplient pour venir effleurer sa joue. Sa peau pâle est douce au contact de mes doigts. J'ose à peine respirer, craignant de rompre le fragile équilibre qui s'est instauré entre nous.

— Je ne peux pas te jurer que tout sera facile, que je ne commettrai plus d'erreurs. Mais je peux te promettre une chose, Elea : si tu acceptes de rester avec moi, je ferai tout ce qui est en mon pouvoir pour te protéger et obtenir tout ce que tu désires. Si tu refuses, je resterai dans l'ombre, traquant tous tes ennemis pour que tu aies une vie paisible. Parce que même si tu ne veux pas de moi, jamais mon obsession pour toi ne disparaîtra.

Chapitre 38

Elea

« *Elea, jamais mon obsession pour toi ne disparaîtra.* »

La phrase d'Aleksander tourne en boucle dans ma tête depuis des heures. Il n'empêche que je reste partagée entre la colère, la confusion et des sentiments que je n'arrête pas de refouler pour cet homme.

Mon esprit a choisi bien avant moi. Je me suis rendu compte en retournant dans ma chambre que j'avais réussi à m'exprimer avec aisance, sans éprouver de difficulté à l'idée d'aligner les mots. Mon mutisme n'est plus, ou du moins presque plus. Mais pourquoi ?

Pourquoi rendre tout compliqué ?

La nuit a été agitée. Les souvenirs de nos échanges violents, de nos paroles acerbes, tout cela m'a assaillie au fil des heures, me tenant éveillée contre mon gré. Pourtant, les tourments de mon esprit ne sont pas parvenus à masquer le poids de l'attirance que j'éprouve pour lui.

En enfilant des vêtements propres, j'essaie de mettre de l'ordre dans mes pensées. Je sais que je dois questionner Aleksander, au sujet de cette phrase énigmatique.

J'ai besoin de savoir.

Quand je descends dans les pièces communes, je le trouve déjà assis à la table du petit déjeuner, dans la cuisine. Il se dresse en entendant mes pas. Malgré tout ce qui s'est passé, il y a quelque chose en lui qui me retient, qui me trouble.

Je m'approche, hésitante, cherchant les mots justes pour entamer cette conversation difficile.

— Tu as dit que ton obsession pour moi ne disparaîtra jamais. Que veux-tu dire par là ?

Je n'ai plus le temps pour les subtilités. Autant aller droit au but. Sa voix, presque apaisante, me répond calmement :

— Ce que je veux dire, Elea, c'est que tu as un pouvoir sur moi. Un pouvoir que personne n'a jamais eu. Pas même ma propre mère qui parvenait à calmer mes obsessions. Peu importe ce que j'essaie de faire, tu hantes mes pensées, mes actions. C'est comme si tu avais gravé ton image sur ma peau et dans ma tête.

Je fronce les sourcils, déchiffrant avec peine les émotions qui l'habite. Est-il sincère ? Ou est-ce simplement une autre tentative de m'amadouer pour me mettre dans son lit ?

— Tu prétends que c'est de l'obsession, mais c'est peut-être simplement une sorte d'attraction maladive, une dépendance à laquelle tu refuses de faire face, rétorqué-je, amère.

Il ne semble pas se laisser démonter par ma réaction.

— Peut-être est-ce les deux à la fois, Elea, admet-il. Mon passé est sombre, tu le sais. Mais quand je te regarde, quand je te touche, quand je t'embrasse… il y a une lueur d'espoir qui s'éveille dans mon corps. C'est terrifiant et magnifique à la fois. Dans ces moments-là, j'ai envie de t'enfermer et de te garder près de moi, de tuer tous les hommes qui oseraient penser à toi. Il n'y a rien de sain dans cette envie, mais la question qui m'obsède est : que ressens-tu, toi ?

Sa demande me déstabilise. Je lutte pour conserver une expression impassible, pour ne pas me laisser entraîner par ses paroles troublantes. Pourtant, une partie de moi veut croire qu'il y a plus en lui qu'un simple manipulateur. Peut-être qu'il est aussi complexe que je le suis, qu'il lutte avec des démons plus grands que lui tout comme je le fais avec les miens.

Je lui lance un regard chargé d'émotions contradictoires.

Ce que je ressens n'a aucune importance.

— Ne te méprends pas, Aleksander. Je ne te laisserai plus avoir le contrôle sur moi à nouveau. Je ne veux plus de secrets entre nous.

Menteuse.

— Tu sais tout. Il n'y a plus aucun secret. Je voulais t'arracher les tiens en retour, mais après avoir appris pour Kelly et ton père… Sincèrement, je ne vois pas ce qu'il y aurait d'autre… Dans tous les cas, je te fais confiance à présent.

Un sentiment de culpabilité me saisit, mais je ne peux pas le laisser l'entrevoir.

— Je ne veux pas d'un homme que j'obsède. J'ai trop vu et subi l'emprise de l'obsession.

— Tu ne comprends pas, Elea ? C'est plus que de l'obsession que j'éprouve pour toi. J'ai toujours suivi mes plans, fait confiance aux chiffres et aux algorithmes. J'ai fait passer mon pouvoir avant toute chose. Mais ce que je ressens pour toi, mon feu sauvage, dépasse tout ce que j'ai connu. Ce que je ressens c'est de l'amour.

Ces mots, simples et sincères, percent les défenses que j'ai érigées. Une lueur d'espoir se glisse dans mon cœur tourmenté, me laissant face à un choix difficile.

Pardon, Aleksander. Pardon de ne pas pouvoir te révéler la vérité, je suis désolée.

Plus je regarde cet homme monstrueux et pourtant si vulnérable plus je me répète cette phrase. Une larme roule sur ma joue bien que je lutte contre mes émotions. Comment pourrais-je lui expliquer ce que je m'apprête à faire, la trahison que je prépare en secret depuis mon arrivée ici ? Comment pourrais-je lui dire que nos moments ensemble, aussi intenses soient-ils, sont comptés ?

Dans un geste impulsif, je m'avance vers lui avant de m'emparer de ses lèvres pour un baiser passionné et dévorant. Je veux graver cette sensation, cette connexion entre nous, dans ma mémoire avant que tout change. Il répond immédiatement à mon baiser avec la même intensité. Ses mains s'agrippent à moi comme s'il avait peur que je disparaisse. Il m'assoit sur ses genoux, mais je change rapidement de position, pour me mettre à califourchon et faire disparaître le moindre espace qui subsiste entre nous.

Quand nos lèvres se séparent, il me regarde avec ardeur.

— Tu restes pour éloigner les ténèbres, n'est-ce pas ? me demande-t-il, d'une voix rauque.

Le mensonge s'échappe de mes lèvres avant même que je puisse y réfléchir :

— Oui, bien sûr. Je reste.

Je lui dois la vérité, lui dévoiler que je suis prise au piège d'enjeux bien plus grands que notre liaison. Mais je ne peux pas. Pas maintenant. Pas quand il me regarde avec autant d'attente et d'espoir.

Mon cœur se serre à l'idée de ce que je m'apprête à faire. Je ne peux pas croire que j'en arrive là, que je mens à l'homme que j'aime. Mais je ne peux pas non plus m'échapper du piège qui se referme autour de moi.

Je l'aime tellement.

— Ma lumière, chuchote-t-il.

Sa main vient trouver ma joue. Aucun frisson de peur ne me transperce.

Je veux simplement ressentir tout ça une dernière fois.

J'accède rapidement à sa ceinture, et commence à m'agenouiller devant lui.

— Tu n'es pas obligée, tu sais ?

Je souris au ton presque apeuré qu'il emploie.

— J'en ai envie…

Une fois à la hauteur de ses hanches, je défais les boutons du pantalon de son costume étroit et l'ouvre prudemment. J'en sors son sexe déjà bien gorgé de sang. Je lève les yeux vers Aleksander avant de faire glisser mes lèvres le long de son pénis, sans briser notre contact visuel.

— Putain, Elea… Qu'est-ce que tu me fais, halète-t-il tout en penchant sa tête en arrière, les mains ancrées sur ses jambes.

Il me laisse le contrôle. Je décide de la cadence des mouvements de tête que j'applique. Il enfle de plus en plus dans ma bouche, alors que ses gémissements emplissent la pièce.

— Arrête… s'il te plaît… je veux… jouir en toi.

Il me redresse sans ménagement aucun, pousse l'intégralité de la vaisselle placée devant lui sur la table avant de me poser dessus. Le bruit du verre qui roule et tombe au sol ne calme en rien notre désir, bien au contraire.

Sa langue vient chercher la mienne, son baiser devient frénétique, et mon ventre se crispe de désir accumulé. Sa main droite remonte vers mon entrejambe, et vient arracher ma culotte qui le gêne.

Je mordille sa lèvre quand ses doigts touchent enfin mes lèvres et mon clitoris. Son autre main parcourt mon corps, déclenchant des incendies là où elle passe.

Il pince soudainement mon téton gauche à travers le tissu de ma robe, provoquant un gémissement involontaire de ma part qui se perd contre les siens. Les sensations électrisent mon corps, qui fait fi de toute résistance. Sa voix rauque vibre contre ma peau quand il murmure à mon oreille :

— J'aime te voir comme ça… quand tu perds le contrôle et… que tu te laisses emporter par ce que tu ressens.

Mes joues s'embrasent de plus belle à ses mots, et je me mords la lèvre pour contenir les émotions qui me submergent. Je sens son regard brûlant sur moi alors qu'il me déshabille du bout des doigts, chaque geste chargé d'une habileté qui fait monter mon désir. Il se recule pour se déshabiller à son tour, avant de me regarder des pieds à la tête.

— Tu es magnifique, Elea O'Neil.

Je me fige à sa déclaration, même si ce n'est pas la première fois qu'il prononce ces mots. Ses paroles résonnent dans ma tête, en contraste avec l'image que j'ai de moi-même. Un sentiment d'insécurité me submerge, et je ne peux m'empêcher d'avouer mes doutes.

— Mon ventre est flasque, j'ai des vergetures et des cicatrices… je n'ai rien de magnifique, Aleksander.

Il attrape avec précaution mon visage entre ses mains, forçant mes yeux à se verrouiller aux siens. La lueur d'intensité et de sincérité dans son regard m'ébranle.

— Je ne parle pas que de ton physique. Je parle de tout ce qui fait que tu es toi : ton esprit est magnifique, ta façon de te battre contre ce qui t'arrive est magnifique, la manière que tu as de ne jamais baisser les bras, ton putain de caractère d'Irlandaise qui me fait fondre aussi, tout ça fait de toi une personne magnifique. Maintenant redis-moi que tu n'es pas belle et je te fesse jusqu'à ce que tu ne puisses plus t'asseoir. Ton corps est celui d'une femme, Elea. Tu pourrais faire quarante kilos de plus, avoir deux fois plus de vergetures ou de cicatrices que tu serais quand même magnifique, *moy dikiy*.

Il attrape ma jambe pour la soulever contre ma poitrine, dans le même mouvement, il me couche sur la table.

Il positionne son sexe dur à l'entrée du mien et me pénètre avec une délicatesse que je ne lui connais pas. Les premières secondes sont lentes, ses mouvements sont doux, agréables.

— Je suis pas en sucre, Aleksander…

— Ma belle Elea, toute frustrée, ricane-t-il.

Je contracte mon vagin, ce qui le fait pousser un grognement.

— Ne fais pas ça, ma belle. Je suis en train de prendre le temps de te faire l'amour, putain.

— Qui a dit que c'est ce que je voulais ?

Ma réplique fait mouche, comme si c'était tout ce qu'il attendait pour se lâcher. Il perd le contrôle instantanément et ses mouvements lents se font plus forts. Il saisit ma seconde jambe et lui fait rejoindre la première.

La pénétration devient plus profonde. Des tressaillements parcourent mon ventre. Je sens son pubis buter contre le mien, ce qui stimule mon plaisir.

Une de ses mains lâche mes jambes pour venir me stimuler. Je le sens se crisper de plus en plus ; il n'est pas loin de la jouissance.

Le plaisir en moi s'accroît, je le sens s'écraser par vagues. Son soulagement est soudain, il jouit dans un cri libérateur, déclenchant le mien dans une communion parfaite.

Je baisse mes jambes tremblantes. Il vient reposer sa tête contre mon abdomen puis se relève un peu, parcourant le haut de mon corps de doux baisers jusqu'au cou. Son souffle est aussi erratique que le mien.

— Je crois… Je crois que je… que je t'aime, Elea O'Neil. Tu m'as complètement foutu en l'air, m'avoue-t-il.

Une nouvelle larme fait son chemin sur mes joues brûlantes.

Je suis tellement désolée…

Chapitre 39

Aleksander

Je t'aime.

Trois mots chargés de tant d'émotions et de vulnérabilité. J'ai murmuré ces mots avec une honnêteté que je n'aurais jamais cru possible, et maintenant elle les a entendus. Ils sont siens. Le Croque-Mitaine, l'homme le plus redouté de ce pays, s'est abaissé devant elle, devant la seule personne qui a réussi à éveiller en lui des sentiments dont il ignorait l'existence.

Pour la première fois, j'ai perdu à mon propre jeu.

Pourtant, quand elle s'est redressée, j'ai perçu une lueur de tristesse en elle. Je n'ai pas raté la larme fuyante sur son visage, tel un éclat cristallin de son âme. Mon instinct s'est mis en alerte. Avais-je mal interprété ses émotions ? Sa demande ?

La confusion n'a fait que revenir en repensant à ce bref événement ce matin.

J'ai senti son désir, sa ferveur, mais aussi une note subtile de désespoir. Comme si notre connexion physique était une tentative de fuir quelque chose de plus sombre, quelque chose qui la hantait.

Une part de moi veut la questionner, lui demander si, malgré tout, elle me cache quelque chose, mais une autre partie de moi redoute sa réponse. Je ne peux pas croire qu'après tout ce qui s'est passé entre nous, Elea ait encore des secrets.

Plongé dans mes pensées, j'entends à peine son père pénétrer dans mon bureau. Son aura est imposante. Son regard se pose sur moi, évaluant chaque facette de mon expression.

Sans un mot, il s'approche et se plante devant moi, de l'autre côté de la chaise, son regard intense et scrutateur. Je peux sentir l'intensité de son regard, il semble lire en moi comme dans un livre ouvert. C'est dans ces moments-là que je ressens la pleine mesure de l'expérience et de la sagesse qu'il a accumulées au fil des années.

— Tu es dans la merde, Aleksander. Tu en as conscience ?

Sur le coup, je ne saisis pas le message qu'il essaye de faire passer.

— Elea a toujours eu cette faculté, même avec son mutisme, de voir au-delà des apparences, de chercher le bien chez chaque personne. Or cette faculté a souvent attiré les monstres dans ton genre.

Sa voix se veut calme et posée, tout l'inverse de ses mots, ardents et vifs.

Ses paroles se font l'écho d'une vérité que je n'ose toujours pas admettre. Elea a le don de sonder les recoins les plus sombres de mon être, de remuer les pensées que je préfère garder enfouies. Et elle l'a fait avec une telle facilité, comme si elle avait le pouvoir de déchiffrer chacune de mes émotions et de les exposer à la lumière.

Je soutiens le regard de l'homme face à moi, comprenant que cette conversation ne peut pas être évitée.

Kenan n'est pas seulement un homme qui cherche à protéger sa fille. C'est un être humain ayant vécu une vie dure et impitoyable, qui connaît les côtés les plus sombres de l'existence. Et il voit à travers moi, au-delà de la façade que j'ai construite. Une sorte de respect mutuel, mêlé de méfiance, semble flotter dans l'air entre nous, comme si nous partagions une même compréhension de la complexité de nos situations respectives.

Et à cet exact moment, il me faut admettre que ma relation avec Elea a déclenché une série d'événements inattendus, entraînant l'homme implacable que je suis au centre d'un tourbillon de sentiments et de conflits auxquels je n'ai jamais été préparé. Je ne peux qu'espérer que mon instinct pour les plans sans accroc me mènera vers une conclusion qui préservera à la fois ce que j'ai bâti et la femme qui m'a fait voir au-delà de mes ténèbres.

— Avant son enlèvement, sais-tu seulement qui elle était ?

— Ce qui compte, c'est qui elle est maintenant, Kenan.

— Ma fille était promise à un avenir radieux, Aleksander. Elle avait des amis, des projets, des envies. Je t'en prie, mon garçon, ne lui enlève pas ça. S'il te plaît, laisse-la retrouver sa vie.

Non.

Je ne peux pas.

Ça n'arrivera pas.

Les lignes dures de son visage s'adoucissent légèrement, comme si les souvenirs de ces moments précieux avec sa fille avaient le pouvoir de soulager la carapace qu'il a forgée pour survivre.

— Même moi, je suis tombé, dit-il soudainement, la première fois que j'ai tenu ce petit être dans mes bras. Ses yeux verts m'ont jugé, comme si elle me demandait de me dédier entièrement à elle à partir de cet instant. Tu ne le sais peut-être pas mais sa mère est morte en couches. Si je partais de nouveau, Elea n'avait personne, à l'exception d'un père qui tuait sans vergogne pour obéir aux ordres. C'est pourquoi, ce jour-là, je me suis fait une promesse : celle que personne ne lui ferait jamais le moindre mal. J'ai abandonné mes projets pour lui garantir une vie normale et saine.

Ces mots ont une signification bien plus profonde que ce qu'ils semblent être à la surface. C'est comme s'il révélait une vérité quasi universelle, une expérience partagée par un grand nombre de personnes : celle de la vulnérabilité et de la transformation radicale qui peut être provoquée par la paternité.

— Et regarde où ça vous a mené de fuir, complété-je.

La colère se propage dans ses poings qu'il serre vivement.

— Tu crois que je n'ai pas conscience de ma responsabilité dans cette histoire ?! tonne-t-il, pour toute réponse.

Il tente de reprendre contenance et abat le couperet, sans prévenir.

— Je vais partir avec elle pour tout recommencer, Aleksander. C'est le seul moyen.

Je le regarde droit dans les yeux, mon regard ne fléchissant pas devant son intensité.

— Vous lui avez demandé ce qu'elle voulait, elle ? rétorqué-je.

Son expression faciale se durcit, et il secoue la tête avec impatience.

— Elle ignore ce qui est bon pour elle ! Elle ne peut pas prendre cette décision rationnellement. Surtout quand tu te trouves à ses côtés.

Je me lève et contourne le bureau entre nous. Désormais, nous nous tenons face à face.

— Vous avez tort. Vous ne pouvez pas décider à sa place, peu importe la nature de vos intentions. Elea est une adulte, et elle a le droit de faire ses propres choix, même si vous ne les comprenez pas.

Ses poings se serrent encore, et je peux voir qu'il lutte pour ne pas me les écraser sur le visage. Je maintiens mon regard sur lui, ne laissant pas la pression me déstabiliser.

— Je sais que vous avez peur pour elle, que vous voulez la protéger. Mais vous l'avez dit vous-même : je suis un monstre. Et sachez que je suis prêt à tout pour la protéger.

Mon ton ferme marque ma conviction. Je ne laisserai pas cet homme, ni aucun autre, décider du cours de ma vie et de celle d'Elea. Nous devons trouver notre propre chemin, même si ce dernier est semé d'obstacles.

Kenan me fixe. Finalement, il expire profondément et s'éloigne de moi, comme s'il avait épuisé tous ses arguments.

— Je ne peux pas la retenir et cela me terrifie. Parfois les enfants nous poussent à faire des choses insensées, Aleksander. Un jour, tu le comprendras peut-être.

— Elle est plus forte que vous ne le pensez, Kenan. Elle sait ce qu'elle veut, et je ne laisserai pas les embûches nous arrêter.

Il détourne le regard, luttant pour contenir ses émotions. Je pose une main sur son épaule, espérant lui transmettre un sentiment de compassion.

— Je ne veux pas la blesser. Je veux simplement lui offrir le monde.

Il me regarde enfin, et je peux voir l'étendue de douleur et de résignation dans son regard.

Nous partageons tous les deux cette expérience de la vulnérabilité et du désir de devenir meilleurs pour Elea. Et même si nos chemins sont différents, nos motivations sont les mêmes. Je ne peux m'empêcher de ressentir un étrange sentiment de gratitude envers cet homme, pour avoir partagé cette partie de son histoire avec moi, pour m'avoir permis de comprendre un peu mieux la complexité de l'homme qu'il est et de l'amour qu'il porte à sa fille.

— Je suis heureux de comprendre enfin pourquoi ma mère vous a fait confiance, Kenan.

— Fais attention, mon garçon. Ne t'attache pas trop à Elea, dit-il. Elle s'en ira avec ou sans moi, quoi qu'il advienne.

— Elle a fait son choix. Elle veut rester avec moi.

Ma réponse est imprégnée d'irritation, car je ne comprends pas pourquoi il remet en question ce que sa fille affirme et ce que je tente de lui expliquer depuis plusieurs minutes. Pourtant, l'air amer sur sa figure suggère que ses motivations sont plus profondes et plus complexes que ce qu'il laisse paraître.

— Il n'est pas seulement question de toi, Aleksander. Si un jour, elle décide qu'elle veut partir ? Que feras-tu ? Tu lui trancheras la gorge à elle aussi, parce que tu es trop effrayé pour accepter que les gens entrent et sortent de ta vie et qu'il arrive que certains ne veulent au final pas y rester éternellement.

— Je lui ai fait une promesse. Si elle ne veut plus de moi, je respecterai son choix. Elle sera libre de s'en aller.

Mon mensonge me brûle la gorge.

Jamais les ténèbres ne la laisseront partir.

Chapitre 40

Elea

La perspective de trahir Aleksander me pèse sur la poitrine. Pourtant, je sais que c'est nécessaire, que c'est la seule façon de le protéger et de mettre fin à cette spirale infernale qui nous entoure.

Les mots d'Aleksander résonnent dans ma tête, tel un écho obsessionnel.

Il a prononcé ces trois mots fatidiques. Trois mots que j'ai attendus pendant tant de temps.

« *Je t'aime.* »

Dès l'instant où ils ont quitté ses lèvres, c'est comme si tout avait changé. Je ne peux désormais plus nier mes propres sentiments à son égard, même s'ils sont infiniment complexes.

Cependant, je sais où se situe ma priorité.

Le plan que j'ai concocté est risqué, dangereux, mais c'est le seul moyen. Je me concentre sur chaque détail, chaque étape que je dois suivre à la lettre pour m'en sortir.

Je ne peux m'empêcher de repenser aux moments que j'ai partagés avec Aleksander. Ses baisers ardents, sa passion dévorante, son désir brûlant. Nous avons eu des moments d'intimité intenses, des instants où j'ai senti une connexion profonde entre nous. Et maintenant, il faut que je trahisse sa confiance, que je joue un rôle pour servir mes objectifs personnels.

Alors que je m'apprête à sortir de la pièce, j'aperçois mon propre reflet dans la glace de la salle de bains. Mon visage est pâle, marqué par les épreuves que j'ai traversées. Mes yeux expriment à la fois la détermination et le doute qui me hantent.

Je prends une profonde inspiration, chassant les pensées contradictoires qui menacent de m'envahir. Mon cœur bat fort dans ma poitrine, et je sais que je ne peux plus reculer maintenant. Je dois agir, peu importe à quel point cela me déchire.

Je sors de la pièce. Je ne sais pas ce que l'avenir me réserve, mais une chose est sûre : je n'ai plus le choix, je dois le faire même si cela signifie briser le cœur d'Aleksander en chemin et détruire le Croque-Mitaine.

J'ai du mal à réprimer le frisson qui parcourt mon échine. Il n'y a plus de gardes devant ma porte, depuis plusieurs jours déjà, une preuve indéniable de la confiance que m'accorde Aleksander. Une lueur d'espoir brille faiblement au fond de moi, mais elle est entourée d'une vague de tristesse et de culpabilité.

Je tente de garder un visage impassible, de masquer l'ouragan d'émotions qui fait rage en moi. Je salue le personnel d'un hochement de tête et leur offre un sourire qui se veut rassurant. C'est un jeu de rôles auquel je suis habituée, mais aujourd'hui, il y a quelque chose de différent.

Je réalise que je suis en train de tromper non seulement Aleksander mais aussi les personnes qui travaillent ici et qui m'ont témoigné une certaine bienveillance.

Le couloir semble s'étirer à l'infini alors que mes pensées se bousculent dans ma tête. Les paroles de mon père, la promesse que je lui ai faite de le sauver, le poids de mes propres sentiments pour Aleksander. Je me demande si j'ai fait le bon choix, si cette trahison est vraiment la seule issue. Mais, à chaque pas que je fais, je me rappelle l'urgence de la situation, la nécessité d'agir pour protéger ceux que j'aime.

Arrivée devant la salle d'examen du docteur, je retiens mon souffle et ouvre discrètement la porte. Comme je l'avais prévu, le docteur est là, concentré sur ses dossiers. Je m'approche de lui avec une assurance feinte, essayant de dissimuler l'appréhension qui me gagne.

— Mademoiselle O'Neil, tout va bien ? Nous n'avions pas rendez-vous aujourd'hui.

Je hausse les épaules dans une vaine tentative de désinvolture, afin de cacher mon malaise. La communication verbale continue d'être un défi pour moi en présence des gens et je me retrouve une fois de plus muette, incapable de trouver les mots appropriés.

Il me sourit avec bienveillance.

— Je m'occupe de mon patient dans la salle d'à côté et je reviens vers vous, dit-il d'un ton rassurant.

Je hoche simplement la tête en guise d'approbation.

Il quitte la pièce. Je me retrouve seule au milieu de ce cabinet médical que je ne connais que trop bien, mais cela ne m'empêche pas d'être de plus en plus nerveuse. Les battements de mon cœur résonnent à mes oreilles, et je prends quelques instants pour rassembler mes esprits.

Je jette un regard autour de moi, laissant mes yeux parcourir les étagères remplies de matériel médical. C'est un endroit qui m'est devenu familier en raison de mes nombreuses visites. Mais, aujourd'hui, c'est différent. Si je suis là maintenant, c'est pour mettre en œuvre un plan. Un plan qui mettra en péril les liens que j'ai tissés avec des personnes que j'ai appris à connaître et à apprécier.

Je ressens un soulagement intense en apercevant le téléphone portable du médecin posé sur le bureau. Toute cette mascarade stupide repose sur ce putain de téléphone.

Je le saisis subrepticement. Je n'ai pas d'autre choix.

Mes doigts tremblent légèrement en composant le numéro que j'ai malheureusement mémorisé. Après quoi, j'envoie mon message, ce qui achève de faire tomber le couperet.

Je suis prête à rentrer. Laisse-moi revenir.

Mon propre aveu me serre la gorge. Je déteste la sensation d'être à sa merci. Toutefois, je suis déterminée à jouer cette farce jusqu'au bout, à faire en sorte de gagner le plus de temps possible.

La sonnerie du téléphone retentit dans la pièce et me fait sursauter. Très vite, je décroche, pour ne pas attirer l'attention du médecin. Une voix froide et profonde m'appelle de l'autre côté du combiné.

— *Elea, ma petite pute d'Elea…*

Mon cœur bat violemment dans ma poitrine, et je sens les larmes brûlantes s'échapper du coin de mes yeux.

Le silence qui s'ensuit est presque suffocant. Mon anxiété grimpe en flèche. Pourquoi ne dit-il rien ? Que se passe-t-il ?

— *Je m'en doutais, Elea. Je savais que tu finirais par revenir vers moi. Par retrouver la raison et revenir à mes pieds, là où est ta place.* (Il marque une pause avant d'ajouter :) *On dit que l'obsession est une chose puissante. Penses-tu qu'il viendra te chercher ?*

L'entendre parler de cette manière me répugne, mais je reste silencieuse.

— *Toujours aussi silencieuse à ce que j'entends. Ether m'a dit qu'il t'avait entendue hurler comme une salope quand tu t'es fait prendre par ce bâtard d'Aleksander. J'en serais presque jaloux… Et tu sais très bien que je réagis très mal à la jalousie, mon petit oiseau.*

Ma gorge se serre à l'idée de ce qui m'attend, mais je ne peux pas reculer maintenant.

— *Ether va venir te chercher. Il te ramène à la maison. J'ai hâte que tu nous rejoignes enfin, mon amour. Je te réserve un accueil particulier… Surtout après ce que ce fils de pute de Stakhanov m'a fait !*

La conversation se termine brusquement, et je pose le téléphone sur la table, mes mains encore tremblantes de cet échange. L'ampleur de ce que je viens de faire me frappe de plein fouet, et je m'effondre à terre.

La réalité m'écrase. Je me sens plus piégée que jamais, à la merci de ce monstre. Les larmes continuent de couler sur mes joues.

Ses mots résonnent encore dans ma tête quand le médecin revient dans la pièce, me découvrant effondrée à même le sol. La panique déforme ses traits avant qu'il reprenne contenance et tente de comprendre ce qui se passe. Malheureusement, je ne peux ni ne veux lui expliquer. Avant qu'il n'ajoute quoi que ce soit d'autre, Ether entre dans la pièce, un sourire énigmatique aux lèvres.

Mon cœur s'emballe en le voyant. Je ne peux rien dire, rien faire. Ma peur de Kellyan et des conséquences qu'il y aurait si je venais à parler m'enchaînent à un silence terrifiant. Ether brandit un pistolet et tire froidement une balle dans la tête du médecin. La scène d'une brutalité sans nom se déroule sous mes yeux écarquillés. Du sang gicle sur mon visage, et un hurlement silencieux s'échappe de ma gorge.

L'homme de main m'empoigne vigoureusement par le bras, me forçant à me redresser, et ses yeux sans âme rencontrent les miens.

— Allez on y va, ma jolie. Ton mari a hâte de te revoir.

Chapitre 41

Aleksander

Je suis assis à mon bureau, entouré de dossiers et de documents liés à mon entreprise. La journée est bien avancée, mais je n'ai pas la tête à travailler. Mon esprit vogue à mesure que des pensées confuses parasites font surface. Je suis absorbé par mes réflexions lorsque la porte de mon bureau s'ouvre brusquement, laissant entrer une Tasha en furie.

— Aleksander, il faut que tu entendes ça.

Je lève les yeux, surpris par son ton urgent. Elle semble bouillonnante de colère et d'inquiétude. Je laisse tomber le stylo que je tenais et fixe mon regard sur elle.

— Qu'est-ce qui se passe ?

— Le médecin… Il est mort. Assassiné.

Un frisson d'horreur parcourt mon échine alors que ses mots parviennent à mes oreilles.

— Comment ? Qui ?

Tasha soupire nerveusement.

— On n'a pas encore tous les détails, mais c'est Ether. Il l'a tué. Un des hommes de la sécurité l'a aperçu quitter le domaine en voiture… Et il y a pire…

— Comment ça pire ?

— Elea a disparu, on ne la trouve nulle part…

Le choc et l'inquiétude m'envahissent. Je me lève, renversant ma chaise au passage.

— Quoi ? Disparue ?

— Personne ne sait où. Elle a quitté sa chambre, et on ne l'a pas vue depuis.

Mon esprit s'emballe. Où est-elle ? Que s'est-il passé ? Les pires scénarios commencent à se former dans mon esprit, alimentant ma peur et ma colère.

— Il faut la trouver. Maintenant.

Je suis déjà en train de rassembler mes pensées, d'évaluer les options à ma disposition. Mais une question me tourmente, une question que je n'ose pas poser à voix haute : est-ce que j'aurais pu faire quelque chose pour empêcher ça ? Est-ce que mon obsession pour elle, mon besoin de la contrôler l'ont conduite à cette situation ?

— Aleksander, on va la retrouver. Ne t'en fais pas.

Ma bras droit s'approche de moi et, dans un geste de réconfort, pose sa main sur la mienne.

Je hoche la tête, mais l'inquiétude continue de me ronger. Si quelque chose lui arrive, je ne pourrai jamais me le pardonner. Je dois la retrouver, la ramener auprès de moi, la mettre à l'abri, en sécurité. Mon obsession ne s'est pas éteinte, au contraire, elle brûle plus fort que jamais, alimentée par la peur de la perdre.

Je me précipite vers mon ordinateur, agitant le trackpad du clavier en tous sens pour réveiller la machine en veille. Les images des caméras de surveillance pourraient être la clé pour comprendre ce qui s'est passé avec Elea. Mes doigts tremblent légèrement tandis que l'écran laisse apparaître le bureau d'accueil et que je dirige le pointeur vers l'application de sécurité. Une fois dessus, je commence à chercher les enregistrements pertinents.

Mon espoir s'effondre quand je réalise que les fichiers ont été supprimés. Une rage folle m'envahit, et sans réfléchir, j'abats le poing sur l'écran, fissurant ce dernier en plusieurs endroits. Mes mains tremblent de colère.

— Putain de merde !

Mon hurlement de frustration rebondit contre les murs du bureau.

— Aleksander, calme-toi, tu ne pourras rien faire si tu laisses la rage prendre le dessus.

Mais je ne parviens pas à redescendre. Chaque seconde compte, et je suis bloqué par la disparition des fichiers. Elea est en danger, sans doute par ma faute. Impossible que je reste les bras croisés.

J'inspire profondément, cherchant une solution cohérente.

— Tasha, je veux que tu contactes toutes nos sources. Tous ceux qui pourraient avoir des informations sur ce qui se passe.

— D'accord, je m'en occupe.

Je me rends compte que ma colère et ma frustration ne mèneront nulle part. Je dois agir avec sang-froid et détermination pour retrouver Elea. Je compte bien fouiller chaque recoin de la côte est de ce continent s'il le faut.

Je vais la retrouver, quoi qu'il m'en coûte.

Je dois être méthodique, stratégique. Je me précipite dans sa chambre, le cœur battant, espérant désespérément y trouver Elea. Mais la pièce est vide, tout comme la salle de bains. Ma frustration et mon inquiétude atteignent leur apogée.

Et si…

Dans un accès de rage, je laisse échapper un cri de frustration et frappe mon poing contre le miroir, le brisant en éclats. Mon souffle est rapide, mes pensées chaotiques. Je me retourne vivement vers son lit. Mon regard tombe alors sur quelque chose posé sur la couette.

Une lettre.

Mon cœur manque un battement alors que je m'approche lentement et saisis le papier. Des scénarios horribles prennent forme dans mon imagination. Je tiens la lettre entre mes doigts, hésitant à l'ouvrir, craignant ce qu'elle pourrait contenir.

Finalement, je décide de déchirer l'enveloppe et déplie le papier se trouvant à l'intérieur avec précaution. Les mots manuscrits me frappent semblables à un coup de poignard, à tel point que mon estomac se noue.

Aleksander,

Je suis tellement désolée pour ce que tu t'apprêtes à lire. Sache que je ne voulais pas que cela se passe ainsi, crois-moi. Mais je te dois la vérité. Ma vérité.

Il y a plus d'un an que ma vie est devenue un enfer que jamais je n'aurais imaginé vivre en partant voyager dans le pays de mes ancêtres.

Un enfer du nom de Kellyan Kelly.

Un mois seulement après le début de mon calvaire, la lumière est arrivée dans ma vie, une lumière effroyable mais pleine d'espoir pour l'avenir.

Enceinte.

Un si petit mot et tant de responsabilités.

La nouvelle m'a laissée démunie.

Sentir la vie grandir en moi, dans de telles circonstances, a été un choc d'une ampleur inimaginable. L'horreur n'a pas cessé, loin de là. Le sadisme de Kellyan n'a fait que se renforcer.

C'est en apprenant la nouvelle de ma grossesse qu'il m'a forcée à devenir sa femme.

Et, quand le moment est venu d'accoucher, la terreur a atteint son apogée.

Je venais tout juste de réaliser ma dernière poussée que Kellyan m'a arraché mon bébé. Je n'ai même pas eu le temps de tenir mon enfant dans mes bras, de ressentir sa chaleur et de me perdre dans son regard innocent.

Mon cœur s'est brisé quand il a emporté mon enfant loin de moi.

J'étais impuissante et dévastée, incapable de faire le moindre pas pour l'en empêcher. Kellyan avait veillé à ce que je sois attachée fermement au lit, tout au long des dernières semaines de ma grossesse.

Ce que j'ai ressenti en entendant les pleurs de ce tout petit être dans les bras de mon bourreau était indescriptible, et son absence a laissé un vide incommensurable dans mon cœur.

Kellyan avait un nouveau moyen de me torturer.

De désespoir ou de folie, je me suis mise à hurler avec une rage inégalée, en tentant de me défaire de mes liens. J'étais devenue incontrôlable.

L'infirmière missionnée pour m'injecter un sédatif doit encore se souvenir de la force avec laquelle ma mâchoire s'est refermée sur son épaule.

Et, en voyant à quel point j'étais capable de tout pour retrouver ce bébé, mon bébé, Kellyan m'a exposé son plan.

Il avait prévu depuis des années de te faire tomber, toi et ton empire, et ce bébé était l'appât idéal pour que je réalise n'importe laquelle de ses volontés.

Il a donc développé chaque étape de son plan, après que j'ai tué une infirmière qui était en train de me détacher pour me ramener dans ma cage.

Comment il comptait me déposer devant ton immeuble, comment je devais te manipuler et apprendre tout de toi, pour finalement te tuer.

Aleksander, je n'ai pas pu.

J'ai eu beau m'y résoudre, échapper au hangar, tenter de te poignarder, me retrouver seule avec toi au milieu d'un bois... Rien n'y a fait.

Peut-être que c'est la partie de moi qui a été en contact avec toi, qui a vu au-delà de tes ténèbres, qui a su, en un sens, résister à tout cela. Je ne suis pas capable de te faire du mal, malgré tout ce qui s'est passé entre nous.

Je suis déchirée entre mon désir de te préserver, de protéger notre histoire et cette vérité insupportable.

Je ne peux pas te faire porter le poids de cette histoire, de mon fardeau.

Et c'est pourquoi je me résous à cette décision difficile, une décision que je dois prendre pour l'avenir de cet être innocent que je n'ai même pas eu la chance de rencontrer.

Je vais récupérer mon enfant, le sauver des griffes de Kellyan, et lui offrir la chance de grandir dans un monde meilleur. Je ne sais pas encore comment je vais y parvenir, mais je ne peux pas le laisser entre les mains de quelqu'un d'aussi impitoyable.

Même si je dois mourir.

Je comprends que tu puisses être en colère, que tu me haïsses.

Mais sache que, malgré les choix difficiles que j'ai eus à faire, mes sentiments pour toi sont intacts.

Mon cœur reste lié au tien d'une manière que je ne peux pas expliquer.

Je ne peux pas te demander de comprendre, mais je t'en supplie, essaie de le faire.

Prends soin de mon père, tu as une dette envers moi.

Avec tout mon amour,

Ton feu sauvage.

Mes doigts se referment sur la lettre, et la déchire comme si cela pouvait effacer la réalité cruelle qu'elle renferme. La douleur et la colère me consument, auxquelles se mêle une sensation de vide et de désespoir.

Je ne peux pas croire ce que je viens de lire, ce que je viens de découvrir.

Enceinte.

Un cri de rage emplit la pièce, résonnant dans le manoir. Mes poings se serrent, mes ongles s'enfoncent dans la paume de mes mains. Comment a-t-elle pu ? Comment a-t-elle pu me cacher ce secret si longtemps ? Comment a-t-elle pu me trahir de cette manière ?

Kenan entre dans la pièce, son expression empreinte de compassion et d'amertume. Il me fixe. Sa voix grave finit par briser le silence qui m'entoure :

— Je t'avais prévenu, Aleksander. Les parents sont capables de folie pour sauver leurs enfants.

Ces mots font écho à ce qu'il m'a dit quelques jours plus tôt. Je réalise soudain que ce n'est pas seulement ma souffrance que je ressens, mais celle d'Elea également, une souffrance l'ayant conduite à faire des choix déchirants.

Je fixe son père, avant de poser la question qui me brûle les lèvres :

— Tu le savais, pas vrai ? Tu étais au courant ?!

Devant son expression figée, je devine la réponse qu'il refuse de me donner.

— JE VAIS TE BUTER !

Chapitre 42

Elea

Après un voyage de plusieurs heures, pendant lequel je n'ai fait que pleurer, je suis enfin de retour à Carrickfergus, dans la demeure de Kellyan. Mon cœur martèle ma poitrine au rythme de mes pas sur le sol de marbre du salon, résonnant dans le silence oppressant qui m'entoure. Les murs se referment sur moi. Je suis de nouveau à sa merci et la sensation d'être une proie acculée revient.

Kelly entre dans la pièce. Son regard se pose sur moi avec un mélange malsain de désir et de domination. Mon estomac se noue, et je détourne la tête, refusant de lui offrir la satisfaction qu'il cherche. Pourtant, je sais que la punition ne tardera pas à venir.

Ses pas se dirigent vers moi, et je sens mon corps se raidir à mesure que la distance s'amenuise entre nous. Sans crier gare, il me projette au sol avec force. Ma respiration se bloque dans ma gorge, et je ferme les yeux, me préparant mentalement à ce qui va suivre.

— Tu pensais sérieusement que j'allais te laisser t'en sortir ? Tu es ma pute, et je compte bien faire en sorte que tu ne l'oublies plus jamais, petit oiseau !

Les premiers coups s'abattent sur moi, et je ressens chaque impact au plus profond de mon être. Je garde les lèvres scellées, réprimant les cris de douleur qui menacent de s'échapper. Je refuse de lui donner la satisfaction d'entendre ma voix brisée par la souffrance.

Mes mains se crispent sur le sol froid, mes ongles s'enfonçant dans ma paume tandis que je lutte pour garder le contrôle. Mon esprit est un mélange de résistance farouche et de désespoir silencieux. Et puis, comme un éclair de rage, une nouvelle force m'anime.

Profitant d'un moment d'inattention, je parviens à lui asséner quelques coups au niveau des jambes, mes poings frappant sa chair avec toute la fureur et la frustration que j'ai accumulées au cours de ces derniers mois. Un grognement lui échappe, et j'ose un regard vers lui. Ses yeux brûlent d'une colère sourde, qui ne fait qu'alimenter sa détermination féroce.

Je sens mon cœur tambouriner dans ma poitrine, la peur et l'adrénaline fusionnant. Je comprends que j'ai déclenché sa folie, que mon acte de rébellion ne fait qu'attiser le brasier de sa rage. Mais même si je sais que je vais payer le prix fort, même si je suis consciente de la souffrance qui m'attend, une lueur de défi brille dans mes yeux.

Je parviens à me redresser malgré la douleur lancinante dans mon corps. Kelly me regarde avec mépris et satisfaction, comme s'il savourait chacun de mes mouvements douloureux. Il s'approche de moi, son sourire sadique se transformant en une tentative pour m'embrasser. Je détourne la tête avec dégoût, refusant de lui offrir la moindre marque d'intéret.

Ses yeux s'écarquillent de surprise et de colère. Une lueur dangereuse danse dans son regard, mais je ne recule pas. Je ne peux pas. Mon instinct de survie prend le dessus, et j'envoie un autre coup qui atteint sa mâchoire. Il grince des dents, la rage déformant ses traits.

— Sale petite pute ! crache-t-il, son visage rouge de colère. Tu vas le regretter.

Sa menace est glaciale, mais je reste debout. Je sens que mes forces s'épuisent, mais je refuse de lui montrer ma vulnérabilité. Kelly me fixe d'un regard meurtrier, puis ses mots résonnent dans l'air.

— Je ne vais pas te tuer maintenant. J'ai d'autres projets pour toi.

Sa voix est empreinte d'un plaisir sinistre.

— Mais n'oublie pas. Si tu me défies encore une fois, ton précieux bébé en paiera le prix, ajoute-t-il.

Mon cœur se serre à l'idée que mon enfant se retrouve davantage pris en otage. Je garde mes émotions sous contrôle, même si la rage que je ressens à l'égard de mon bourreau enfle.

La poigne brutale de Kelly saisit mes cheveux et me traîne sans ménagement à travers les pièces vides et froides. La tête me tourne et mes membres sont douloureux. Il me jette finalement dans une pièce sombre, sa voix emplie de menace résonnant dans l'air.

— Tu as obéi, alors voilà ta récompense. Mais je ne serai plus aussi gentil à l'avenir.

La porte se referme dans un claquement sourd, me laissant enfin seule. Je me tourne et mon cœur manque un battement en apercevant un berceau.

Mon fils !

Un sentiment inexplicable s'insinue en moi lorsque je m'approche du berceau. Mon bébé dort paisiblement, ignorant la terreur de ces lieux. Je le prends délicatement dans mes bras, en essayant de ne pas le réveiller.

La lueur vacillante de la lampe projette des ombres dansantes sur les murs, créant une atmosphère lugubre. Mes larmes coulent silencieusement tandis que je berce mon enfant contre mon cœur.

Je resserre mon étreinte autour de lui, sentant sa chaleur et sa fragilité. Une détermination farouche s'enracine au plus profond de ma chair : il est hors de question que je laisse Kellyan détruire ma vie et celle de mon enfant. Je nous fais la promesse, à tous les deux, de trouver un moyen de nous échapper d'ici et de mettre un terme à ce cauchemar une fois pour toutes.

Je tiens mon enfant contre moi, ainsi enveloppé dans une bulle de tendresse et de douceur. Sa petite tête repose contre ma poitrine, ses petites boucles rousses soyeuses effleurent ma peau. Je sens sa respiration régulière, apaisante, comme une mélodie douce qui berce mon âme tourmentée.

Ses petits bras sont repliés contre son corps, ses doigts si minuscules entremêlés comme s'ils cherchaient déjà un soutien. Ses jambes sont légèrement rabattues et ses pieds minuscules nichés contre moi. Le duvet de sa peau délicate caresse la mienne, me procurant une sensation de chaleur. J'ai l'impression que le monde entier s'est estompé, laissant place à ce moment précieux entre nous deux, une mère et son enfant. Mes doigts effleurent doucement son ventre, le caressant avec une douceur infinie, comme si je pouvais transmettre tout mon amour et ma détermination à travers ce simple geste. Ses petits soupirs et ses légers mouvements me rappellent à quel point il est fragile, à quel point il dépend de moi. Je nage au cœur d'une sensation douce de bien-être, auquel s'ajoute un mélange de peur, d'amour – et de responsabilité. Je suis sa mère, son refuge dans ce monde sombre et impitoyable.

Je suis maman.

Les sensations sont intenses, presque déconcertantes. Je sens la chaleur de son petit corps emplir mon être. Les battements de son cœur, presque synchronisés avec les miens, semblent créer un lien indéfectible, transcendant le temps et l'espace.

Je respire profondément, absorbant l'essence de ce moment, la fragilité de la vie, la promesse d'un avenir encore à écrire. Mes larmes tombent silencieusement sur sa tête, et je sais que je ferai tout ce qui est en mon pouvoir pour le protéger.

Les paupières minuscules de mon bébé s'ouvrent, comme s'il découvrait un monde nouveau et mystérieux. Mes yeux sont rivés aux siens, captivés par ce regard qui semble contenir toute la pureté et l'innocence de l'univers. Ses iris sont d'un vert profond, les mêmes que les miens. J'ai l'impression qu'il me scrute, qu'il essaie de comprendre ce qui l'entoure, cette femme qui le tient contre elle avec tant d'amour et de détermination.

C'est alors qu'un petit sourire se dessine sur ses lèvres, comme s'il sentait la chaleur de notre lien, comme s'il ressentait l'amour que je lui porte. Mon cœur bat plus fort. Je me perds dans ce regard, dans ce moment authentique.

Je lui chuchote des mots doux, des promesses à peine audibles, comme si je pouvais les inscrire dans son âme. Je caresse son visage du bout des doigts, explorant chaque courbe, chaque détail.

Ses petits doigts s'agitent, je laisse sa main se refermer sur mon index. C'est un geste si simple mais empreint de tant de signification.

Mon bébé, mon petit miracle au milieu de l'obscurité.

Je t'ai retrouvé.

J'ai réussi, mais à quel prix ?

Chapitre 43

Aleksander

Le hangar est plongé dans la pénombre.

Mon pas est lourd, chargé d'une colère immense qui ne me quitte plus. J'ai cherché Elea sans relâche depuis plus de trois semaines.

Ether est enchaîné là, sur une chaise. Malgré tout, son arrogance est toujours visible sur ses traits. Il lève la tête dans ma direction, un sourire méprisant aux lèvres. Je ne peux réprimer la rage que je ressens pour lui. Je continue mon ascension, les poings serrés, la mâchoire crispée.

— Pourquoi ? grondé-je.

Ether ricane. L'écho de son rire vibre dans l'air. Son arrogance nourrit davantage ma fureur.

— Pourquoi ? répète-t-il, moqueur. Oh, Aleksander… tu es si aveugle. Tu pensais vraiment que tu pouvais avoir le contrôle sur tout ? Sur la *Réalta dubh ?*

Ma main se referme sur son col, le serrant avec une force incontrôlée. Ma colère bout, menaçant de tout engloutir.

— Ne joue pas à ce jeu avec moi, connard…

Son rire s'intensifie. Je l'empoigne fermement et commence à le secouer pour qu'il me donne les réponses que je brûle d'obtenir.

— Tu n'as jamais eu le contrôle, Aleksander. Tu te prends pour le roi, mais il y aura toujours des recoins sombres auxquels tu n'auras jamais accès.

Ma mâchoire se crispe face au combat intérieur qui prend forme entre raison et colère.

— Pourquoi t'as fait ça ? Pourquoi trahir quelqu'un qui te considérait comme un ami ?

Son sourire s'efface, hésitant soudain à me révéler quelque chose.

— Nous n'avons jamais été ami, toi et moi. Tu n'étais qu'un patron tyrannique temporaire, une opportunité que j'ai voulu exploiter.

Le sentiment de trahison est encore plus douloureux que je ne l'aurais imaginé. Ma main le lâche.

— Où est-elle, Ether ? Où est Elea ?

Il rit de nouveau, un rire glacial qui transperce l'ambiance de ce hangar.

— Ton aveuglement te rend encore plus stupide que je le pensais. Crois-tu sincèrement qu'elle t'a choisi ? Qu'elle t'aime ? Depuis le début, ta petite salope n'est rien d'autre qu'une pièce sur l'échiquier de Kelly. Et toi Aleksander, le grand Croque-Mitaine, tu es tombé droit dans son piège. À présent, elle est là où elle doit être.

Ses paroles me frappent tels des coups de poing. Tout ce en quoi j'ai cru, tout ce que je pensais connaître s'effondre autour de moi. Une fureur sauvage consume mon être. Je veux des réponses, je veux retrouver Elea, peu importe le prix à payer.

Je plonge mon regard brûlant dans le sien.

— Sergueï est avec vous ?

Les sourcils d'Ether se froncent, révélant sa confusion face à ma question. Son air arrogant et moqueur semble s'effriter quelque peu, laissant place à un léger doute. Je vois que je viens de le prendre au dépourvu, et je profite de la situation.

— Je vais te poser la question une dernière fois, Ether. Où sont Elea et Sergueï ?

— Je ne sais pas où est ce sociopathe de Sergueï ! Il est sûrement parti quand il s'est rendu compte que tu étais devenu un sans couilles. Tu penses vraiment que je vais te donner des réponses aussi facilement, Aleksander ?

Ma mâchoire se crispe. Ma patience, elle, atteint ses limites.

— Tu peux jouer à ce jeu autant que tu veux, Ether, mais sache que je ne reculerai devant rien pour retrouver Elea. Et tu seras le premier à payer pour t'être mis en travers de mon chemin.

— Tu ne sais pas dans quoi tu t'es embarqué, Aleksander. Tu ne comprends pas la gravité de la situation.

Nos visages sont désormais à quelques centimètres l'un de l'autre. Ma voix est basse et menaçante.

— Fais-moi confiance, Ether. Tu ne veux pas savoir jusqu'où je suis prêt à aller pour la récupérer. Maintenant parle, ou prépare-toi à souffrir des conséquences.

Un silence s'installe, le poids de notre confrontation électrifiant les lieux. Les secondes s'étirent. Finalement, Ether baisse la tête, ses épaules se voûtant mollement.

— Ils sont dans un endroit que tu ne pourras jamais trouver seul, murmure-t-il.

Mon rythme cardiaque accélère à l'idée d'avoir enfin une piste. Je saisis de nouveau Ether par le col, le secouant sans ménagement.

— Où ? Dis-moi où elle est, bordel !

Le sourire de ce traître me pousse à bout. Sans réfléchir, je saisis la lame que j'ai embarquée avec moi plus tôt, sentant son poids familier dans mon dos. J'extirpe l'arme de sa cachette, le regard déterminé.

— Tu crois toujours que je blague ? grogné-je entre mes dents serrées. Il est temps que tu arrêtes de me prendre pour un con.

D'un geste rapide et précis, je réalise une entaille profonde dans son bras. Une grimace de douleur traverse son visage, mais il rit encore, de manière presque maniaque. Face à sa réaction, ma colère atteint un point de non-retour.

— Rien de ce que tu feras ne me brisera, Stakhanov, ma loyauté va à Kelly. La famille avant tout.

Son ton arrogant résonne jusqu'à mes tympans. Je ne peux plus le supporter. D'un geste vif et précis, je lui tranche la gorge. Le sang jaillit, et son rire s'éteint dans un gargouillis sinistre. Mon souffle est erratique, ma vision est brouillée par la fureur.

Je recule pour l'observer s'effondrer sur sa chaise.

Je jette la lame ensanglantée au sol, mon regard fixé sur le corps inerte devant moi. La sensation de vengeance et de satisfaction mêlées remplit mes veines, mais elle est également teintée d'une colère profonde envers mon geste. J'ai tué la seule personne qui détenait des informations, m'éloignant de fait un peu plus d'Elea. Personne d'autre ne sait quoi ce soit, personne ne veut parler.

J'angoisse à l'idée que plus jamais je ne la reverrai.

Anton pénètre dans le bâtiment. Son regard en dit long sur le spectacle auquel il assiste, moi debout et couvert de sang, Ether mort. Je sens le poids de son désaccord, de son jugement. Or, je n'ai ni l'énergie ni l'envie de justifier mes actes.

— Des nouvelles de Sergueï ? lui demandé-je d'une voix sèche, mon regard toujours fixé sur le corps sans vie d'Ether.

Anton secoue la tête, une expression sombre sur le visage. Sa réponse est empreinte de frustration.

— Il est introuvable, comme s'il s'était volatilisé. S'il ne veut pas qu'on le retrouve, il est en train de réussir son coup.

Je soupire, passant une main dans mes cheveux. La disparition de Sergueï ne fait que compliquer davantage les choses.

— Et Constantin ? Comment va-t-il ?

Anton grimace, visiblement préoccupé.

— Il est dévasté. Il refuse de quitter son téléphone des mains dans l'espoir d'un message ou d'un appel. Il ne comprend pas pourquoi Sergueï est parti comme ça.

Je fronce les sourcils. La réaction de la recrue me surprend ; d'ordinaire, il est toujours celui qui nous redonne le sourire.

— Je vais aller lui parler, décidé-je, sachant que j'ai au moins une responsabilité envers lui.

Anton hoche la tête, mais je peux voir l'inquiétude dans son regard. Toutes nos certitudes s'effondrent, et je ne sais plus comment gérer cela. La rage, la douleur, la culpabilité… tout se mélange et je ne pourrai bientôt plus rien contrôler.

Chapitre 44

Elea

Chaque jour qui passe dans cette chambre sombre et sinistre ressemble au précédent. Mon corps est devenu une toile de bleus et de marques, symboles des agressions répétées de Kelly. Mes vêtements en lambeaux témoignent de la brutalité de ses gestes. Pourtant, je résiste, je lutte contre la douleur et la peur, car il n'est plus seulement question de moi.

J'ai une vie à protéger dorénavant.

Je berce doucement mon enfant dans mes bras, essayant de calmer ses pleurs qui percent l'air oppressant de la pièce. Ses yeux innocents me fixent, cherchant un réconfort que je m'efforce de lui offrir, malgré les circonstances. Les murs délabrés et les ombres menaçantes ne m'empêchent pas de ressentir une lueur d'espoir chaque fois que je regarde son visage fragile.

Le temps s'étire dans cette prison silencieuse, rythmé par les visites brutales de Kelly. Il entre sans prévenir, son visage déformé par la haine, et il me frappe, me pousse au sol, m'humilie avec ses paroles tranchantes.

Les jours sont devenus des semaines, et chaque journée est une épreuve. Kelly rentre chaque matin pour déposer une poche contenant des biberons et de l'eau, sa façon d'assurer la survie de mon enfant, mais rien pour moi. Du moins, il s'assure de m'apporter de quoi tenir avant de laisser passer des jours sans aucune ration. La faim me tenaille continuellement, mais je m'efforce de ne pas laisser le désespoir m'envahir. Mon bébé est mon ancre, ma raison de lutter.

Dans l'obscurité de cette pièce, j'entends au loin les pas lourds de Kelly approcher. Mon cœur se serre, ma tension monte, mais je refuse de montrer ma peur. Je continue de bercer mon fils, de lui parler doucement, de lui offrir tout l'amour et la protection dont il a besoin. Mon corps est peut-être brisé, mais mon esprit est intact. Et chaque fois que je le vois ouvrir les yeux, une lueur d'espoir renaît en moi, même au cœur de cet enfer. La présence menaçante de Kelly annonce cette fois encore un nouveau tourment. Il entre, les traits déformés par la rage.

— Pose-le, m'ordonne-t-il.

Va crever.

Mes bras se resserrent autour de mon tout petit garçon, refusant de le lâcher.

— Tu vas obéir, petit oiseau, sinon…

Ne lui fais pas de mal. Il est innocent, il n'a rien à voir avec tout ça.

— Tu crois que tu as le choix ? Tu es ici à ma merci, et tu ferais mieux de te souvenir de ça ! J'ai tous les droits ici, Elea. Tous. Et si tu continues à te rebeller, tu vas le regretter amèrement.

Sa colère explose. Il s'approche de moi d'un geste menaçant. Ses doigts se referment brutalement sur mon bras pour m'arracher mon enfant. Je lutte, je résiste, mais sa force est implacable.

Mon bébé m'est arraché des bras, et je sens comme un vide dans ma poitrine. Les pleurs de mon fils résonnent dans la pièce, perforant mon cœur de toutes parts. Je tends les bras vers lui, impuissante. Les regards de la nourrice et de Kelly se croisent, et je comprends que je ne peux rien faire pour l'apaiser.

— Oh, je le laisserai tranquille, ne t'inquiète pas. Mais toi, tu vas devoir faire ce que je te dis. Si tu tiens à ce qu'il ne lui arrive rien.

Il m'empoigne et me redresse, avant de me pousser contre un mur. Il ajoute, souriant de toutes ses dents :

— Rien de bien compliqué, ne t'inquiète pas. Tout ce que tu dois faire c'est suivre mes ordres sans poser de questions. Et tout ira bien pour lui.

Je pleure en silence, ma douleur et ma frustration étouffées par la présence menaçante de Kelly. Mon bébé, si fragile, si vulnérable, pris au piège de ce cauchemar.

La nourrice s'éloigne avec dans ses bras mon enfant, dont les cris s'estompent progressivement, laissant dans leur sillage un silence douloureux. Impuissante, je tombe à genoux dans la chambre sombre.

— Debout ! Tu me dégoûtes à être aussi misérable.

Je me lève avec difficulté, mes jambes tremblent sous l'effet de la fatigue et des coups.

Il me sort de la pièce. À plusieurs reprises mes pieds trébuchent, mes jambes flanchent. Kelly n'en a rien à foutre, lui. Il continue d'avancer, jusqu'à ce que nous atteignions un bureau au fond d'un couloir.

— Assieds-toi là et ne bouge pas, me signifie-t-il, avant de lui-même contourner le bureau.

Je m'assois sur la chaise face à lui. La position me lance tant mon corps a subi de mauvais traitements.

Il saisit son portable et mon cœur bat plus fort dans ma poitrine ; l'espoir grandit en moi en entendant la voix d'Aleksander à l'autre bout du combiné.

— *Qui est à l'appareil ?*

— Oh, tu devrais deviner.

Kelly me regarde avec un sourire sadique.

— *Où est Elea ? Que lui as-tu fait ?*

— Elle est ici avec moi. Là où est sa véritable place, bien sûr.

— *Qu'est-ce que tu leur as fait ?*

— Oh, tu es au courant pour notre enfant ? J'attends des félicitations, dans ce cas. Ne t'en fais pas, ils sont tout à fait en sécurité. Pour l'instant du moins.

— *Si tu leur fais du mal, je te jure que…*

— C'est déjà fait, annonce Kelly, puis il éclate d'un rire gras et poursuit : et maintenant quoi ?

Mes yeux s'élargissent d'horreur en entendant ses mots. Je sens la rage monter en moi, mais je me retiens, sachant que je ne peux pas me permettre de le provoquer davantage, de peur qu'il s'en prenne à l'enfant.

— *Je te tuerai, Kelly. Je te le jure.*

— C'est mignon que tu tiennes autant à elle. Le grand Aleksander Stakhanov mis à genoux par une pute. Mais crois-moi, mon ami, j'ai les cartes en main.

Mon cœur se serre en entendant leur échange. Aleksander est en colère et impuissant. Tandis que je suis coincée dans cet enfer.

— Une petite réunion de famille, ça te dit ? Je vais t'envoyer une adresse. Présente-toi seul, parce que je te jure que si tu essaies de m'enculer… tu le regretteras.

Kelly raccroche sans attendre sa réponse.

— Maintenant, écoute-moi bien, Elea. Si tu ne veux pas que ton cher fils crève sous mes coups, tu vas faire exactement ce que je te dis. Il est l'heure que tu te rachètes pour avoir baisé cet enculé. Tu vas coller une balle entre les deux yeux d'Aleksander. J'ai hâte de voir sa tête quand il comprendra que c'est toi qui vas le tuer.

Chapitre 45

Aleksander

J'ai obéi à contrecœur aux ordres de Kelly, jouant le rôle de ce « toutou » qu'il voulait que je sois. Mais était-ce vraiment un rôle ? N'avais-je pas toujours été prêt à tout pour elle ?

Mes pas résonnent dans le silence oppressant de notre point de rendez-vous. C'est alors que je la vois, debout, là, dans toute sa vulnérabilité. Mon cœur se serre de douleur. Son corps est meurtri par les marques des violences qu'elle a subies. Ses yeux, autrefois éclatants, sont maintenant empreints de fatigue et de douleur.

Je m'approche d'elle, mon regard ne pouvant se détacher de son visage émacié. Les mots me manquent, mais mes sentiments sont clairs. J'éprouve à cet instant un sentiment pire encore que la rage que j'ai pu ressentir contre ce sous-homme qu'est Kelly. Or, une puissante culpabilité m'assaille, en pensant au fait que je n'ai pas été là pour elle. En la voyant ici, face à moi, je n'ai qu'une envie : celle de la serrer dans mes bras, de la protéger de tout ce qui l'a un jour blessée.

Or j'ai bien conscience que quelque chose a changé entre nous.

Je suis à la fois en colère et désespéré de la retrouver, après ces semaines passées loin d'elle. J'aurais tellement de questions à lui poser, tellement de choses à lui dire, mais le temps est compté. Nous sommes ici, dans cet endroit sinistre, à la merci de Kelly. Je veux la sortir de là, je veux la ramener à la lumière, à la sécurité.

J'avance davantage à sa rencontre, mes yeux toujours accrochés aux siens. Je peux sentir l'angoisse qui l'étreint, l'incertitude face à ce qui l'attend. Je ne peux pas m'empêcher de me sentir responsable face à la souffrance qu'elle a endurée.

J'aurais dû la comprendre et essayer de la protéger.

Nous ne sommes désormais plus qu'à deux mètres l'un de l'autre. Son corps tremble, de froid et de peur, sans doute. J'observe chaque partie d'elle, de ses cheveux roux de feu, à ses hanches larges, ses jambes élancées. L'une de ses mains pend le long de son corps, et l'autre repose dans son dos. Et je saisis rapidement pourquoi lorsque je la vois sortir une arme cachée derrière elle.

Très bien, qu'il en soit ainsi.

Si je meurs, cette obsession disparaîtra et elle sera enfin en sécurité. Loin de moi.

C'est ainsi que le Croque-Mitaine s'apprête à mourir, tué par le feu sauvage qui balaye tout sur son passage.

Mon père m'aurait trouvé pathétique, là, dans cette zone industrielle délabrée à attendre la mort, sans me battre. Mais comment pourrais-je me battre contre elle ? C'est impossible. Cet événement est inévitable.

Mon cœur s'emballe devant elle, au moment où mon regard se pose sur l'arme pointée dans ma direction.

Mais il se brise quand je remarque les larmes qui coulent le long de ses joues, son visage marqué par l'affliction. Malgré le danger imminent, je reste étrangement calme. Je comprends son choix.

— *Moy dikiy*, murmuré-je d'une voix douce, cherchant à apaiser sa peine. Je sais que tu es désolée. Tout est ma faute et je n'ai aucune rancune envers toi. Tu n'as pas d'autre solution. Fais-le.

Nos regards se croisent. Ses yeux semblent exprimer une profonde douleur mêlée d'une certaine résolution. Les événements qui ont conduit à cette confrontation sont la conséquence de forces plus grandes que nous, de circonstances qui nous ont entraînés sur des chemins opposés.

— Je ne veux pas te faire de mal, je ne veux plus t'en faire, continué-je d'un ton calme qui ne me ressemble pas. Si c'est comme ça que ça doit se terminer, je ne tenterai pas de me défendre. Je suis fatigué de tout ça, fatigué des combats et des conflits. Si cela peut t'aider à apaiser ta peine, alors j'accepte mon sort.

Je baisse légèrement les bras pour lui montrer que je ne représente plus aucune menace. Elle semble hésiter, comme si son cœur et son esprit étaient en pleine bataille. Elle serre l'arme d'une main tremblante, les larmes poursuivant leur course sur ses joues.

— Je veux pas en arriver là, Aleksander, dit-elle d'une voix brisée.

J'aime toujours autant l'entendre, savoir que sa voix n'appartient qu'à moi. Même en cet instant.

— Mais c'est ma seule chance de m'échapper de tout ça, poursuit-elle. Il me force à faire ça… sinon il va le tuer.

— *Post tenebras lux*, tu te rappelles ? Après les ténèbres, la lumière. Je suis tes ténèbres. Change ça, change ton destin. Sois ta propre lumière, c'est ma dernière volonté. Fais-le, je suis prêt. Je l'ai toujours été.

Les secondes s'écoulent lentement, comme si chacune représentait une éternité. Nos regards restent verrouillés l'un à autre, alors que le bruit berçant lointain des voitures et des passants nous entourent. J'ai profondément aimé cette ville. J'ai aimé la terroriser, la manipuler, la rendre accro à mes besoins. Cette ville a toujours été mienne.

Et maintenant ? Anton et Tasha connaissent la marche à suivre : continuer ce que j'ai commencé sans jamais faillir.

— Je… Je…

Elle lutte pour s'exprimer, face à cette situation stressante et anxiogène. Je la sens se débattre avec ses propres démons.

— Je… Je t'aime.

Je t'aime.

Je souris quand j'entends enfin ces mots s'extraire de sa bouche.

Je souris davantage quand sa main presse la détente.

C'est ainsi que le Croque-Mitaine est mort, tué par le feu sauvage qui balaye tout sur son passage, le sourire aux lèvres.

Mon souffle est court, mon cœur tambourine dans ma poitrine en réalisant que la balle ne m'a pas atteint. L'incrédulité s'abat sur moi telle une chape de plomb.

Comment ai-je pu y échapper ?

— ESPÈCE D'INCAPABLE ! JE VAIS ÉVISCÉRER TON GOSSE, éructe Kelly, que je vois sortir de derrière un monticule de débris et foncer droit sur nous.

Il s'empare de l'arme d'Elea avant de la pointer sur moi, déterminé. Je ferme les yeux, refusant de lui donner le plaisir de le voir m'exécuter.

Soudain, un bruit tonitruant attire notre attention. Des dizaines de voitures arrivent en trombe au milieu de l'entrepôt de la zone industrielle.

Elles se garent en cercle autour de nous dans un nuage de fumée, nous empêchant de voir correctement et de respirer autre chose que de la poussière.

Des hommes en sortent, tous armés. Ils hurlent à Kelly de baisser son arme. Mon regard s'attarde sur eux, ma méfiance naturelle prenant le dessus.

Kelly paraît tout aussi perturbé que moi, ses yeux grands ouverts fixés sur les hommes qui ont fait irruption. Sa main serre son arme, sa confusion se mêlant à la panique.

Un silence tendu enveloppe la scène, entrecoupé çà et là par les ordres réitérés des hommes masqués et le bruit de la pluie qui heurte le toit de tôle. Mon regard se dirige vers Elea. Mon cœur bat pour elle, pour nous.

Puis, une autre portière s'ouvre et je vois Sergueï s'extirper du véhicule, me laissant encore plus sans voix. Un profond soulagement m'envahit à la vue de ce visage familier. La trahison que j'avais craint de sa part se dissipe. Il tient dans les bras ce qui semble être un petit paquet précieux. Mon cœur rate un battement quand je réalise de quoi il s'agit.

Elea lâche son arme et court vers Sergueï. Mon regard suit chaque mouvement, chaque instant des retrouvailles de la mère et de son enfant. Joie et soulagement me submergent devant ce tableau magnifique.

Elea atteint Sergueï, puis prend son enfant dans ses bras et le serre avec une énergie désespérée.

Le temps semble suspendu, comme si le monde entier retenait son souffle.

Je suis là, spectateur silencieux, témoin d'un instant de pure humanité, de résilience face à l'adversité.

— SALE PUTE, QU'EST-CE QUE TU AS FAIT !

Un des hommes qui maintient Kelly à genoux lui assène un coup de crosse puissant, faisant s'effondrer l'Irlandais au sol.

Elea s'approche de moi, tremblante, l'enfant dans ses bras.

Je parviens à sentir les effluves de son odeur.

Enfin.

— Je t'avais dit que j'allais rester et je tiens toujours mes promesses, dis-je, catégorique.

Elle se met à pleurer à chaudes larmes avant de tourner vers moi l'enfant qu'elle porte.

— Je… Je te présente mon fils.

— Notre fils, *moy dikiy.*

Chapitre 46

Elea

— Notre fils, *moy dikiy.*

Je n'ai jamais été aussi heureuse d'entendre Aleksander clamé que je lui appartiens. Que mon enfant est aussi le sien.

— Comment l'as-tu appelé ?

— Lux. La lumière dans mes ténèbres.

Il sourit tendrement, avant de renfiler le masque du Croque-Mitaine.

— Je vais te veng…

— Non, le coupé-je, résolue. C'est à moi de le faire, c'est à moi de me venger. C'est l'heure de mettre un terme à ce cauchemar.

Il saisit sans même poser de questions. C'est une bataille que je dois livrer seule, à présent. Je lui tends Lux, qui gigote doucement. Aleksander a un air terrorisé, celui de quelqu'un qui ne sait pas quoi faire avec bébé dans les bras.

Les semaines qui ont suivi mon retour chez Kelly ont été intenses et dangereuses. Chaque instant passé sous son toit était un défi, une lutte pour ma survie et celle de mon fils. J'ai dû ruser, feindre la soumission, alors que tout en moi criait de me rebeller. J'ai enduré les brimades, les mauvais traitements, en gardant en tête l'objectif ultime : échapper à cet enfer et retrouver la liberté.

Pendant ce temps, Sergueï travaillait dans l'ombre pour rassembler une équipe de mercenaires. Des hommes loin de la maison du Croque-Mitaine, n'étant lié à aucune organisation quelle qu'elle soit. Lors du sauvetage de mon père, Sergueï avait vu mon enfant dans sa chambre. Il avait tout de suite compris. Mais, pour ne pas éveiller les soupçons, il avait échafaudé un plan dans l'avion qui les ramenait lui et mon père. Le lendemain de son retour, il m'avait interceptée et ordonnée de lui révéler mes intentions. Malgré ce que j'éprouvais pour Aleksander, l'amour que je portais à mon fils était plus fort que tout. Il m'a donné un téléphone, que j'ai caché sur moi pour que nous puissions communiquer sans nous faire prendre, puis il m'a expliqué en détail ce qu'il comptait faire, et le rôle que je devrais jouer, aussi dur soit-il, pour enfin être affranchie du joug de Kelly.

Quelques jours avant la date fatidique, Kellyan, la nourrice, Lux et moi, escortés de quelques gardes du corps, sommes montés dans un jet, en direction des États-Unis. L'unique ambition de Kelly était de détrôner Aleksander pour enfin asseoir sa domination sur New York et la côte est. Sans le savoir, il avait actionné notre plan, à Sergueï et moi. Durant des jours, j'ai caché ma peur derrière un masque de résignation, et laissé mon fils derrière moi, sachant que Sergueï serait là pour le protéger. À notre arrivée sur le sol américain, il devait suivre la voiture où Lux et la nourrice seraient montés et tuer ceux qui se mettraient en travers de sa route.

De notre côté, lorsque Kelly et moi sommes arrivés à l'entrepôt désaffecté de Brooklyn, mon anxiété était à son paroxysme. Je me rappelle avoir pensé que tout pourrait échouer si quelque chose, n'importe quoi, venait à mal tourner. J'ai dû rassembler tout mon courage pour ne pas laisser transparaître ma nervosité. Kelly ne se doutait de rien, convaincu qu'il avait toujours le contrôle.

J'ai eu peur, je dois le reconnaître. J'ai sincérement cru que j'allais devoir tuer l'homme que j'aime et que Sergueï avait failli à sa mission. Puis, les véhicules sont arrivés. Lorsque j'ai vu Sergueï en sortir, tenant mons fils dans ses bras, l'espoir et le soulagement ont repris le dessus.

Nous avions réussi.

À présent, je me retrouve debout, face à Kellyan Kelly, allongé par terre. Sergueï, qui nous a rejoints, me tend une lame. Cette dernière symbolise la fin de mon cauchemar. Aleksander, lui, observe la scène, Lux toujours dans les bras.

Kelly tente comme il le peut de sauver sa peau.

— Elea, écoute-moi, je t'en prie. Je t'aime, je t'ai toujours aimée, balbutie-t-il d'une voix chevrotante.

Je laisse échapper un rire amer.

— Tu m'aimes, Kellyan ? Mais qu'est-ce que tu aimes au juste ? Moi ? La souffrance que tu m'as infligée ? Les vies que tu as détruites ?

Ma voix se libère enfin, dans un dernier affront pour ce chien. Ses yeux s'écarquillent sous le choc d'entendre ce son pour la première fois.

Je m'accroupis pour que nous nous retrouvions à peu près à la même hauteur et poursuis, sarcastique :

— Ne me parle pas d'amour. Tu ne sais pas ce que c'est.

Ses tentatives pour me manipuler ne prennent plus maintenant.

Mon regard croise celui d'Aleksander, qui acquiesce en silence. Il se détourne, pour éviter à notre enfant de voir ce qui est sur le point d'arriver.

Je lève la lame, laissant la lueur froide de l'acier refléter la terreur dans les yeux de mon bourreau.

Et puis, d'un mouvement fluide et déterminé, je lui tranche la gorge. Un jet de sang écarlate jaillit, telle une libération. Kelly s'effondre dans un bruit sourd, ses mains agrippant son cou ensanglanté.

C'est fait.

Je prends une grande goulée d'air avant de m'effondrer à genoux, la lame tombant à côté de moi.

C'est fini.

Je regarde le corps inerte de Kelly et fonds en larmes, terrassée par un soulagement immense.

— C'est fini, me répété-je à voix haute pour moi-même.

Aleksander s'approche de moi et m'aide à me relever comme il le peut. Je laisse échapper un nouveau sanglot.

Les ténèbres qui ont enveloppé nos vies respectives commencent enfin à se dissiper. Serrée dans les bras d'Aleksander, je peux sentir la chaleur de son odeur ainsi que celle de notre bébé.

— On rentre à la maison ? lui proposé-je alors.

Ma question est pleine de l'espoir qu'il pardonne ma trahison. Aleksander me fixe longuement et caresse ma joue du bout des doigts.

— On rentre à la maison, me répond-il d'une voix douce.

Son sourire m'apaise et dissipe une partie de la culpabilité qui me ronge. Je glisse ma main dans la sienne, sentant la chaleur de sa paume contre la mienne.

Dehors, les gouttes de pluie glissent sur ma peau. À mes côtés, Aleksander tient ma main, une présence réconfortante qui me rappelle que je ne suis plus seule. L'air est chargé d'une atmosphère lourde, comme si chaque goutte portait en elle les moments que j'ai vécus, les combats que j'ai menés.

Tasha est là, elle aussi. Elle se tient debout, à côté de quelques hommes que je ne connais pas. Je ne peux m'empêcher de me rappeler la première fois que nos chemins se sont croisés, au dernier étage de la tour Stakhanov. La méfiance et le doute qui m'avaient envahie face à cette femme prête à me tuer de sang-froid si je m'en prenais à son patron. Et pourtant, à cet instant, elle me tend les bras, dans une invitation à la réconciliation et à la reconnaissance d'une survie que nous avons, elle comme moi, connue et partagée.

Mes pas hésitants me rapprochent d'elle. Puis, c'est comme si le temps ralentissait. Tasha m'entoure dans une accolade qui me réchauffe le cœur. La douceur de son geste contraste avec la dureté dont elle a toujours fait preuve, et je sens les larmes monter encore une fois à mes yeux.

— T'es une survivante, Elea. Tu les as tous niqués, murmure-t-elle à mon oreille.

REMERCIEMENTS

Mon rêve de petite fille était d'écrire. Je pense que je peux enfin respirer.

Ça y est.

Alors, chers lecteurs, chères lectrices,

Merci d'avoir pris le temps de découvrir l'univers de *Game* à travers l'histoire d'Aleksander et d'Elea. J'espère que vous avez trouvé de l'émotion et de l'évasion tout au long des aventures de nos personnages.

Écrire cette histoire a été une expérience stimulante et merveilleuse, et c'est grâce à vous.

Merci Sarah de m'avoir donné cette nouvelle vision de l'édition, de m'avoir fait découvrir l'autre côté du monde de l'édition.

Merci Angéline de toujours avoir cherché la petite bête pour magnifier encore et encore cette histoire qui me tient à cœur. Je t'avoue que le jour où le FBI tombe sur nos échanges de mails en pleine nuit… on aura sûrement des problèmes mais… que sont les problèmes quand il s'agit de trouver une solution pour que les scènes de torture soient logiques, ROOOOOOHH. (BabyGirl… I'm the man from the big VA !)

Merci Cha et Fran, mes plus grandes supportrices dans ce projet. Merci d'y avoir cru dès les premières lignes, de m'avoir poussée à écrire quand l'envie me manquait et quand j'avais peur de ne pas réussir. D'avoir pris du temps pour… tester quelques positions, pas vrai Fran ?

Le… Croque-Monsieur vous remercie (je n'arrive même pas à croire que je vous laisse l'appeler comme ça, respectez un peu mon enfant, bordel hahaha).

Merci Anita de me pousser à briller toujours plus, de croire en moi et de me soutenir, tout simplement. (J'ai prévu le déguisement de Pom-pom girl.)

Merci à Soy, Chacha et Maman d'écouter mes théories fumeuses à 3 h du matin, de me réconforter quand j'ai l'impression de n'arriver à rien. Vous êtes ma plus grande force, n'oubliez jamais : *après les ténèbres la lumière*. Ma lumière c'est vous, je vous aime.

Tellement de noms me viennent en tête, je pense que des mots ne suffiront jamais pour vous exprimer à quel point je suis reconnaissante de cette aventure.

Merci à Céleste, Samantha, Matou, Marion, Victoire, Sloane…

Ça commence à faire beaucoup de « merci » haha, mais… Merci à toutes les personnes qui me soutiennent depuis des années dans mes projets.

La boucle n'est pas bouclée, *Game* revient très vite.

Tasha est un personnage complexe avec une histoire marquante. J'ai hâte que vous découvriez son monde, ses démons, ses envies et ses rêves.

Avec tout mon amour,

Océane.

P.S. : Soy et Chacha, je sais que vous allez regarder cette page. Reposez ce livre tout de suite, ce n'est pas de votre âge. Je refuse que vous lisiez ça, haha.

Vous avez aimé Game
– Tome 1 : Le Croque-Mitaine ?
Découvrez sans plus attendre un extrait du tome 2.

PROLOGUE

— Tasha, je t'en prie. Il doit y avoir une autre solution, la supplié-je, de tout mon être.

Je ne peux pas vivre sans elle. Sans ses remontrances incessantes, sans son regard désapprobateur. Pour la première fois de ma vie, je suis prête à me mettre à genoux devant quelqu'un.

— Il n'y en n'a aucune. Le sang appelle le sang, je ne mourrai pas entre leurs mains, me dit-elle. Rien ne pourra effacer ce que j'ai fait. Je ne me le pardonnerai jamais. J'ai promis de les protéger et j'ai menti.

— Moi, je te pardonne.

— Princesse, tu ne peux pas me pardonner quand c'est pour toi que je l'ai fait. Continue de me détester, pour ton bien. Pour ton avenir.

— Et te laisser te rendre ? Ça revient à te suicider, or je le refuse parce que tu n'es pas une lâche.

— Ça n'a rien à voir avec de la lâcheté. Il faut une sacrée dose de courage pour choisir de mettre fin à sa propre vie, tu ne le vois pas ? C'est toi qui as ce pouvoir. Il n'est plus question de destin, d'accident ou de vieillesse. Seulement, toi et ton courage de mettre fin à tout ça. Si je ne le fais pas, une guerre va se déclencher, des gens vont mourir si je ne retourne pas là-bas pour me rendre. J'avais neuf ans quand je me suis promis que plus jamais je ne retournerai dans cet enfer, que c'était terminé. C'est le deal qu'ils m'ont proposé : je me rends et ils les relâchent tous.

Tasha me regarde comme une folle. Elle s'approche doucement, slalome entre les obstacles aux sols que je refuse de regarder et ses mains tachées de sang prennent mes joues en coupe. Je sens le liquide chaud s'étaler sur ma peau. Elle passe ses doigts dans mes cheveux, les caressant doucement comme si elle craignait presque que je m'enfuie.

— La fin des hurlements, la fin de la douleur, de la culpabilité. T'es tellement égoïste, Princesse. Tu es encore tellement enveloppée dans toute cette réalité construite pour te protéger que tu ne comprends pas que l'on puisse mourir pour une personne qu'on aime.

— Moi, égoïste ? Si j'étais si égoïste, je t'aurais laissée crever dans ton propre vomi dans cette salle de bain pour enfin retrouver ma vie !

— 99, 98, 97, chuchote-t-elle.

Ses yeux sont dans le vague, je sens qu'elle perd pied.

— Tasha… Me fais pas ça… Tu as promis…

— Regarde l'horreur de mon monde, ce que je finirai par te faire subir quand les hurlements auront pris possession de moi.

Elle se place derrière moi et serre ma mâchoire pour que je ne puisse pas détourner le regard de l'horreur présente sous mes yeux.

Des cadavres.

Calcinés, et dont certains sont trop petit pour être ceux d'adultes.

— Tu comprends maintenant, Princesse ?

— Non. Et je ne sais pas si un jour je serai capable de comprendre ton esprit fracturé. Mais je veux retrouver ma Tasha, celle qui me disait que la vengeance justifie tout, celle qui m'a appris à me battre, celle que je déteste parce qu'elle me terrifie.

— Sois sûre de ce que tu veux, chuchote-elle à mon oreille.

— Je te veux toi, tout entière.

Sur ces mots, je me retourne et l'embrasse avec tout le désespoir que j'éprouve face à cette situation. Je n'ai qu'un mot en tête.

Vengeance.

Dernières parutions

Caroline Coiraton
Rue Saint-Honoré

Kate Stewart
The Ravenhood, tome 1 – Flock

Pour en savoir plus sur l'actualité de Chatterley
vous pouvez consulter notre site Internet
www.editionschatterley.fr
et nous suivre sur les réseaux sociaux
Facebook : Editions Chatterley
Instagram : @EditionsChatterley
TikTok : @chatterley_editions

Composition et mise en pages
Nord Compo à Villeneuve-d'Ascq

Achevé d'imprimer en novembre 2023

C79051/01